CB041019

FRA

JOAN SAMSON

Published by arrangement with Valancourt Books

Diretor Editorial
Christiano Menezes

Diretor de Novos Negócios
Chico de Assis

Diretor de Planejamento
Marcel Souto Maior

Diretor Comercial
Gilberto Capelo

Diretora de Estratégia Editorial
Raquel Moritz

Gerente de Marca
Arthur Moraes

Gerente Editorial
Bruno Dorigatti

Editor
Paulo Raviere

Capa e Projeto Gráfico
Retina 78

Coordenador de Diagramação
Sergio Chaves

Preparação
Débora Grenzel

Revisão
Alexandre Barbosa de Souza
Bárbara Parente
Retina Conteúdo

Finalização
Roberto Geronimo

Marketing Estratégico
Ag. Mandíbula

Impressão e Acabamento
Braspor

DADOS INTERNACIONAIS DE CATALOGAÇÃO NA PUBLICAÇÃO (CIP)
Jéssica de Oliveira Molinari CRB-8/9852

Samson, Joan
O leiloeiro / Joan Samson ; tradução de Vinícius Loureiro. — Rio de Janeiro : DarkSide Books, 2025.
272 p.

ISBN: 978-65-5598-532-0
Título original: The auctioneer

1. Ficção norte-americana 2. Suspense I. Título II. Loureiro, Vinícius

25-0894 CDD 813

Índice para catálogo sistemático:
1. Ficção norte-americana

[2025]

DarkSide® *Entretenimento* LTDA.
Rua General Roca, 935/504 — Tijuca
20521-071 — Rio de Janeiro — RJ — Brasil
www.darksidebooks.com

JOAN SAMSON

O LEILOEIRO

Tradução
Vinícius Loureiro

DARKSIDE

para minha mãe e meu pai

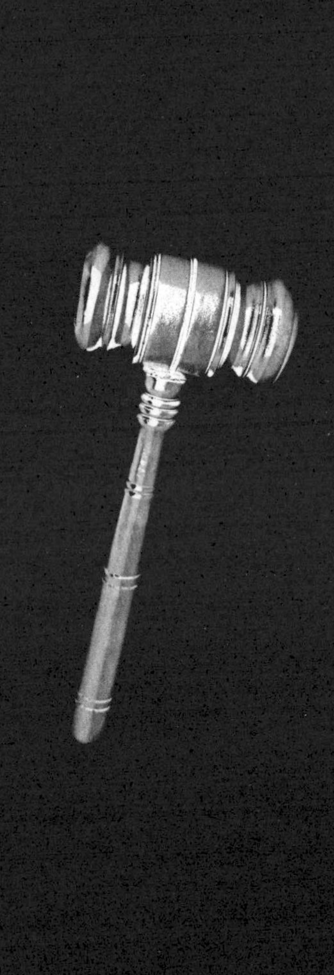

INTRODUÇÃO

Um milagre está em suas mãos. Todo ano, milhares de livros têm tiragens esgotadas. Toda década, uma pilha de *best-sellers* cai no esquecimento. Somados, Leon Uris, James Michener e Arthur Hailey escreveram quinze livros nos anos 1970, oito destes, imensos *best-sellers*. Hoje, a maioria está relegada a sebos e prateleiras de bibliotecas mal iluminadas. E, no entanto, aqui estou eu, olhando para um exemplar recém-reeditado do único romance de Joan Samson, *O Leiloeiro*.

Em 15 de janeiro de 1976, a editora Simon and Schuster lançou uma edição de capa dura de *O Leiloeiro*, com a capa pintada pelo famoso artista e ilustrador americano Wendell Minor. Era uma grande aquisição para a Simon and Schuster, que alavancou o lançamento com uma campanha nacional de publicidade impressa, comparando este romance ao conto "A Loteria", de Shirley Jackson, e trazendo elogios de escritores como Brian "Vontade de Morrer" Garfield ("Nunca estive frente a frente com uma cobra, mas imagino que o efeito seja semelhante.") e de publicações como *The New York Times* ("Somos aprisionados pelo terror claustrofóbico perfeito do feitiço ficcional de Joan Samson...").

As vendas foram boas, as críticas foram positivas e os direitos para o cinema venderam rápido, assim como os direitos de publicação no Reino Unido. *O Leiloeiro* foi publicado em brochura em 1977, e, no ano seguinte, a Coronet, uma subsidiária da editora britânica Hodder &

Stoughton, lançou outra edição em brochura, desta vez com uma capa de fotocolagem e um aparato proclamando: "O sensacional *best-seller* americano de um milhão de exemplares que arrepiou toda uma nação — e logo se tornará um grande filme".

Mas o filme nunca foi produzido e, depois de uma edição em brochura da Avon relançada em 1981, foi a última notícia que o mundo teve de *O Leiloeiro* até 2010, quando a Centipede Press lançou uma edição limitada de capa dura, seguida por uma edição de bolso, ambas esgotadas com rapidez. Entre a edição em brochura da Avon e sua reedição pela Centipede, quase trinta anos se passaram, o que é tempo suficiente para que um livro morra. Mas acontece que *O Leiloeiro* não estava morto, tornava-se um clássico *underground*, passando de leitor a leitor, sendo adquirido em sebos e bazares de bibliotecas, gerando postagens a seu respeito em fóruns de discussão e blogues. E a questão é: por quê? Por que *O Leiloeiro* se recusou a desaparecer? O que tornou este livro diferente de tantos outros *best-sellers* dos anos 1970?

Situado em Harlowe, no estado de New Hampshire, *O Leiloeiro* se passa em uma resignada comunidade agrícola ianque, onde a mudança vem a passos lentos, mas está se aproximando. Cada vez mais pessoas da cidade vêm de carro para ver a folhagem nos fins de semana e já houve alguns assaltos em algumas das cidades da região. Há uma vaga angústia sobre "*hippies*" e um assassinato não resolvido recente é certamente culpa deles. Mas a inquietação que os moradores de Harlowe sentem que está incomodando sutilmente suas vidas não vem de fora, vem de dentro. Coletivamente, alucinamos uma versão idílica dos Estados Unidos, feita de agricultores locais e pequenas cidades que nunca mudam. Mas a história dos Estados Unidos é uma história de mudanças.

Nas fazendas de Harlowe, encanamentos internos e linhas telefônicas ainda são uma novidade, mas John Moore e sua esposa, Mim, que trabalham em uma fazenda que está na família há gerações, sabem que suas propriedades são muito mais valiosas do que qualquer safra que poderiam produzir. Mesmo antes de Perly Dunsmore aparecer e começar seus leilões, os velhos costumes já estão morrendo.

Não é preciso um leiloeiro para que Ma reclame que seu filho e a esposa não criam mais galinhas, mas as compram vivas porque é mais fácil. A mudança pode vir rápido, assim como pode vir devagar, mas uma coisa é certa: ela vem.

Os americanos sempre foram pessoas inquietas, migrando e se mudando enquanto ansiavam por raízes. A vida de Joan Samson não era diferente. Sua mãe, Helen, nasceu em uma cabana de madeira em Saskatchewan e acabou se casando com Ted Samson, um físico nuclear que trabalhava para o governo. Eles viviam em Watertown, Massachussetts até Joan ir para Wellesley. Ela saiu antes de se formar para se casar com seu primeiro marido e o seguiu até Chicago, onde se formou na Universidade de Chicago.

Após o fim do casamento, ela voltou para casa, onde conheceu Warren Carberg, e os dois se casaram e se mudaram para a Europa. Lá viveram por alguns anos antes de retornarem aos Estados Unidos e se estabelecerem em Beacon Hill. Profundamente envolvidos no movimento antiguerra, Carberg e Samson marcharam em manifestações gigantescas contra a Guerra do Vietnã, participaram de atos pacíficos e culturais, envolveram-se no rebuliço da época, mas ansiavam por raízes. Até que acabaram encontrando uma casa de campo na zona rural de New Hampshire e se mudaram parcialmente. Eles não estavam sozinhos.

Enquanto a situação no Vietnã se arrastava, jovens desiludidos viraram as costas para as cidades e, em um gesto que remonta a Thoreau, foram em direção à natureza, procurando um modo de vida mais honesto e decente. Kate Daloz, autora de *We Are as Gods*, a história do movimento *back-to-the-land*,* escreveu:

> Estudantes de pós-graduação que jamais haviam segurado um martelo assumiam celeiros de tabaco e examinavam toda a extensão do *Whole Earth Catalog* sob a luz de lampiões de querosene. Veteranos do Vietnã preparavam manualmente tijolos de adobe. Gente nascida e criada no

* Movimento em que se torna popular a migração de regiões urbanas de volta ao campo, com uma ênfase em buscar uma comunidade, autossuficiência e autonomia. [NE]

Brooklyn derrubava cedros no Oregon. Ex-debutantes ordenhavam cabras no condado de Humboldt e capinavam campos de morango com seus bebês amarrados nas costas.

No fim das contas, quase um milhão de americanos se mudaram para o campo na virada dos anos 1960 para os 1970. Howard Zinn, autor de *A People's History of the United States*, era um deles. Bernie Sanders era outro. Assim como Samson e Carberg. Desde a chegada dos colonos, a década de 1970 foi a primeira em que a população rural cresceu mais rápido que a população urbana.

Os romancistas de horror ansiavam para avisar aos leitores que sua visão de vida pacífica no interior era uma ilusão. Thomas Tryon escreveu seu *best-seller As Possuídas do Diabo*, sobre vigaristas da cidade mudando-se para o paraíso rural de Cornwall Coombe apenas para descobrir que o campo precisava de sangue, em 1973, o mesmo ano em que *O Homem de Palha,* filme britânico de horror rural, de Robin Hardy, ensinou praticamente a mesma lição, assim como *O Massacre da Serra Elétrica*, lançado um ano depois. Mas a onda de *folk horror* dos Estados Unidos veio principalmente na esteira de *O Leiloeiro*. "As Crianças do Milharal", de Stephen King, veio a público em 1977, enquanto o romance de terror apalachiano de Manly Wade Wellman, *The Old Gods Waken*, saiu em 1979, inaugurando uma série de romances de horror rural: *Maynard's House*, de Herman Raucher (1980), *The Abyss*, de Jere Cunningham (1981), *Bloodroot*, de Thomas Mordane (1982).

O romance de Samson sobreviveu em meio a tantos outros que foram esquecidos porque captura de forma inesperada o espírito dos anos 1960 e 1970. Em *O Leiloeiro*, a cidade vira-se contra si mesma, policiais traem os cidadãos que deveriam proteger, pais leiloam seus filhos, e todos correm para a beira de um penhasco e saltam para sua destruição como se estivessem esperando por essa chance desde o dia em que nasceram. Samson e Carberg passaram os anos 1960 e 1970 vendo famílias se virarem contra seus filhos, vendo policiais traírem os cidadãos que deveriam proteger, vendo os Estados Unidos saltarem para sua destruição, como se estivessem esperando a chance de se destruírem desde o dia de sua fundação.

Eles buscavam a paz no campo, mas mesmo lá Samson viu pessoas seduzidas pelo jogo do "e se": "Se eu comprasse este imóvel, reformasse e vendesse por três vezes o valor original, poderia ficar rico". Ela viu como era fácil se perder em sonhos de riqueza e recomeços. Ela viu, em si mesma e nas pessoas ao seu redor, Perly Dunsmore.

O Leiloeiro nasceu como um conto de dez páginas que Samson mostrou ao marido. Ele, o escritor da família, encorajou-a a continuar. Ela já possuía uma agente, Pat Myrer, na McIntosh and Otis — a primeira agência literária fundada por mulheres —, que estava com seu premiado manuscrito, de um livro de não ficção sobre como criar sua filha, *Watching the New Baby*. Quando Samson terminou o primeiro rascunho de *O Leiloeiro*, enviou-o para Myrer, que ficou acordada a noite toda virando páginas, e em seguida voltou a entrar em contato. "É isso", disse ela. "Você é uma escritora. Venha para Nova York. Você vai se dar muito bem."

O calor e o ritmo dessa venda mudaram suas vidas, e então o câncer cerebral de Samson mudou suas vidas outra vez. Cinco meses após a publicação, Samson partiu e a onda maciça de eventos promocionais que sua editora havia planejado desmoronou. Depois disso, havia apenas um livro, flutuando do bazar da biblioteca para a estante da casa de praia, para a livraria de usados, para um quarto de estudante. Um livro que, contra todas as probabilidades, sobreviveu por trinta anos sem o apoio de ninguém, exceto seus leitores. Um livro que sobreviveu porque dizia uma verdade essencial sobre o país.

Perly Dunsmore é o lado sombrio do vendedor, um personagem genuinamente americano de Horatio Alger que nunca obteve êxito, o Huck Finn que cresceu e se transformou em algo mais sombrio. Ele nunca pode desacelerar, pois pode ser alcançado por seu passado. Ele está sempre na correria e, não importa o que tenha feito, sabe que será redimido pelo sucesso que o espera no próximo horizonte, logo na próxima cidade. Ele é um herói de sua própria história, não importa quantas ex-esposas, mortes ou promessas quebradas estejam perdidas em seu rastro. Desta vez, ele vai se dar bem. Mas, se não for desta vez, então será na próxima, porque os Estados Unidos são o país das eternas repetições. Tudo o que temos que fazer é recolher nossas tralhas e ir para a próxima cidade, onde ninguém sabe nossos nomes.

Mas *O Leiloeiro* ilustra a falha nesse plano. Recomeços não mudam quem somos, apenas nos dão outra chance de contar uma nova história sobre nós mesmos. Mas para contar essa história temos que nos convencer de que é a verdade. À medida que corremos da cidade ao campo e retornamos, à medida que nos mudamos de cidade em cidade, assim como contamos essa história de novo, e de novo, e de novo, substituindo nossas histórias reais por ficções convenientes, Joan Samson apontou o problema. Quando sua vida se transforma em uma mentira, a primeira pessoa que você precisa enganar é você mesmo. Depois disso, o resto se desenrola fácil.

Grady Hendrix
abril de 2018

1

O fogo ardia em um cone perfeito, como se fosse suspenso pela coluna de fumaça que ascendia em linha reta em direção ao céu da primavera em seu ápice. Mim e John arrastavam mudas secas inteiras da pilha de arbustos perto da parede de pedra e as jogavam nas chamas, recuando logo quando as folhas mortas pegavam fogo com um chiado.

Hildie, de 4 anos, ouviu a caminhonete chegando antes mesmo do velho cão pastor. Ela correu para a beira da estrada e a esperou impacientemente. Era a caminhonete de Gore, movendo-se em velocidade, provocando sulcos profundos na lama, que era borrifada para todos os lados. John e Mim se juntaram atrás de Hildie, cada um imaginando o que poderia estar errado para trazer o chefe de polícia à última fazenda da estrada.

Bob Gore saltou para fora e pendurou os polegares nos bolsos da calça jeans. Ele mudou de um pé para o outro por um momento, como se sua grande barriga estivesse procurando um ponto de equilíbrio. Gore gostava de duas coisas — problemas e fofoca. Da maneira que fosse, poderia passar uma tarde inteira conversando sem qualquer esforço. John olhou por cima do ombro em direção ao fogo.

"É um bom dia para acender uma fogueira", disse Gore.

"Ainda tem muita neve na floresta, caso seja esse o motivo da visita", disse John, sabendo muito bem que não era. "Achei melhor queimar tudo antes de ter que mexer com licenças."

"Claro que não", falou Gore. "Quando foi que eu apareci procurando encrenca?" Ele sorriu para os Moore, que se erguiam sóbrios diante dele. O pai, com o corpo arredondado como uma pedra por trinta anos de rotina, lançava ao policial um olhar firme e ligeiramente cético, enquanto a mãe, que os anos de casamento e trabalho ao ar livre haviam deixado mais reta do que nunca, tinha olhos azuis tão claros e curiosos quanto os da criança encostada em suas pernas.

Gore colocou as mãos em concha para riscar um fósforo. "A questão é", disse ele, tragando um cigarro, "que a gente tá fazendo um leilão. Em benefício da polícia."

John enfiou as mãos nos bolsos da frente do macacão e curvou os ombros. "Mas você é nosso único policial, Bobby", disse ele. "Você já tem uma viatura chique e não liga para uniformes. Para que você precisa de um leilão?"

"Assistentes", disse Gore.

"Assistentes!", repetiu John.

Gore encolheu os ombros. "As pessoas não estão mais satisfeitas como antes. Com essa história de invasões em toda parte, depois a floresta do Rouse pegando fogo e o assalto na casa do Linden..." Gore olhou para o reflexo estilhaçado do fogo sobre o lago. "Claro que foi o assassinato na casa dos Fawke na primavera passada que causou tudo isso."

Hildie, impaciente, começou a dançar de um lado para outro, puxando o braço de Mim até que ela começou a balançar no ritmo da criança.

"O único assassinato em Harlowe nos últimos cem anos", disse John. "Obra dum forasteiro, com certeza. Assim como as outras coisas."

"Ainda assim, os tempos estão mudando", disse Gore. "Assassinato bem no centro da cidade? Ainda mais numa casa antiga e boa. Teve gente atrás de mim o tempo todo para impedir a Amelia de alugar quartos. Então, quando aconteceu e ela acabou estrangulada..."

"Não tinha como impedir", acalmou Mim. "Não com a velha Adeline Fayette trazendo turistas nesses vinte anos."

"Acho que se o menino Nick Fawkes não conseguiu segurar a Amelia, não tinha porque as outras pessoas ficarem aguentando", disse John.

"Talvez ela precisasse do dinheiro", disse Mim, passando a mão pensativamente pelos cachos curtos. "Abandonada daquele jeito com as duas crianças..."

"Quem podia julgar?", disse Gore. Ele se reequilibrou. "A polícia estadual não levanta um dedo. 'Muitos crimes não resolvidos', eles dizem. Mas todo mundo assiste a muita televisão. Eles esperam que eu corra atrás de pistas assustadoras. Todo pobre vagabundo com um trabalho a fazer se acha um detetive talentoso. Bom, eu vou dizer uma coisa..."

"Se todo mundo na cidade fosse seu assistente, ainda assim ia ter problema", disse John. Ele olhou para sua casa de fazenda branca e arrumada. "E a gente também tem um justo bocado de paz em Harlowe."

"Não como era antigamente", disse Gore. "Tá ficando pior. E não é só aqui. Sabe aquele tal de Perly Dunsmore, que acabou comprando a casa dos Fawkes? Então, ele é leiloeiro. Já viajou meio mundo. E ele diz que está ficando cada vez pior. Todos os lugares crescendo e se enchendo de estranhos. Olhe para Powlton. Dobrou em cinco anos."

"O quê?", disse John. "De quatrocentos para oitocentos? Isso é só por causa do estacionamento de *trailers*."

"Que seja, Johnny", disse Gore. "Mas não custa nada arranjarmos um ou dois assistentes." Um sorriso largo tomou conta de seu rosto. "Pelo menos ia ser alguém pra dividir a culpa. E se a gente arrecadar o dinheiro em um leilão, não vai fazer mal algum. A gente nem toca no orçamento da cidade."

John examinou Gore. "Não é do seu feitio querer mudanças, Bobby", disse ele. "Agora, esse sujeito novo..."

"Um evento beneficente para a polícia é uma ideia inteligente. Essa é a parte importante", disse Gore, parando para lançar o cigarro na direção do fogo. "E eu me lembro que você deu aos bombeiros um velho arado no ano passado."

John deu uma risadinha. "Valia uns três centavos, talvez um pouco mais", disse ele. "Algum fazendeiro de domingo pagou doze dólares por ele. Deve estar planejando ir para o oeste em uma carroça coberta."

"Esse é o tipo de coisa", disse Gore, cuspindo um resto de tabaco para o lado.

"E aquelas rodas antigas?", perguntou Mim.

John acenou com a cabeça. "Deve ter umas cinco ou seis."

"Alguém pode fazer lustres com elas", Mim informou a Gore, com o rosto alegre. "Ou pintar de azul e deixar na calçada pra servir de baliza pro limpa-neve."

Gore apoiou-se nos calcanhares, o rosto com papada voltando ao normal. "Ótimo", ele disse.

As rodas estavam no depósito de lenha. John e Gore pegaram duas cada um e as carregaram até a caminhonete. Mim passou correndo por eles rindo, perseguindo a última roda que rolava pelo gramado da frente como um aro de brinquedo. Gore abriu a porta traseira de sua caminhonete e ergueu as rodas, uma após a outra. "Obrigado", disse ele, dando um tapinha afetuoso na roda superior. "Aposto que vão render dez dólares quando esse novo leiloeiro começar a trabalhar."

Mim e Hildie olharam além de Gore para uma caixa cheia de pratos lascados, uma mesa de trabalho de pinho muito rachada e uma poltrona enorme vazando o enchimento de um braço.

"Por que ele tá levando as nossas rodas?", Hildie perguntou enquanto ele se afastava.

"O leiloeiro vai vender", disse John.

"Por quê?", Hildie perguntou.

John franziu as sobrancelhas e encolheu os ombros.

"Por dinheiro, amor", disse Mim. "Mas isso não tem nada a ver com a gente. Nada a ver."

• • •

Era a temporada de lama. Na floresta, ainda havia uma bela cobertura de neve, embora já estivesse derretendo em círculos escuros, em volta das árvores, à medida que os troncos esquentavam com o passar dos dias. Mas o pasto dos Moore, que erguia uma vertente íngreme a sudeste, já estava vazio, exceto por montes cintilantes aqui e ali onde havia acúmulos de neve, e na campina aos fundos, onde a neve se demorava perto do riacho. O solo encharcado, emaranhado com as raízes do feno do ano anterior, cedia como uma esponja sob os pés. O sol puxava a umidade da floresta, do campo, do riacho e do lago e a soltava no ar. Mas o céu permanecia profundo, seco e azul. Era a época do ano em que as luvas, os bonés e o aquecimento interno pareciam mofados. Milhares de tarefas ao ar livre surgem e os camponeses sentem uma onda de novas forças.

Na tarde de quinta-feira, quando Gore apareceu outra vez, John e Mim estavam na metade do caminho até o pasto onde ficava um pouco mais plano, decidindo onde fazer o canteiro de abóboras que planejavam para uma safra comercial naquele ano, onde plantar o milho, feijões e batata. Hildie agachou-se na beira do canteiro de batatas do ano anterior, enfiando as mãos na lama gelada e observando as marcas se encherem de água. Apenas Ma, enrijecida demais pela artrite para ficar ao ar livre, suportava ficar na sala seca perto do fogão a lenha, assistindo à televisão. Ela quase não se interessava mais pelo clima, exceto para comentar o que via pela janela da frente. Além disso, não sentia tanta falta de seus programas, a ponto de deixar passar os raros fragmentos de fofoca que chegassem em seu caminho.

Quando Gore saiu da caminhonete, os Moore acenaram e começaram a descer a colina, Hildie e Lassie trotando na frente.

"O que ele quer agora?", John murmurou.

"Ele tem que contar como foi o leilão abençoado." Mim riu. "Deveria ser pregoeiro, em vez de policial."

Ma também ouvira a caminhonete e estava batendo na janela, acenando furiosamente, sua imagem desbotada em cinza pelo plástico desgastado pregado sobre o vidro para isolamento.

• • •

Por dentro, a casa tinha um aroma levemente pungente de fumaça de lenha. Com o passar dos anos, os fogões haviam depositado uma crosta de um preto fosco no teto e espalhado fuligem nas fendas entre as tábuas do piso corrido. Era uma casa na qual haviam vivido gerações da mesma família, e tesouros de várias épocas amontoavam-se em todas as superfícies. Mesmo em cima do aparelho de televisão, um lampião de querosene com uma base canelada e uma alta chaminé entalhada empurrava flores de cera sob uma cúpula empoeirada, três estatuetas Hummel e uma réplica de plástico da Estátua da Liberdade. Havia um ritmo leve de relógios batendo um contra o outro — o relógio cuco, o relógio de oito dias com uma rolinha pintada no vidro e o relógio de pêndulo no corredor. Os vários sinos e o chilrear do cuco não estavam mais sincronizados, e a casa era tomada de sons aleatórios que os Moore mal ouviam, um contraponto ao canto dos pássaros que vinha de fora.

Na sala da frente, Ma estava sentada com as costas eretas no centro exato de um sofá forrado de tecido brilhante. Ela parecia ter encolhido desde que suas roupas foram vestidas. A gola de seu roupão de flanela destacava-se como o capuz de um monge ao redor do pescoço pálido, e seus chinelos felpudos rosa pareciam quatro tamanhos maiores do que os pés que os seguravam tão cuidadosamente lado a lado sobre o chão alvejado. Ela parecia mais uma criança do que uma avó.

Gore ficou parado, enorme e sorridente, no centro da sala, ofuscando o recinto. Ma estendeu as mãos para ele com a força de uma ordem até que tirasse as próprias mãos dos bolsos e se inclinasse para apertar as dela. "Como vai, senhora Moore?", ele perguntou.

"Não muito bem", suspirou Ma. "Eu não tenho a mesma condição de antes." Sua voz cansada contrastava com seus pequenos olhos castanhos — agudos como os de um lince — observando Bob Gore sob um emaranhado de cabelos grisalhos.

Hildie saltou para o sofá e se aninhou com Ma. Sem tirar os olhos de Gore, Ma estendeu a mão enrugada e, com alguns tapinhas, endireitou Hildie até que se acalmasse e cruzasse as mãos no colo.

Mim acomodou-se na beirada de uma cadeira reta perto da porta e John apoderou-se do banco do piano.

"E você, Bobby", Ma estava dizendo. "Quais as novidades? Algo que você pode nos contar passados um ou dois dias?"

"Perly Dunsmore é a novidade, senhora Moore", Gore disse, acomodando sua larga compleição no conforto da cadeira de balanço. "Ele é a maior novidade que Harlowe teve em anos." Ele sorriu, como se o leiloeiro fosse um novo bem reluzente, um achado especial, uma pechincha digna da inveja de qualquer vizinho que soubesse seu valor quando o visse.

"Quem?", disse Ma, erguendo as sobrancelhas. "Você está falando daquele idiota maluco que se mudou sozinho para a casa dos Fawkes?"

Gore acendeu um cigarro, localizou um vaso de flores perto do cotovelo esquerdo para depositar as cinzas e pareceu expandir-se ligeiramente. Ele respirou fundo.

"Não precisa nos embromar, Bobby", disse Ma, cuja voz não estava mais cansada.

"O resultado foi bom?", John perguntou.

"Maravilhoso", disse Gore, respirando fundo. "Foi um leilão absolutamente maravilhoso." Ele riu. "Você não acredita como aquele Perly Dunsmore consegue o máximo para tudo. Que leiloeiro! Nunca vi nada melhor. Ele sobe naquele coreto e fica difícil de reconhecer. Parece um daqueles peixes que inflam quatro vezes o tamanho normal. Tem jogo de cintura. E que falador! Ele me faz parecer um tipo caladão."

"Eles falam diferente", disse John, "esses caras da cidade. Eles bebem óleo de motor no café da manhã."

"Ah, mas Perly é um garoto de New Hampshire", disse Gore. "De Elvira, perto da fronteira com o Canadá. A gente não sabe muito mais que ele quando o assunto é o campo."

"Achei que ele fosse um consultor importante", disse John. "É o que o Arthur Stinson diz. E ele deve saber depois de todo o tempo que passou pintando e raspando aquele lugar."

"Bom, Perly não é comum", disse Gore. "Na verdade, é um homem que podia fazer qualquer coisa que bem entendesse. Mas ele cresceu em uma fazenda em New Hampshire, como todos nós. Acontece que colocou o pé na estrada quando era um franguinho. Passou por todos os lugares que dá pra imaginar. México, Alasca, Vegas, Venezuela. Em todo canto. E pelo país inteiro também. De vez em quando ele fazia um leilão, eu acho, mas na maioria das vezes era algum tipo de consultor que diz pras pessoas como administrar as terras. Ele só continuou vagando. Devia tá pensando que ia encontrar algo melhor."

Ma bufou.

"Parece que não encontrou, senhora", disse Gore. "Porque ele tá aqui, pronto pra voltar pra onde começou. Na verdade, foi assim que ele soube da casa dos Fawkes. Ele ficou lá uma vez, há mais ou menos um ano, quando a Amelia estava alugando quartos. E ele foi inteligente o suficiente para perceber que Harlowe é um lugar tão bom quanto qualquer outro."

"Dizem que a casa dos Fawkes foi uma pechincha", disse John.

"Mesmo assim, ele tem algo de estranho, se quiser minha opinião", disse Mim. "Mudando para aquela casa grande sozinho com aquele cachorro. Especialmente depois de todo esse tempo, ninguém nem cortou a grama."

"Acho que assassinatos durante a noite não significam nada para ele", disse Ma.

Gore encolheu os ombros. "Ele sabe que, de uma forma ou de outra, não significa nada sobre o que Harlowe é de verdade."

"Então, mas por que Harlowe?", John perguntou. "Em vez de Powlton, digamos, ou pelos lados de Peterborough, onde é muito mais chique?"

"Oh, o Perly tem umas ideias", disse Gore. "Você devia ouvir ele falar."

"Você devia chamar ele pra nos visitar", disse Ma.

"A senhora ia gostar dele", disse Gore. "Ele tem esse jeito que as mulheres gostam. E ele ia perceber o valor de uma fazenda bem cuidada como essa."

"Só porque ele não tem que cuidar de tudo", disse John. "É ele que você está planejando tornar seu assistente?"

"Eu chamei, mas ele não ficou interessado", disse Gore.

"O que ele quer é dizer pra você o que fazer. Ele não está interessado em trabalho de verdade", disse John.

Gore franziu a testa. "Red Mudgett voltou", disse ele. "Ele está procurando alguma coisa, e você se lembra que ele sempre foi muito inteligente..."

"Bobby", gritou Ma. "Não vá me dizer que você contratou o Red Mudgett? Parece que você não tem mais bom senso do que o resto dos Gore."

"Perly achou que ele seria bom", disse Gore, procurando um cigarro no bolso.

Hildie caiu no chão na frente de Gore e sentou-se com o braço em volta de Lassie. Ela assistiu em transe enquanto ele acendia um segundo cigarro na ponta do primeiro.

"Ele é o ovo mais podre que essa cidade produziu desde que eu me entendo por gente", Ma disse. "E se alguém sabe, sou eu. Ele frequentou a minha turma da Escola Dominical por uns três anos."

"Acho que Mudgett se regenerou", disse Gore.

"Você acha, ou esse tal de Dunsmore que acha?", disse John.

"Bom, ele tem uma esposa agora", disse Gore. Ele puxou um lenço e enxugou a testa. "Uma bela esposa, inclusive." Ele deu a Mim um olhar avaliador. Ela sorriu, um traço de cor vindo das sardas claras na ponte de seu nariz. "Não sei, Johnny", disse ele. "Se você e ele podem se dar tão bem, talvez até haja esperança para mim."

"Engraçado", disse John. "Jurava que Red era do tipo que nunca ia se casar. Nem pensava, da maneira como ele sempre falava, que algum dia ia querer ver a gente de Harlowe outra vez."

"Falando nisso", disse Ma, "você não acha um pouco estranho que esse novo leiloeiro tenha vindo aqui em vez de voltar para a própria cidade, onde todo mundo conhece ele?"

Gore deixou a pergunta pairar no ar por um momento. "É uma área bastante abandonada agora, o norte de New Hampshire", disse ele.

"Acho que você não ia chamar isso de abandonado", disse John, gesticulando em direção ao celeiro.

"As mudanças estão chegando aqui", disse Gore. "Lembre-se dos turistas de verão. E todos os novatos que agora também ficam no inverno." Gore recostou-se na cadeira. "Como eu disse, o Perly sabe muito sobre terra. E tem coisas grandes para acontecer em Harlowe relacionadas à terra. Tá vindo, tô dizendo. Sabe aquelas cidadezinhas perto de Massachusetts? São tão ruins quanto a cidade grande. Vandalismo o tempo todo, engarrafamentos, sujeira... Perly acha que pode ajudar Harlowe a crescer antes que isso nos acerte em cheio."

"E se Harlowe nem chegar a crescer?", disse John.

"É melhor plantar um carregamento de dinamite na rodovia, então", disse Gore, olhando para Ma como se pedisse desculpas. "Com Boston e todas essas cidades se espalhando como mariposas-ciganas em junho..." Ele inclinou-se para a frente na cadeira. "Além disso", disse ele, "será que *você* gostaria de morar na cidade?"

"Eu não", disse John.

"Claro que não." Gore acomodou-se de volta. "Perly acha que o único motivo de os moradores da cidade fazerem tanta bagunça em todos os lugares aonde vão é porque eles precisam exatamente do que a gente tem aqui. Eles vêm para cá em busca dos bons valores do campo. Um grupo de pessoas reais para se sentir parte. Algum tipo de conexão. Mas nós os mantemos afastados agora, nunca os deixamos fazer parte das coisas..."

"Ele acabou de se mudar", disse John. "Ele já tá planejando estabelecer um comitê de boas-vindas? Ou ele vai te colocar na saída da cidade para distribuir margaridas — de cima da nova viatura, talvez?"

"Que droga, John", disse Gore. "Você sempre foi de zombar dos outros. Com toda essa gente nova chegando, como pode fazer mal ter alguém por perto que sabe o que tá fazendo?"

"O que eu queria saber mesmo é o que ele tá pensando", disse John.

"Você não entendeu direito qual é a desse Perly", disse Gore. "A questão é que ele é uma espécie de benfeitor. Atrás de mim o tempo todo pra eu largar a cerveja e o cigarro. Igual aqueles pregadores de antigamente, usando até um chapéu preto e um colarinho. Ele acha que se a gente voltar com os leilões, para começar, depois as quadrilhas, o mutirão de costura e o jantar comunitário... Lembra-se daqueles concursos de soletrar que a gente tinha antes de fecharem a escola velha?"

"Eu e você", disse John, "a gente sempre chegava perto dos primeiros. Você tá com vontade de voltar com isso?"

"Então, ele é pegado com essas coisas de fazendas, água de poço, lenha e ar puro. Para ele, tudo isso é parte integrante dos valores cristãos."

Mim, inquieta, mordia a junta do polegar.

Gore acendeu outro cigarro e deu uma tragada que fez com que seu corpo levantasse quinze centímetros. Ele olhou para Hildie, depois virou-se para olhar desconfortavelmente para as margaridas de plástico penduradas entre as janelas da frente. "Na verdade, ele queria que eu perguntasse pra todo mundo quem ia mandar os filhos, se ele abrisse uma Escola Dominical."

"Eu mesma lecionei na Escola Dominical por trinta e cinco anos", disse Ma.

"Bom, eu sei disso", disse Gore, balançando a cabeça.

"É claro que Hildie ia para a Escola Dominical", disse Ma. "Ela ia adorar. E ela precisa muito."

Hildie sentiu o olhar complacente da avó, cerrou o lábio entre os dentes e correu para a mãe.

Ouviu-se um forte estalo no fogão e o som oco do fogo queimando por um momento; não um som reconfortante, uma vez que o ambiente já estava quente demais para todos, exceto Ma.

"É isso que você veio fazer aqui?", John perguntou, começando a rir. "Recolher as crianças para uma turma de Escola Dominical?"

"Bom, não exatamente", disse Gore. "Acontece que pensamos em repetir no próximo sábado."

"Outro leilão?", John perguntou interrompendo sua risada.

Gore encolheu os ombros.

"Achei que o resultado do outro tinha sido bom", disse John.

"Se um é bom, dois é melhor", disse Gore, recolocando seu corpo na cadeira. "A gente acha que pode levantar ainda mais."

"Pra polícia de novo?", John perguntou.

Gore remexeu no bolso de trás em busca do lenço outra vez. "Se você esperar até que o crime saia do controle antes de procurar mais policiais..."

Ma assentiu com entusiasmo. "Parece até quando Janice Pulver falou que o Farmer's Mutual teve que aumentar os preços por ter de pagar pelos *hippies* acampados na área toda. Não é de se espantar a Amelia estrangulada daquele jeito."

"Bom, as coisas estão ficando mais complicadas", disse Gore, voltando-se para Ma com gratidão. "Isso é tudo que sei."

"Ora, a gente pode dar pra eles aquele velho bufê", disse Ma. "Quando que a gente ia usar aquilo afinal?"

• • •

Nos dias em que ninguém ia à cidade, John caminhava os quatrocentos metros até a caixa de correio, como fazia desde que era pouco maior que Hildie. Em geral, estava vazia. Mas na sexta-feira depois da segunda visita de Gore, ao erguer Hildie para olhar, ela retirou uma carta. Ela correu para casa à frente dele sob o sol, com tanta rapidez que John não conseguiu mais acompanhá-la sem correr também, e já fazia alguns anos que ele não corria. Suas botas rangiam com certo ritmo na lama arenosa ao segui-la, seu rosto largo contente enquanto sua filha aumentava a distância entre eles, balançando a carta acima da cabeça como uma bandeira.

Hildie jogou a carta no colo de Ma como se apresentasse seu triunfo e esperou que John se sentasse na cadeira de balanço para subir em seu colo. Mim apoiou-se no piano com o avental. Ma leu em voz alta:

Queridos John, Miriam, sra. Moore e Hildie:

As rodas com que vocês contribuíram para o leilão do policial obtiveram um preço que nos surpreendeu de modo positivo Gostaria de remeter parte do dinheiro a vocês como recompensa por sua generosidade.

Bob acha que o leilão foi um grande sucesso. Certamente espero que contribua para a segurança futura de Harlowe.

Como vocês sem dúvida sabem, sou o novo dono da antiga casa de Fawkes, na Parade, e espero que nos encontremos como vizinhos em breve e nos vejamos muito.

Atenciosamente,
Perly Dunsmore

Incluído, estava um cheque de três dólares. "Mais do que os bombeiros", disse John, virando o cheque de um lado para o outro.

"Ele com certeza tá com o Bob Gore na palma da mão", disse Mim.

"Isso não é de se deixar pra lá", disse Ma. "Pelo visto, Bobby ficou com todo o bom senso de todos os dezenove filhos dos Gore. E se ele tivesse ido embora de Harlowe como os outros, o velho Toby ia viver de seguro-desemprego, com certeza."

"E as vacas, Ma?", John disse à mãe, piscando para a esposa. "As vacas também iam viver de seguro-desemprego. É melhor atirar em Toby imediatamente e levar suas vacas embora."

"É incrível como aquele celeiro não cai na cabeça deles", disse Mim.

"Todo mundo de Harlowe sabe que vai durar tanto quanto Toby", retrucou Ma.

"Bob não é o pior policial do mundo", disse John. "Ele com certeza ia aparecer num piscar de olhos se você ligasse."

"Por medo de perder alguma coisa", disse Ma.

"Isso foi meio maldoso, né?", disse John. "Esses sete anos inteiros ele sonhou em ter um crime de verdade para resolver. E agora ele tem um crime hediondo — um estrangulamento — sem falar na invasão e no assalto. E o coitado do Bobby não encontrou sequer um suspeito."

"Fanny disse que ele estava tão zangado que nem falava sobre isso", disse Mim. "Nem mesmo quando enchia a cara. Não que eu culpe ele. Totalmente humilhante, bem ali na maior casa da cidade."

Ma virou-se para John. "Você se lembra daquele tempo quando o velho Nicholas Fawkes usava o grande celeiro pra fazer leilões?", perguntou ela. "Isso cria uma espécie de tradição, não é? Talvez esse Perly Dunsmore não seja tão bobo no fim das contas. Você deveria ir à loja com um pouco mais de frequência. Veja o que você pode descobrir."

John balançou a cabeça e sorriu. "Você tá com muita curiosidade sobre esse sujeito, Ma", disse ele.

"Não dá pra dizer que isso já passou pela minha cabeça antes, né, John?", Mim perguntou. "Que o que eles realmente querem é ser como nós?"

"Quem?", John perguntou.

"Toda essa gente se mudando da cidade para o campo", disse ela. John e Mim estavam escalando o pasto para substituir as pedras caídas do muro dos fundos para que as vacas não se perdessem na floresta. Era uma boa caminhada até o topo, mas naquela manhã havia uma névoa cobrindo seu progresso e o trajeto pareceu uma viagem. A criança caminhava entre eles, subjugada, mantendo suas mãos apertadas nas dos pais. Um papa-moscas invisível chamava sem parar, como se contasse seus passos silenciosos, subindo sem parar na íngreme ilha marrom que se desvanecia na brancura, e vez ou outra corvos gritavam a distância.

No meio do caminho, eles se viraram para olhar para o lago como sempre faziam, mas o lago estava completamente perdido na névoa.

"Olhem pra casa", sussurrou Hildie.

"Parece bonita", disse Mim.

O que eles viram foi uma capa branca descansando na encosta da colina com uma cerca de estacas altas esculpidas à mão nos fundos. A névoa desbotando o desgaste da tinta, a lata enferrujada sobre o depósito de lenha, os tijolos faltando na chaminé, o plástico nas janelas, até mesmo o emaranhado de vinhas da ipomeia do ano anterior ainda pendurado na cerca.

"Parece toda lustrosa", disse John.

"Como se os turistas do verão tivessem trabalhado nela." Mim riu e virou-se para continuar subindo.

Em algum momento, o pequeno cemitério murado sob a cerejeira emergiu no meio do nevoeiro. "Cuidado", avisou Mim conforme se aproximavam, pegando Hildie antes que ela pisasse nos restos marrons de hera venenosa do ano anterior. "Devíamos pulverizar isso", disse ela, "antes que se firme de novo neste verão."

"Antes que chegue a vez de Ma", John murmurou. "Seria uma bela bagunça."

"Pode não ser adequado para o seu pai e todos os outros antes dele estarem enterrados assim nesse leito venenoso."

Mas a criança havia se virado para olhar de novo para baixo. "Sumiu!", ela gritou. "A casa sumiu!"

"Assim como você sumiu da casa", riu John. Ele a pegou para carregá-la nos ombros. "Olha pros salgueiros, filha. Tá vendo aquele amarelo borrado? Logo estarão verdes e vai chegar a primavera antes de a gente notar." Eles se dirigiram para o muro alto dos fundos do pasto, examinando-o cuidadosamente em busca de lugares quebrados. Mas a maior parte dos pedaços de granito estavam nos lugares habituais, presos por uma rede robusta de videiras Concord.

"Pensando bem, eu não me importo", disse Mim.

"Com o quê?", perguntou John.

"De viver como a gente vive", ela disse.

2

Conforme a lama dava lugar aos borrachudos e os borrachudos aos pernilongos, Bob Gore voltou várias e várias vezes.

Os Moore ficaram sabendo dos leilões da loja de Linden. Toda semana mais gente chegava, mais gente apaixonada pelo romance de uma vida no campo, parte da mesma força cega que, desde antes de Hildie nascer, arrasava as encostas com escavadeiras e instalava-se nos *trailers* e nas minúsculas casas moduladas, projetadas para simular um ar tradicional. Parte dos novos moradores dirigiam quase até Boston todos os dias para trabalhar nos arredores da cidade. Outra parte trabalhava nas fábricas de vidro e aço que se erguiam ao longo da Rota 37, conforme seguia para o sul. E mais e mais veranistas brotavam da rodovia interestadual todo fim de semana, invadindo a loja de Linden usando roupas leves, listradas e de bolinhas, reclamando do preço dos produtos e devorando as bolas de plástico, os cata-ventos e os elefantes infláveis que Hildie tanto amava.

Quando Gore chegou, John levou-o para baixo do celeiro, para a área cavernosa que abrigava uma coleção centenária de cadeiras de balanço quebradas, mesas sem pernas, espelhos quebrados, prensas de sidra enferrujadas e ferramentas obsoletas. "Por quanto tempo você acha que consegue fazer as pessoas continuarem comprando todas essas tralhas, Bobby?", John perguntou em uma semana.

"É o que eu me pergunto às vezes", admitiu Gore. Ele parou para acender um cigarro e observou a fumaça subindo na direção das teias de aranha. "Perly é como uma espécie de mágico, mas ainda assim..."

"É difícil para mim imaginar pessoas sem nada melhor para fazer na primavera do que ir a leilões."

"Bom, eles não são fazendeiros", disse Gore. "É surpreendente ver toda a gente da cidade dando as caras na Parade aos sábados. As cidades por aqui estão crescendo bem. E mesmo as pessoas que vêm para passar o fim de semana parecem não saber o que fazer nos sábados. Cortar a grama, colocar o lixo para fora, reclamar dos insetos. Mas que inferno? Acho que Perly tem razão. Os leilões fazem com que elas se sintam parte das coisas."

"E não dá pra reclamar dos cheques", disse John.

"Perly fala que isso tudo é só a dinâmica da compra e venda da tradição americana, e a gente fornece pra eles um espetáculo melhor do que uma loja de descontos, que é onde eles iam passar o sábado na cidade. Acho que algumas pessoas simplesmente gostam de gastar dinheiro."

"Você tá planejando banhar sua viatura em ouro ou o quê?", perguntou John, desenterrando uma velha pia de pedra-sabão e indicando que Gore deveria levantar um dos lados.

"Mão de obra", disse Gore. "Eu tenho cinco assistentes agora."

"*Cinco!*", disse John.

"Bom, como o Perly diz, 'melhor prevenir do que remediar'", falou Gore, passando a mão sobre a pedra cinza de forma avaliativa. "Eu disse que a gente tinha o Mudgett, mas agora temos o Jimmy Ward, o Sonny Pike, o Jim Carroll e aquele seu vizinho, o Mickey Cogswell."

"Parada dura", disse John, franzindo a testa.

"Perly diz que", disse Gore, erguendo os olhos para John, "são homens assim que fazem as pessoas desejarem criar os filhos em Harlowe."

John ergueu uma das pontas da pia pesada e ajudou Gore a carregá-la para a caminhonete.

"Quando você vai aparecer pra ver nosso homem em ação?", perguntou Gore. "Ele é um feiticeiro, isso sim. Lança um feitiço na multidão pra eles não poderem evitar o que fazem."

"Mas, Bobby", John disse, "você já vem até a gente todas as quintas-feiras carregado com todas as coisas que aquele homem disse a semana inteira. Pra que a gente precisa ir lá ver ele?"

Os Moore tinham poucos momentos livres na primavera. A primavera era a época em que lançavam as bases para mais um ano de vida.

John arava e semeava novamente a parte do pasto que estava quase recoberta de ervas daninhas e margaridas. Mim podava e pulverizava as macieiras. John rastelava e adubava a horta e o novo canteiro para a abóbora. E Mim e Hildie plantavam, pressionando as sementes na terra molhada com as mãos. Eles tiraram as películas térmicas das janelas e penduraram um balanço para Hildie e um pneu velho. Plantaram flores na frente da casa e no jardim maior do outro lado da rua, que ainda chamavam de jardim da Ma, embora agora fosse da Mim, em vez de da Ma, que era quem colhia as flores para vender para a igreja. E, claro, ordenhavam as vacas pela manhã e as conduziam ao pasto, então as traziam de volta e as ordenhavam outra vez à noite.

A criança os seguia a todos os lugares, sentando-se em seu próprio banquinho perto dos pais enquanto ordenhavam, mantendo-se fora do alcance do rabo da Sunshine, fazendo perguntas intermináveis ou cantando preguiçosamente para si mesma. John e Mim ouviam em silêncio e respondiam quando era possível, apoiando a cabeça nas ancas quentes das vacas e inclinando-se ao ritmo da ordenha das sete vacas.

Eles haviam se casado mais de uma década antes do nascimento de Hildie, e a criança agitada e doce era tão diferente de seus pais que Ma zombava dela, dizendo que devia ser a filha trocada de um dente-de-leão. John e Mim planejaram ter uma grande família. Fazia parte do crescimento espalhar ramificações, tantas quanto fosse possível. Quando se casaram, o preço do leite estava consistente e nada parecia difícil. Mesmo quando o leite parou de render, eles teriam aceitado filhos como parte do curso das coisas, se tivessem vindo. Mas, na época em que Hildie nasceu, seus planos haviam se transformado em uma dor quase esquecida, não tanto pelo desejo de um filho, mas pela sensação de que haviam sido renegados pelos ritmos da terra, como uma macieira que florescia lindamente, mas não podia ser persuadida a gerar frutos.

John e Mim sempre iam aos campos, à floresta e ao celeiro juntos, caminhando como irmãos para fazer o que tinha que ser feito. E praticamente desde o momento em que Hildie nasceu, eles continuaram seu hábito, levando a bebê consigo ou deixando-a dormindo com a avó, a essa altura cansada demais para cuidar de uma criança, mas capaz de tocar o gongo para chamá-los quando a menina acordasse. Quando Hildie era pequena, Mim a carregava nas costas ou a amarrava a uma estaca como uma cabra e, quando ela cresceu, parecia ficar por perto naturalmente. E, de uma forma que não esperavam e nunca mencionaram, ter a filha por perto fez com que se sentissem completos, até felizes.

À noite, a família conversou, como fazia todos os anos quando a primavera os envolvia com energia e entusiasmo, sobre arrancar a grande chaminé central e instalar um banheiro de verdade com banheira e aquecedor de água elétrico. Se Mim conseguisse mais alguns dias de faxina nas casas dos veranistas, ou se vendesse mais algumas flores — se John conseguisse mais tempo na cidade operando a motoniveladora ou o limpa-neve, ou mais alguns trabalhos ajudando Cogswell, então eles poderiam pagar por isso. Naquele ano, também falaram sobre o leiloeiro — sobre seus planos para a cidade. Houve uma excitação em sua chegada que parecia harmonizar com a aceleração da primavera, o que os reconciliou com as visitas de Bob Gore ao ouvi-lo falar sobre as coisas que estavam acontecendo além dos limites de sua fazenda.

"É o que eu sempre digo", afirmou Ma. "Todas aquelas pessoas estão vindo para cá por causa disso, foi aqui que nasceram os Estados Unidos. Eles vão ver que viver com tanta pressa não compensa os problemas."

"Por isso você assiste àqueles idiotas em seus programas como se eles estivessem divulgando a palavra de Deus", brincou John.

"E o que você quer que eu faça, com minhas pernas inúteis feito dois palitos de picolé?", chorou Ma.

"Se os cheques do leilão fossem só um pouquinho mais altos", disse Mim, "talvez pudéssemos construir nosso banheiro, afinal".

Mas enfim eles decidiram, como sempre faziam quando os dias ficavam mais quentes e preguiçosos, que qualquer mudança deveria esperar até que tivessem o dinheiro em mãos.

Numa manhã de sábado, a curiosidade levou a melhor sobre a lista de tarefas. John, Mim e Hildie levaram uma barra de sabonete Ivory para o lago e tomaram banho. Depois, esfregados do couro cabeludo aos pés, vestiram-se para ir à cidade — John em calças cáqui limpas, Mim em uma saia florida e blusa amarela e Hildie em um vestido suíço de segunda mão de bolinhas, que havia pertencido a uma das filhas de Cogswell. Mim deu um banho de esponja em Ma e ajudou-a a puxar as meias de algodão sobre as pernas protuberantes e amarrar os sapatos pretos.

Sem que ninguém soubesse, Mim gostava de ir à cidade, mas se perguntava se suas roupas estavam adequadas, se diria algo idiota para alguém. Lembrava-se de como as pessoas a olhavam quando ela veio para Harlowe pela primeira vez, escovando o cabelo com fúria, como se isso fosse de alguma forma suavizar as rugas de expressão ao redor de seus olhos e fazê-la ter 17 anos outra vez. Agora que era tarde demais, não via mais problema em ser admirada. Embora tivesse crescido em Powlton, uma cidade vizinha, ela sempre se sentiu deslocada em Harlowe. John não caçava nem jogava pôquer, e ela, por sua vez, não participava de vendas de bolos ou de círculos de costura. Quando as outras de sua idade já começavam a criar seus bebês, cozinhar e decorar suas casas, ela só conhecia o plantio, a ordenha e o corte de lenha. "Nenhum filho", sabia que era o assunto das reuniões de costura. "Bonita demais, é por isso." Então, quando as outras, com os filhos já no ensino médio, instalavam balcões de fórmica e aquecimento central, ela finalmente estava criando seu bebê, e continuava a cozinhar e aquecer com lenha, e achando as coisas muito boas e mais baratas do jeito que estavam. E, embora ela e John vendessem flores para a igreja — porque Ma sempre vendera flores para a igreja — eles não sentiam necessidade de comparecer.

Se alguém tivesse perguntado, Mim teria dito que era amiga de Agnes Cogswell. No verão, os Cogswell eram seus vizinhos mais próximos. Duas ou três vezes por ano — pelo menos uma vez durante a temporada de mirtilos e uma vez no Natal —, Mim ia lá e passava um dia. E de vez em quando Agnes ligava para ela com alguma pergunta ou fofoca. Agnes também não estava na moda, embora não porque não tentasse. O problema de Agnes era que exagerava em tudo, a ponto de assustar as pessoas. Mas Mim, de maneira discreta, apreciava seu afeto e gostava de visitar o desarranjado lar com seus seis filhos barulhentos.

Sentados os quatro, lado a lado, no banco da velha caminhonete verde, os Moore permaneceram todos em silêncio enquanto sacolejavam pela estrada de terra em direção à cidade — Ma com desconforto, John e Mim com seus pensamentos e Hildie com ansiedade. Os leilões estavam sendo realizados na Parade como os leilões dos bombeiros. Embora fosse cedo, a estrada que circundava o gramado estava totalmente lotada de veículos em todos os quatro lados, e um bom grupo de pessoas circulava examinando as coisas à venda agrupadas ao redor do coreto.

"Balões!", gritou Hildie, saltando em frente aos outros, enquanto caminhavam lentamente em direção ao leilão.

Havia apenas um punhado de pessoas de Harlowe entre os veranistas e desconhecidos — garotinhas em shorts cor-de-rosa e camisetas e tênis novos cobertos de estrelas, garotos em jeans novos e bem passados com bonés de abas reluzentes, casais esguios em roupas largas, senhoras corpulentas com pulseiras barulhentas e alguns antiquários sérios de paletó escuro.

"Por favor, papai, por favor", gritou Hildie. "Eu preciso de um balão."

Mudgett vendia os balões. John seguiu Hildie e entregou os trinta centavos. Não fez menção ao fato de Mudgett ter desaparecido por quase vinte anos.

"Tenha muito cuidado agora", alertou Mudgett. "Se você soltar, o balão vai flutuar direto para o céu e desaparecer como uma criança malcriada."

Destacado em sua cintura, havia um coldre de couro preto elegante como o que Gore usava quando atendia a chamadas de emergência. "Você precisa de uma pistola para vender balões, Red?", perguntou John.

"Nunca sei quando posso precisar", disse Mudgett, e endireitou-se sem sorrir, os olhos escuros opacos como carvão, o cabelo outrora ruivo há muito manchado de castanho como cobre esquecido ao relento.

John balançou a cabeça enquanto caminhavam em direção às cadeiras para acomodar Ma. "Red sempre foi assim", disse ele. "Na época da escola, bastava ele olhar para fazer você se contorcer, sem saber por quê."

Mim ajudou Ma a se sentar em uma cadeira e enganchou as bengalas nos degraus abaixo dela.

"Esse menino era um azougue com os versículos da Bíblia", disse Ma. "Só uma olhada e já podia recitar de cor, melhor do que um pastor. E do mesmo jeito que um pastor — tão parecido que dava calafrios. Nossa, como ele era terrível."

"Você ainda acha isso por causa daquela vez em que pegou ele zombando de você", disse John com um sorriso.

Ma balançou a cabeça. "Que garoto. Já se achava naquela época. Tava se preparando para ir embora de Harlowe antes de poder se virar."

"Acho que ele descobriu que o resto do mundo não é diferente", disse John. "Não conheço ninguém que esteja satisfeito com a volta dele."

"Fanny disse que aquela garota com quem ele se casou é de Manchester e ela já está grávida", disse Mim.

"Ele, pai?", disse John, com o pé apoiado na cadeira à frente de Ma e o cotovelo apoiado no joelho. "Que o Senhor ajude a criança. Ele tinha um cachorro. Lembra, Ma? Um daqueles cachorros de caça preto e branco. Ele queria que o cachorro aprendesse a matar. Fez de tudo para ele ficar mau. Mas nada dava jeito. O cachorro só colocava o rabo entre as pernas e tremia. Na escola, a gente ficava parado, com os olhos esbugalhados de ver o Red castigar o bicho. Uma vez no inverno, ele colocou o cachorro no poço. E uma vez ele arrastou até o telhado da escola e o deixou escorregar e cair. No final das contas, fez ele comer vidro quebrado e morreu. Ele puxou o cachorro para a escola em uma carroça para que todo mundo o visse vomitando sangue."

"Bom, eu sei que outros homens eram desmiolados quando eram meninos", disse Ma. "Um bebê pode amolecer ele um pouco. Eu sei de alguém que ficou mole igual pudim." Seus olhos dispararam de um lado a outro, em estranho contraste com seu corpo lento. "Agora vocês, jovens, vão lá e vejam o que está à venda", disse ela. "Estou vendo daqui uma cabeceira de cama que parece coisa chique."

Então John, Mim e Hildie foram em direção ao coreto e perambularam entre as coisas colocadas à venda.

"Um monte de celeiros sendo limpos este ano", disse John.

"Por que você acha que alguém guardaria isso no celeiro?", perguntou Mim, passando a mão pela coluna da bonita cama trabalhada que Ma tinha visto. Estava bem lustrada e tinha um ótimo acabamento. "Isso é bem melhor do que um simples bazar de velharias."

Hildie encontrou uma carroça vermelha descartada e acomodou-se nela. Ela passou a mão de um modo amoroso ao redor de sua borda enferrujada. "Nem mesmo uma coisinha?", implorou, pois seus pais tinham avisado que não comprariam nada para ela.

"Pode ser que não saia caro", disse Mim.

"Vamos ver", disse John, voltando para Ma.

Hildie a seguiu, puxando a carroça atrás de si. Em seguida, ajoelhou-se e sentou, experimentando o puxador e todas as rodas, seu balão verde balançando no alto.

Um burburinho de atenção passou pela multidão. Na varanda da antiga casa de Fawkes, estava o leiloeiro. Ele era tão alto quanto Gore, embora elegante e esguio. Apesar da camisa xadrez vermelha aberta no pescoço, havia algo nitidamente formal em sua postura que o diferenciava da negligência interiorana das pessoas que o esperavam naquele sábado. Seus traços eram finos e tensos e sua pele era quase tão morena quanto seu cabelo. Ele permaneceu olhando para a multidão, com as mãos nos bolsos. Bem acima de sua cabeça, elaborados ornamentos esculpidos pendiam dos beirais, entrelaçados para dentro e para fora com grossos caules marrons de trepadeiras. Acima da varanda ficava a janela central e, ainda mais acima, na cumeeira do telhado, um cata-vento com um lince girando inquieto em uma brisa leve sob um para-raios pontiagudo. Junto ao calcanhar do leiloeiro sentava-se um jovem golden retriever, movendo a ponta de sua cauda em uma cordialidade hesitante enquanto esperava para caminhar com ele no meio da multidão.

Por fim, com um meio-sorriso de boas-vindas nos lábios, o leiloeiro desceu os degraus da frente, atravessou a rua e adentrou a multidão entre sua casa e o coreto.

O povo estava começando a ocupar os assentos e a se preparar para o leilão. Eles abriram um caminho diante de Dunsmore, que parou para cumprimentar e apertar a mão de todos de Harlowe.

Quando chegou aos Moore, parou e olhou para eles. "Os Moore, creio eu?", perguntou ele. "Dos lados de Constance Hill?"

John olhou para a esposa.

"Pelo amor de Deus", gritou Ma. "Como você sabe disso?"

O leiloeiro jogou a cabeça para trás e riu. "Eu estava esperando que vocês viessem. Vocês são de fato bastante reservados. Já conheci quase todo mundo. E eu ouvi falar sobre o cabelo de seda de milho de Hildie." Ele estendeu a mão e colocou a palma da mão larga na cabeça dela.

Hildie ficou boquiaberta e permitiu ser acariciada.

O leiloeiro recuou e colocou as mãos na cintura. "Você gostou daquela carroça vermelha, mocinha?", perguntou ele.

Hildie colocou o polegar na boca e ergueu os olhos azuis confiantes para o leiloeiro em concordância.

"Essa é uma senhorita que sabe o que quer", disse ele a Mim com um largo sorriso, seus olhos escuros fixando-se por um momento em seu rosto. "Agora, Hildie, preciso que deixe essa carroça comigo. Ah, apenas por um ou dois minutos, não se preocupe. Vou começar os trabalhos com sua carrocinha. Assim, seu pai pode comprar para você já, já."

Mas, em vez de se soltar, Hildie afundou o traseiro com firmeza na carroceria e se segurou.

"Ora essa, Hildie, eu sou um homem de honra inestimável, não dá para perceber?", ele perguntou.

Hildie prendeu o lábio inferior em um sorriso tímido.

Ele tirou-a da carroça, beijando-a na testa enquanto a colocava ao lado de Mim.

Ele estendeu a mão para John. John, pego de surpresa, parou por um segundo incômodo e apertou as mãos. "É um prazer finalmente conhecer vocês", disse o leiloeiro.

"A gente ouviu falar que é um espetáculo e tanto", murmurou John.

Em seguida, o leiloeiro pegou a carroça enferrujada e a levou consigo. O cachorro se virou para segui-lo. Hildie observou por um segundo, então se virou e saiu atrás do leiloeiro, do cachorro e da preciosa carroça.

"Hildie", John a chamou de supetão, mas a criança não se virou.

"Deixe ela em paz", disse Ma. "Que mal pode acontecer pra ela em Harlowe?"

Perly Dunsmore subiu as escadas para o coreto e bateu seu martelo no corrimão de madeira. Hildie o seguiu. Ele fez uma pausa e a ergueu sobre uma cômoda atrás dele, onde ela se sentou e enfiou o polegar de volta na boca, mantendo o olhar atento em sua carroça. O cachorro deitou a seus pés.

Mim virou-se para John com um sorriso, mas ele se inclinou para trás em sua cadeira com aborrecimento.

"Esta garotinha aqui é Hildie Moore", disse Dunsmore, alongando suas palavras em uma fala arrastada, seu ar de distância dissolvendo-se tão completamente que as linhas de seu rosto pareceram literalmente se rearranjar. O timbre profundo de sua voz adquiriu um tom forte e ele se transformou diante dos olhos de todos em alguém que obviamente tinha nascido para ser leiloeiro.

"Vejam só, Hildie Moore é uma amiguinha muito especial que tenho", prosseguiu, "e ela escolheu essa belezinha de carruagem mágica para inaugurar os lances deste leilão — o mais sensacional, incrível, maravilhoso e estrondoso leilão de final de semana que Harlowe já viu. Agora, o que me oferecem por este belo exemplar de uma carruagem totalmente americana, o sonho de todos os garotinhos e garotinhas, chupadores de dedo e de olhos arregalados deste lado de Powlton?"

Hildie corou. Ela tirou o polegar da boca e sentou-se sobre a mão para disfarçar. À esquerda de Perly Dunsmore, Gore segurava a carroça para que todos a vissem.

"Cinquenta centavos", ofereceu John.

"Cinquenta, cinquenta. Estou ouvindo um grande dólar redondo e brilhante?" A voz de Perly ganhou ímpeto como rodas de metal rolando nas juntas de uma ferrovia.

Uma jovem de short e regata estava parada na beirada da multidão com um garotinho em um terno branco de marinheiro. "Setenta e cinco", disse ela.

"Setenta e cinco, setenta e cinco. Vamos, pessoal. Não sejamos sovinas. Lembrem-se de que isso é para os pequenos. Onde está aquele grande dólar redondo e brilhante?"

John levantou a mão.

"Um dólar, um dólar. Eu ouço um dólar e vinte cinco?", cantou o leiloeiro.

A mulher acenou com a cabeça e seu filho pulou na ponta de sua mão.

"Sim, senhor, é assim que deve ser. Uma boa engraxada nessas bordas enferrujadas, uma boa polida nas rodas que rangem, uma boa ajustada à força neste eixo torto bem aqui, e esta pequena carruagem velha aqui servirá para um gladiador. E agora eu gostaria de ouvir dois dólares brilhantes redondos e então entregarei ao vencedor sortudo as chaves e o registro, a nota de venda e as placas do carro. Quem sabe, pessoal, aonde essas rodas enferrujadas vão levar vocês."

"Um dólar e cinquenta", chamou John.

"Um dólar e cinquenta. Um dólar e cinquenta. Eu ouço dois? Dou-lhe uma, dou-lhe duas, dou-lhe três. Vendido. Por um dólar e cinquenta para a garotinha mais bonita que peguei no colo em muito tempo." Perly ergueu Hildie de seu poleiro atrás dele e girou-a bem alto sobre sua cabeça para que todos vissem, depois entregou-a por cima do corrimão para Mudgett, que a desceu e a acomodou na pequena carroça enferrujada.

Um adolescente com cabelo quase até os ombros puxou a carroça pelo corredor gramado até onde os Moore estavam sentados, e John o pagou. "Você é o filho de Jimmy Ward?", John perguntou.

O menino assentiu.

"Todos vocês têm sardas como o seu pai", disse Ma. "Eu ia reconhecer um Ward a um quilômetro de distância."

"O pai de vocês é policial agora, pelo que ouvi", disse John. "Sempre tem tanta gente assim?"

"Não", disse o menino. "Mas agora eles tão colocando avisos em todos os jornais. Até nos jornais de Boston." Ele sorriu e balançou a cabeça na direção do coreto. "Ele sempre faz essa performance. Acho que é por isso que continuam vindo."

"Um antigo leilão ianque", dizia Perly — seu corpo balançando em uma estranha quietude, suas palavras voando sobre a multidão com vida própria — "é a encruzilhada dos Estados Unidos. Um leilão ianque, como nos velhos tempos, é onde o melhor do antigo encontra o melhor do novo. É onde a reciclagem se encontra com o velho ditado: 'Use, gaste, faça valer ou viva sem'. É onde o melhor dos veteranos encontra o melhor dos recém-chegados. Vocês têm pessoas à sua direita e pessoas à sua esquerda. Todos vocês têm coisas a oferecer e espero de verdade que este sétimo leilão à moda antiga de Harlowe nos ajude a nos reunir.

"Agora eu tenho aqui um genuíno produto americano. Um separador de leite manual, muito bem trabalhado à moda antiga." Mudgett ergueu o separador pesado e o equilibrou sem o devido cuidado no parapeito do coreto enquanto Perly o exibia. "Vejam só esse trabalho extravagante de peltre, a qualidade da porcelana na tigela. Hoje em dia, eles não se preocupam em fazer máquinas bonitas de se admirar. Mas houve um tempo em que se importavam com o menino que tinha que ficar parado ali e girar, então eles decoravam o separador com folhas e flores para descansar seus olhos e acalmar o espírito."

"Esqueça essa baboseira, Perly", exclamou Sam Parry, logo atrás dos Moore. Aos 70 anos, Sam tinha cabelos brancos, mas ainda era saudável. Sua idade evidenciava-se apenas porque, desde que seus filhos haviam saído de casa, ele achava mais difícil conter a língua a cada ano que passava. "Essa coisa maldita funciona?"

"Como um encanto", disse Perly. "Naquela época, eles faziam as máquinas para durar." Ele girou a manivela. "Funcionamento perfeito. Veja isso."

"Parece que está rangendo um pouco", disse Sam. "Como posso saber se as partes internas estão funcionando?"

"Porque eu garanto", disse Perly. "E o que eu digo, você pode escrever. Mas, se você estiver desconfiado, posso dar um certificado de garantia. Esta máquina está funcionando há vários anos e provavelmente ainda tem uma jornada mais longa pela frente do que a maioria de nós."

Sam deu um lance de um dólar, resmungando para a esposa e para qualquer outra pessoa que pudesse estar ouvindo: "Aquele trambolho elétrico da Sears que eu comprei do Paul Geness não presta para nada".

"Bem feito para você", disse a esposa. "Você sabe que ele pega essas coisas no depósito de lixo."

"Um dólar!", Perly riu. Ele encolheu os ombros. "Claro que temos que começar de alguma forma, mas esta é uma antiguidade genuína que vale pelo menos cem. Agora, quero que todos considerem que tipo de conversa isso daria na sua sala de jogos ou na sua sala de jantar. Ensine a seus filhos os princípios da centrifugação. Ensine a eles como se faziam as coisas no passado E você pode ter certeza de que ninguém mais que você conhece terá um igual. Talvez não exista uma dúzia de máquinas como esta em todas as vastas extensões dos Estados Unidos."

"Dez dólares", disse uma mulher pequena usando um minivestido justo e um penteado alto e brilhante de cachos escuros.

Perly a viu na multidão e e se dirigiu direto a ela. "Esta é uma peça que vai parar as pessoas no caminho. Imagine montado próximo ao bar do porão. Divirta suas visitas tirando proveito dela. Sim, senhora, não tem como errar nisso. Eu tenho dez agora, tenho dez. Eu ouço quinze?"

"Onze", ofereceu Sam. "Se você tem tanta certeza de que essa bendita coisa funciona, por que você quer vender como algo pra render uma conversa?", ele continuou resmungando. "Caramba! Pra render uma conversa. Que tipo de idiota precisa de qualquer coisa pra render uma conversa. Se o assunto não surgir, por que se preocupar?"

"Esse nunca é o seu problema", comentou sua esposa.

"Onze. Onze", Perly estava entoando. "Agora lembrem-se de que uma antiguidade como esta continuará crescendo em valor com o passar do tempo. Além do mais, ainda está funcionando, então se os tempos ficarem difíceis, você sempre pode comprar uma vaca e ordenhar seu próprio leite."

"Que inferno", disse Sam. "Eu já *tenho* vacas."

"Eu tenho onze. Eu ouço quinze?"

Perly ficou de olho na mulher dos cachos, mas das cadeiras do outro lado do corredor, um homem com uma jaqueta de algodão listrada ergueu o cachimbo para sinalizar quinze.

"Quinze, quinze. Eu ouço vinte?"

"Dezesseis", Sam gritou em voz alta e clara, "e já é um roubo."

"Dezesseis, ouço vinte?"

A mulher dos cachos acenou com a cabeça para os vinte.

"Vinte, vinte. Eu ouço vinte e cinco?"

O homem acenou vinte e cinco, e a mulher subiu para vinte e seis. O homem respondeu com vinte e sete, e houve uma pausa.

"Vinte e sete, vinte e sete", gritou Perly, "uma pechincha ainda que fosse pelo dobro do preço. Quem vai me dar trinta?"

A mulher dos cachos acenou com a cabeça.

Perly voltou-se para o homem outra vez. "Trinta, trinta, me dê trinta e cinco e você terá algo que pode passar para os filhos de seus filhos."

Porém, o homem balançou a cabeça.

"Vendido", gritou Perly. "Por trinta dólares, para a pequena mulher que reconhece uma pechincha quando vê uma."

"Que não sabe que foi enganada", rosnou Sam para ninguém em particular.

"E agora, pessoal, segurem-se nas cadeiras", chamou o leiloeiro. "Há mais um velho e corajoso costume americano que um leilão ajuda a manter vivo. Os americanos sempre aproveitaram as oportunidades onde quer que as encontrassem e é isso que mantém seu sangue fluindo mais forte e mais rápido do que qualquer outro sangue. Já estive em quarenta países e sei que é verdade. Os americanos nunca tiveram medo de arriscar seu dinheiro onde está seu coração, e é por isso que somos o país mais rico do mundo. Agora eu tenho algo aqui que pode pagar grandes dividendos. Eu tenho três caixas-surpresa aqui e cada um de vocês terá a chance de dar um lance. Apostem e ganhem o dobro ou nada. Nunca se sabe. Ouvi dizer que certa vez um homem comprou um cofre por quarenta dólares e, quando o abriu, continha 75 mil dólares. Setenta e cinco mil dólares que o juiz determinou que eram dele por direito. Isso pode acontecer com qualquer um — comigo, com você. Então, o que me é oferecido por esta caixa de sopa Campbell cheia de surpresas? Um dedal, uma chave de fenda, um feixe de quadrados acolchoados, um par de ceroulas — quem sabe? Talvez uma pepita de ouro. Cinquenta centavos, cinquenta centavos. Quero ouvir um dólar...”

Na quinta-feira após o leilão, os Moore estavam na horta separando tomates e cebolas e plantando feijão.

“Acho que ainda devem ter umas duas boas caixas de ferramentas velhas aqui e vai ser o fim dessa nossa história com os leilões”, disse John.

“Não sei”, disse Mim, apoiando-se nos calcanhares e afastando os cachos castanhos do rosto. “A gente pode começar pelo sótão. Fazer uma varredura a limpo enquanto estamos com a mão na massa.”

“Temos que economizar algo por mais um ano”, disse John.

“Mais um ano”, disse Mim. “Alguém já vem guardando essa bagunça só por mais um ano, desde antes dos tempos da Ma. A gente pode conseguir algo por isso se abrirmos mão agora.”

John estava usando um pé de cabra para afundar as estacas dos tomates e do feijão. Em seguida, arrancou uma pedra do tamanho de sua cabeça e a jogou para o lado.

“Guarde”, Mim continuou, “e os filhos dos filhos de Hildie vão xeretar por lá todos os dias chuvosos, como você fazia quando era menino. Armadilhas para castores e espelhos quebrados. Isso não é lugar para crianças, e Hildie já está ansiosa para entrar lá sempre que pode.”

Gradualmente, eles reconheceram o som de um motor se aproximando. Levantaram-se para ver quem era antes de se comprometerem a caminhar pelo campo. No verão, alguns curiosos dirigiam pelas estradas menores apenas para ver o que havia no final delas. Davam meia-volta diante do quintal dos Moore. Ma espiava pela janela. Hildie olhava fixamente da sombra do celeiro. E os turistas olhavam para trás com seriedade, como se o que viam fosse tão insensível quanto imagens em preto e branco de um documentário de televisão.

Mas desta vez o motor era de Gore. E desta vez ele tinha a companhia de Perly Dunsmore.

Hildie começou a descer a colina correndo, e Mim e John caminharam rapidamente atrás dela.

A caminhonete de Gore parou no pátio, a porta do passageiro abriu-se e o golden retriever do leiloeiro saltou para fora. Lassie recuou, latindo descontroladamente. O retriever moveu-se com cautela em direção a Lassie, que parou e os dois cães circularam um ao redor do outro, com as caudas erguidas.

Atrás da cerca de madeira que corria entre a casa e o celeiro, Hildie parou, tímida, enquanto o leiloeiro alto desdobrava-se da caminhonete e abaixava-se com um sorriso para cumprimentá-la.

"Gostando da sua carroça vermelha, Hildie?"

Hildie acenou com a cabeça e saiu de trás da cerca, mas ainda chupava o dedo a distância.

"Venha e veja o que tenho para você", disse o leiloeiro, enfiando a mão no bolso.

Hildie tirou o polegar da boca e esperou pelos pais. Ela pegou a mão de Mim e foi com eles em direção a Gore e Dunsmore.

Gore estava encostado na porta da caminhonete. "Que tal o modo como Perly assustou aquele turista com a ideia de tirar um pouco de ferrugem?", ele cumprimentou John.

Perly abriu a palma da mão para Hildie. Nela estava um pedaço de chiclete rosa embrulhado em plástico verde.

Hildie ergueu os olhos para Mim, depois sorriu e pegou o chiclete. Perly acariciou sua bochecha e piscou para ela, então se levantou.

"Com certeza é um lugar bonito", disse Perly a John e Mim. "Tudo o que dizem daqui é verdade." Ele olhou além da casa para o pasto com a horta na metade do caminho no nível do terreno. "Tinha que vir aqui para ver com meus próprios olhos."

Hildie aproximou-se dos cachorros. Eles ainda estavam cheirando um ao outro com cautela. O pelo nas costas largas de Lassie estava arrepiado e suas pernas curtas estavam tensas.

"Essa é a Dixie", disse Perly à criança. A grande cadela castanha veio ao seu lado quando ele mencionou o nome dela, embora ela mantivesse, com visível ansiedade, seus olhos âmbar fixos em Lassie. "Aperte a mão de Hildie, Dixie", ele disse. A cachorra se sentou e estendeu a pata para Hildie. Hildie se manteve firme por um instante, depois se virou e escondeu o rosto na mãe. O leiloeiro piscou para Mim enquanto ela pegava a criança e a protegia.

"Mostre a eles como faz as orações, Perly", disse Gore. "Este aqui é o cachorro mais inteligente..."

"Reze, Dixie", ordenou Perly. A cadela se equilibrou nas patas traseiras como um terrier, juntou as patas, apontou o focinho para o fio de fumaça que saía da chaminé da casa e uivou.

Hildie riu e pulou de alegria, saltando no joelho de Gore de empolgação.

"Comporte-se, Hildie", repreendeu Mim. Mas seu próprio rosto brilhava de prazer. "Você gostaria de entrar e dizer olá para Ma?", perguntou, levantando os olhos timidamente para encontrar os do leiloeiro.

Enquanto Mim e Hildie conduziam o leiloeiro para dentro como um visitante dignitário, John e Gore foram buscar as caixas de ferramentas debaixo do celeiro.

"Contratando mais oficiais?", John perguntou.

"Jack Speare e Ezra Stone", disse Gore.

"Você deve estar planejando abrir um circo", disse John, pegando uma caixa de madeira e jogando as coisas enferrujadas ainda espalhadas entre os excrementos de rato e pedaços de palha velha.

"Algo assim", disse Gore.

John balançou a cabeça. "Eu acho que não é da minha conta", ele disse. "Contanto que os leilões rendam e meus impostos não aumentem." Ele largou um caixote perto da porta e pegou uma cesta cheia do que restou. "Eu só espero que você saiba o que está fazendo."

"Você devia me agradecer", disse Gore. "Este lugar parece muito melhor do que seis semanas atrás."

John se endireitou e olhou em volta. "Acho que vamos ajeitar e colocar alguns pintinhos aqui", disse ele.

Ele pegou a cesta e Gore pegou a caixa. Eles as carregaram e deixaram na carroceria da caminhonete ao lado de uma cômoda azul descascada. "Bom, é só isso pra esse ano", disse John.

Gore fechou a porta traseira com força. "Quer dizer que você não tem nada lá naquele sótão?", Gore perguntou, semicerrando os olhos para a pequena janela sob o telhado da cozinha.

John seguiu seu olhar até a janela empoeirada, depois voltou a olhar para Gore, que estudava os cabelos nas costas da mão. "Pode ser que sim, pode ser que não", disse ele. "Mas acho que é tudo por esse ano, no que diz respeito a mim e aos leilões."

Gore acendeu um cigarro.

Hildie, Mim e o leiloeiro saíram pela porta dos fundos com uma gargalhada.

"Não é incrível que continuem comprando essas velharias?", Perly disse a John, descendo o caminho com Hildie ao seu lado e Mim seguindo.

Mim tirou o cabelo da testa e sorriu para John. "Deve ser por causa do leiloeiro", disse ela.

"É isso aí", disse Gore, aliviado. "Ele é formidável. Você mesmo viu."

"É uma diversão boa e sadia", disse Perly. Ele pegou Hildie no colo e olhou para ela com seus olhos escuros e vivos. Ela riu e se contorceu para se libertar. "Tem um beijo de despedida para o seu amiguinho?", perguntou. Hildie obedeceu com um beijo rápido em sua costeleta escura e saltou de seus braços.

"Há alguma chance de Hildie vir para minha turma da Escola Dominical que começa neste domingo às dez horas?", Perly perguntou a John.

"Ah, muito bom", Mim disse. "Você ia gostar de ir?", ela perguntou a Hildie, que dançou descontraída, segurando com força a mão de Mim.

Perly sentou-se nos calcanhares e perguntou: "Você gostaria de ir, amiguinha?".

"Dixie também vai?", perguntou Hildie.

"Pode apostar", disse ele. "E também vamos contar histórias — Moisés e a sarça, o sábio Salomão, o rei Herodes e o menino Jesus. É quase como viver muitas vidas ao mesmo tempo, isso de contar histórias."

• • •

Naquela semana, John e Mim varreram o nível inferior do celeiro e construíram um galinheiro para substituir o que caíra em uma tempestade de gelo três invernos antes. Na quarta-feira, John levou Hildie ao Farmers' Exchange e pegou duas dúzias de pintinhos.

"Se a pessoa tiver um mínimo de bom senso, sabe que não compensa criar galinha", disse Ma depois que as vacas foram ordenhadas, o jantar acabou e Hildie estava na cama. "Mas é outra coisa ter um galo cantando lá fora enquanto ainda tá escuro como breu pela manhã. Ele tão cheio de energia enquanto a gente ainda está tentando limpar o sono dos olhos..."

"A gente não vai se preocupar com galo agora, Ma", disse John. Eles estavam tomando chá à mesa perto da janela, olhando para o lago, imóvel como vidro à última luz do dia.

"Imagino que não", disse ela. "É algo parecido com o que Perly diz. A gente perdeu os valores dos velhos tempos, de sair e pagar um bom dinheiro por pintinhos já incubados, em vez de criar um galo bom e eles nascerem de maneira natural."

"Gostaria de saber quais valores antigos justificam Harlowe precisar de tantos policiais novos", disse John.

"Lá vem você de novo, John", Mim disse. "Procurando pelo em ovo."

"Eu não", disse John. "Da nossa parte, a gente já parou com os leilões. Não é da minha conta o que eles fazem na cidade."

3

Mas na quinta-feira seguinte, quando os Moore estavam terminando de almoçar, a caminhonete de Gore veio rugindo em direção ao quintal outra vez, obscurecendo o rosto de John. "Que diabos?", perguntou ele.

Outra vez, Perly vinha acompanhado de Gore.

Hildie gritou de alegria e correu pela porta, descendo o caminho com Lassie para acariciar Dixie. Mim estava prestes a segui-la quando John se postou na frente dela e bloqueou a porta. Ele inclinou a cabeça para um lado e esperou que os homens viessem até a porta.

Mas eles foram para trás da caminhonete. Gore abriu a porta traseira e subiu pesadamente no caminhão. Perly pegou a ponta de um sofá de veludo avermelhado e o guiou para o chão enquanto Gore empurrava.

"Espera aqui", John disse a Mim e moveu-se lentamente pelo caminho.

Mim o seguiu.

"O que é isso?", perguntou John.

Perly virou-se com um sorriso. "Bom, quando isso chegou ao celeiro, eu percebi que era da altura certa para sua mãe. Quando suas articulações estão rígidas, ninguém quer um sofá muito baixo. Achei que você gostaria de trocar esse sofá pelo seu e dar um descanso aos ossos de sua mãe."

"Isso depende de Ma", disse John, olhando com cautela o estofamento bastante gasto. "Pode ser mais confortável. Difícil dizer."

Mim não disse nada. Ela estava pensando na nova capa florida que levara três dias fazendo para o velho sofá de Ma no inverno do ano passado.

Confrontada com o novo sofá, Ma pareceu um pouco alarmada. Perly ajudou-a a levantar-se. "Se não servir", ele acalmou, "vamos levar embora e continuaremos atentos até que apareça um que sirva."

Enquanto Perly observava, Ma sentou-se no sofá novo com a ajuda de suas bengalas, depois levantou-se. Então ela sentou-se sobre ele novamente, e abriu um sorriso completo. "Não é que você tem razão, Perly Dunsmore?", disse ela. "Eu mesma nunca tinha notado. Mas eu consigo me levantar desse com muito mais facilidade, e eu posso sentar sem cair no último segundo, como tenho feito nos últimos anos. Isso sempre me deixa bem aborrecida." Ela se levantou e se sentou mais uma vez. "Ora, eu vou ficar bem", ela disse. "Além do mais, acho que posso ficar mais confortável também. Não vou me inclinar tanto pra trás."

"É, tenho que reconhecer isso", disse Mim a Perly, ainda pensando que o novo sofá não era tão bonito quanto o antigo. "Nenhum de nós nem notou."

"Quem é da família nunca nota", respondeu Ma.

Perly ficou na porta com os braços cruzados e aceitou os comentários. "Às vezes, um novo par de olhos...", ele disse, e iluminou-se com um sorriso aberto.

"Bom, obrigada, Perly", disse Ma, radiante de satisfação.

Ele se aproximou e pegou a mão que ela oferecia entre as suas.

Em silêncio, John ajudou Gore a carregar o sofá antigo pelo caminho da frente até a caminhonete. Gore prendeu-o com firmeza na beira da caçamba e escorou-o com algumas colchas esfarrapadas.

"Você não tem nada de novo para contar esta semana?", disse John. "Seria algo fora do comum."

Gore inclinou-se no sofá onde estava assentado na caminhonete, sua capa brilhante escondida agora. Ele vasculhou o bolso em busca de fósforos.

"Apareça lá em casa, se quiser conversar. Você sabe que sempre tem alguns dos velhos por aí no domingo. Mas você nunca foi muito de se misturar."

"Pensei que o Perly tinha deixado vocês todos amarrados esses dias", John disse.

"Não", disse Gore. "As coisas estão como sempre estiveram, fora os leilões aos sábados." Ele saiu da caminhonete e olhou para a janela do sótão.

Dunsmore apareceu na porta com as mulheres. Até mesmo Ma fazia um esforço com suas bengalas até a porta para se despedir.

"Bom, obrigado", disse John enquanto o outro se aproximava da caminhonete. "Muito gentil da sua parte."

"O prazer é meu", disse Perly. "Sua mãe é uma mulher e tanto. Ela é realmente um símbolo do que este país representa. Eu posso ver isso."

John estava com os braços cruzados, observando o leiloeiro.

Os movimentos de Perly eram rápidos e descontraídos, um pouco rápidos e descontraídos demais, John pensou com uma pontada de antipatia.

Gore subiu na caminhonete. Perly abriu a porta do lado do passageiro e estendeu a mão para John. "Vejo você na próxima semana", disse ele.

John colocou sua mão momentaneamente na do outro homem. "Pra quê?", perguntou quando a mão forte agarrou a sua.

Perly ergueu uma sobrancelha. "Bom, os leilões não acabaram", disse ele. "Sempre aparece alguém."

"Como disse", Gore anunciou de seu assento. "Tem tanto policial agora que dá pra abrir um circo. Tenho que mantê-los ocupados."

Sorrindo, Perly fechou a porta e Gore pisou fundo no acelerador.

"Ei!", John gritou, mas a caminhonete estava dando ré e manobrando, então teve que se mover para o lado para deixá-la passar.

Mim estava remendando jardineiras na máquina de costura na sala da frente. De onde estava sentada, podia ver Hildie no gramado esforçando-se para dar cambalhotas, rolando várias e várias e várias vezes.

John e Ma estavam sentados com ela, esperando o noticiário das sete horas começar.

"Ele tem um jeito que faz você sentir vontade de levantar e fazer as coisas, o Perly", disse Mim. "Eu gosto de pensar que não somos nós que ficamos para trás, mas o contrário."

"Bom, acho que se isso te dá disposição pra fazer remendos, não pode ser tão ruim assim", John disse.

"Meu traseiro ficou satisfeito com o sofá", disse Ma, passando a mão sobre o veludo vermelho desgastado. "Vocês não viram como ele parecia se segurar para não dar pulinhos e fazer dancinha? Talvez seja isso que dê ânimo pra levantar e dar um jeito nas coisas."

"Essa menina vai quebrar o pescoço desse jeito", disse John, franzindo a testa para Hildie pela janela.

"Bom, ele cumpriu com a palavra dele", disse Ma, "pelo menos a parte da Escola Dominical. Esse é um valor dos antigos que era bem melhor do que o que se tem hoje."

"Mas a Hildie puxou a mim", disse John, rindo. "Ela não quer ir pra Escola Dominical."

"Isso porque ele contou pras crianças sobre Abraão, que tava pronto para esquartejar o pobre do pequeno Isaac", disse Mim. "Ela deve estar preocupada com o que você vai fazer na próxima vez que se zangar. Essa é uma história que nenhuma mãe jamais ia poder entender."

"Você só pensa assim porque não tem fé", disse Ma.

"Você é a única que sobrou por aqui que tem fé, Ma", disse John. "Pobre Hildie. Deus não pede coisas assim hoje em dia, e é difícil pensar que Ele já tenha pedido."

"Não, são só pequenas coisas que Ele pede pra gente como nós", disse Ma. "Como perceber quando uma velha precisa de um sofá mais alto para aliviar as costas cansadas."

"Você acha que era isso que ele estava observando? Ou que o sofá antigo do vovô é mais provável de chamar a atenção de um comprador desde que Mim o consertou tão bem?"

"Acontece que você nunca teve fé, filho. Vocês, jovens, não conseguem lembrar quais eram os valores dos velhos tempos."

"São os valores antigos que Gore está usando, então, quando diz que precisa de uma tropa inteira de assistentes?", perguntou John. "O que ele tem em mente pra usar eles, eu queria saber. São os valores antigos me dizendo que eu tenho que continuar alimentando leilões toda semana? Antes que a gente perceba, ele vai contratar quase todos os homens como policiais. Só Deus sabe como ele planeja usá-los."

"Deve ter vinte cidades em New Hampshire que têm um leilão todo sábado", disse Mim, empurrando o macacão de brim sob a agulha e fazendo a máquina chiar.

"E eu te falei a semana inteira", disse Ma, "você não pode culpar Perly pela tagarelice de Gore. Qualquer coisa dita por um Gore, você pode tirar da sua cabeça. Aquela sempre foi uma casa de pernas pro ar. Nunca teve ninguém que se importasse um mínimo com a verdade."

Na quinta-feira, John estava inquieto. Depois de ordenhar as vacas e levá-las para o pasto, demorou-se no café da manhã, bebendo uma xícara de café após a outra, procurando tarefas para fazer em casa. A cada longo suspiro do vento através dos pinheiros, esperava que Perly e Bob invadissem seu quintal.

Ele terminou de tapar um buraco na porta de tela e virou-se para falar com Mim. Ela estava polindo o fogão, mantendo seu corpo afastado para proteger as roupas. Hildie, percebendo que ele estava ocioso, pegou suas mãos e começou a escalá-lo como uma árvore. Ele sentou-se ao lado da mesa e a colocou no joelho, observando Mim.

Mim virou-se do fogão e parou na pia para lavar as mãos. Depois, pegou sua escova da prateleira e começou a escovar o cabelo. Ela escovou e repetiu os gestos, olhando para a imagem no pequeno espelho sobre a pia que John usava para se barbear a cada dois ou três dias. Seu cabelo claro saltava para trás da escova em cachos encrespados. Normalmente, só o escovava assim quando o lavava nas manhãs de sábado. Hildie deslizou pelas pernas de John e subiu novamente. Mim largou a escova e inclinou-se para mais perto do espelho.

John afastou Hildie para longe. O calor subiu lentamente para sua cabeça. A opinião de Ma ecoou em seus ouvidos: "Ela é bonita demais pra ser uma esposa decente pra um homem".

Mim tinha 17 anos quando se casaram, e era tão adorável que ele sentia dor quando a tocava. Se alguém lhe perguntasse por que se casara com ela, com certeza teria dito que esse era o motivo. Mas ficou satisfeito quando, depois de alguns anos a sós com os campos e as árvores, apenas com os olhos dele e os dos pais, ela esqueceu que era bonita e não se importava com o espelho desde o início até o fim da semana. Era tudo para ele. E ele se lembrava de pensar, de vez em quando, naqueles primeiros anos — quando ela corria pelo pasto no verão, ou mergulhava no lago, ou entrava na cozinha no inverno, rosada de frio — que ter uma esposa tão bela assim revelava o valor de um homem.

Ele não pensava nessas coisas fazia anos, mas agora via que ela não era mais jovem. Suas mãos esbeltas na escova de cabelo ficaram tão duras quanto as dele. A pele boa e clara, que antes se estendia tão bem sobre as feições retas que seu rosto escondia por inteiro seus pensamentos, agora estava estampada a olhos vistos, de modo que o riso, a zombaria e seu leve e característico estrabismo de dúvida pareciam sempre lá, prontos para vir à tona. Ainda assim, seu corpo aumentara e acumulara confiança sem perder a graça, e seus olhos permaneciam com o azul profundo e claro de um céu invernal.

De modo que ela não havia ignorado o olhar que o leiloeiro havia lhe lançado. John ergueu-se da cadeira e moveu-se vagaroso em sua direção. Ela encontrou seus olhos no espelho e endureceu com o susto. As duas mãos de John pousaram em seus braços. Embora estivesse de pé, seu corpo mantinha-se pétreo. Ele sentiu o poder em suas mãos e fechou os olhos para se conter. Ela não ofereceria resistência. Jamais o fizera. Deixara que ele fizesse o que queria na primeira tentativa, quando ela tinha 15 anos. Às vezes, ela primeiro fugia para a escuridão sob as árvores, mas se ele ficasse parado, muito quieto, ela sempre voltava e o deixava fazer o que quisesse.

Ela suportou o aperto contundente em seus braços com perfeita imobilidade até que ele próprio estava tremendo. John afastou-se de súbito, fazendo com que Mim cambaleasse contra a pia. "Por que você está escovando o cabelo?", gritou ele.

Hildie gritou de surpresa e correu para a avó na sala da frente, esquivando-se entre John e Mim.

Mim ficou pálida sob suas sardas. "A gente tem que parecer decente quando tem visita chegando", disse ela. Sem se afastar, ela começou a tirar os pratos do escorredor e colocá-los nas prateleiras de cima. "O que a gente vai dar esta semana?", perguntou ela — uma pergunta que já havia feito com muita frequência.

John permaneceu no meio da sala olhando para ela, seus olhos verdes semicerrados.

Ela olhou para ele. Então, contornando-o amplamente, ela saiu pela porta dos fundos da cozinha, sem parar para pegar a jaqueta, embora o dia estivesse frio e chuviscando.

John sentou-se em uma cadeira para esperar, sentindo a pulsação em sua têmpora diminuir e sua respiração voltar ao normal.

"John?", chamou sua mãe.

Ele não respondeu. Hildie enfiou a cabeça na cozinha, depois correu de volta para a avó. "Ele está ali", relatou.

"Johnny?", Ma chamou outra vez. "Você não tem nenhum direito de tratar ela assim."

"Eu só fiz uma pergunta simples", retrucou.

Elas o deixaram em paz e ele ficou esperando. Ela não voltou até quase três horas. Quando o fez, entrou e foi direto para a pia e continuou retirando os pratos do escorredor, a blusa molhada da chuva e grudada nos ombros. "O que a gente vai dar?", perguntou outra vez.

"Nada", ele disse sem se mover.

"Por que a gente devia parar?", disse ela. "Ainda sobrou o sótão inteiro."

"O velho Caleb Tuttle não deixou levarem mais que uma cadeira quebrada o mês inteiro."

"Ah, Caleb Tuttle. Fanny diz que agora ele recebe os dois com uma espingarda à mão. Consegue imaginar? Receber o Perly Dunsmore e o Bob Gore com uma espingarda? Caleb está sempre querendo arranjar briga."

"Eu ainda digo que nós já fizemos nossa parte", disse John.

"Você não prefere ter algum dinheiro do que guardar aquelas velharias que nunca usamos no sótão? E é por uma boa causa. Você não gosta da ideia de termos uma força policial de verdade? Eles viriam imediatamente se houvesse necessidade."

"Por quê? Pra que ia precisar de um policial se tivesse tempo de chamar um?"

Mim deu de ombros. "Bom... nunca se sabe. O mundo está cada vez pior."

Ela foi até a caixa de lenha e pegou gravetos para acender o fogo para o jantar, levantou a tampa do fogão e virou-se para John. "Diga não, se quiser", disse ela. "Mas eu gosto de participar do que ele está fazendo pela cidade."

"Ele só está apaixonado pelas palavras que saem da própria boca", disse John.

Mas quando Dunsmore e Gore chegaram como haviam prometido, John e Hildie os encontraram no quintal, levaram as visitas até o sótão e os deixaram levar as cadeiras de bordo pintadas que precisavam ser coladas.

Na segunda-feira, John veio almoçar com o correio. "O cheque pras cadeiras é só de um dólar e sessenta e cinco", disse ele. "O bilhete do Perly que veio junto não diz nada sobre isso. Só diz que ele lamenta não ter tido tempo de entrar e cumprimentar você e a Ma."

"Bom, eram só velharias", disse Mim.

Ma sentou-se à mesa. "Eu me sinto um pouco melhor sabendo que ele mandou uma palavra para mim", disse ela.

John lavou as mãos, depois enfiou a cabeça inteira debaixo da água fria na pia. A bomba d'água começou a funcionar embaixo deles e continuou a chacoalhar depois que ele desligou a água. Ele esfregou a cabeça com uma toalha. "Não sei", disse ele. "Eu podia passar muito bem sem essas visitas."

"Acho que você está com um pouco de ciúme, Johnny", disse Ma. "Esse é um homem que pode dar motivo também."

Mim virou-se para o fogão e escondeu o sorriso na panela de sopa.

"Eu estou pensando em fatos concretos, Ma", disse John. "Por exemplo, por que ninguém me pediu para dirigir a motoniveladora esse ano, nem uma vez, e as estradas já estão todas niveladas..."

"Eu continuo dizendo pra você", disse Mim. "Você devia ir até o Jimmy Ward e perguntar direto pra ele."

"Você tá insinuando que pode ser um acidente?", perguntou John. "Um acidente que o Ian James nivelou em nossa estrada este ano, quando ninguém além de mim ou do Frank Lovelace fez isso nos últimos quinze anos?"

"Deve ser", disse Mim.

"Imagino que você também ache acidental o que Gore disse?"

"Bobby Gore?", disse Ma. "Não tem nada além de minhoca na cabeça dele. Assim como o pai dele."

"O velho Toby é mau, mãe. Talvez Bobby também seja", disse John.

"Mau, ele é", concordou. "Expulsou a prole dele quando todos tinham 15 anos e disse pra eles não voltarem." Ela estendeu a mão para acariciar o braço de Hildie, mas a criança estava absorta em soprar bolhas em um copo de leite com um canudo. "Seria merecido pro velho Toby se ele acabasse na penúria."

"A gente acabar na penúria é o que me preocupa", disse John.

As casas ao redor da Parade eram de estilo colonial, de dois andares, pintadas de branco, com persianas pretas ou verdes, em sua maioria com uma série desconexa de varandas, corredores e anexos. A loja de Linden ficava escondida em uma esquina, embora não tão discreta quanto alguns moradores gostariam. Fora um estábulo até que um dos Linden, duas gerações atrás, fechou as janelas, encheu o interior comprido e plano com mercadorias e abriu o imóvel como um armazém geral. Em seu tempo, Ike Linden cobrira-o com um revestimento de amianto cinza entrecruzado com linhas escuras que deveriam fazer parecer granito. Exceto pela adição de uma pequena vitrine de vidro e uma fileira de lâmpadas descobertas penduradas em intervalos no teto, a loja parecia quase do mesmo jeito que sempre foi — não tão antiquada, mas apenas desordenada e escura. Do lado de fora, era identificada por duas bombas Amoco, uma placa da Coca-Cola desgastada e uma exibição aleatória de cartazes desatualizados.

Hoje em dia, as pessoas de Harlowe dirigiam quase trinta quilômetros pela Rota 37 até o *shopping* quando era hora de abastecer suas prateleiras. No entanto, quase todos na cidade tinham motivos para entrar na loja de Linden duas ou três vezes por semana. Eles vinham buscar leite e pão, guloseimas para as crianças, molho de tomate para um jantar requentado, um parafuso do tamanho certo, polimento para fogão, velas de aniversário, jornal, pão de banana feito em casa e gasolina — sem falar nos livros da biblioteca, seguros, licenças de caça e ingressos para os sorteios de New Hampshire.

Parte da genialidade do velho Ike Linden como lojista, e também como membro do conselho municipal, era sua capacidade de ouvir muito e não falar praticamente nada. Isso, combinado com seu domínio sobre uma abundância de bens materiais, deu-lhe a reputação de saber muito. As pessoas sempre lhe traziam perguntas sobre imposto de renda, etiqueta, esposas rebeldes e novas variedades de maçãs. E Ike fazia excelente uso de sua concisão para satisfazê-los sem dar respostas nítidas. Nesses tempos, o velho ficava sentado na sala dos fundos, fumando e refletindo sobre as contas da loja, e o jovem Ike e sua esposa Fanny cuidavam do atendimento.

"Seu sogro está por aí?", John perguntou a Fanny quando entrou na loja naquela tarde, na intenção aparente de comprar algumas lâminas de barbear.

Ela sacudiu a cabeça na direção da sala dos fundos.

"Posso entrar?", perguntou John.

"É melhor você esperar", disse Fanny. "Ele tem visita."

Então John seguiu e parou desajeitadamente na frente das prateleiras onde os fertilizantes estavam armazenados, lendo os rótulos e olhando por cima do ombro quando a porta se abriu para ver quem poderia vir. Pouco depois, após vários veranistas entrarem e saírem conversando alto como se ele e Fanny não estivessem ali, Walter French entrou.

Ele parou na frente de Fanny. "Eu quero umas esponjas", disse ele.

"Naquele corredor", ela disse, apontando.

"Não achei", disse ele, sem olhar. Então Fanny desceu do banco e foi buscar para ele um pacote de esponjas de 49 centavos.

French virou-se e chamou a atenção de John. John não ficou sabendo se algum novo policial fora nomeado nas últimas semanas. French tinha uma aparência natural de cão de guarda, e não parecia o tipo que alguém gostaria de ter como policial. Por um momento constrangedor, John ficou com a boca aberta para falar. Então, refletiu que um homem como French, com sua prole faminta de crianças, poderia servir muito bem aos propósitos de Perly sem ser um policial. Ele fechou a boca, acenou com a cabeça a distância e voltou para os fertilizantes.

Os sinos tilintaram quando a porta se fechou atrás de French, e John se virou para contemplá-lo outra vez enquanto se retirava. Em meio à confusão de itens pendurados na vitrine, ele teve um único vislumbre de um policial uniformizado ajustando seu chapéu Stetson na cabeça enquanto se afastava da porta de Ike Linden. O ronco profundo e suave de um motor de carro dando a partida misturou-se com o engasgo da caminhonete de French. Era uma Oldsmobile azul com placa de New Hampshire. John reparara ao chegar.

Sem o menor cuidado, virou-se para Fanny, com a mesma pergunta em seu rosto. Ela olhou fixamente de volta. Eles eram as únicas pessoas que restaram na loja.

"Entre e veja o velho, se quiser", disse ela.

Ike, sentado em frente à janela, era um contorno escuro. Quando os olhos de John se acostumaram, ele se sentiu confuso. O homem com quem tinha planejado falar era um homem forte, mas Ike estava muito envelhecido. Ele agarrava um suéter azul-claro em volta dos ombros como uma mulher. Seus óculos estavam pendurados em uma corrente no pescoço, mas ele não se deu ao trabalho de colocá-los para olhar para John.

"Problemas?", John perguntou, de pé no meio do cômodo diante do velho, acenando na direção que o policial tomara.

"Visita amigável", disse Ike, reorganizando os papéis na mesa de jogo diante de si.

John permaneceu de pé. Ele ouviu os sinos soarem na parte da frente da loja. "Eu vim saber por que me impediram de operar a motoniveladora este ano", disse sem pensar.

"O Jimmy Ward é quem comanda as estradas", disse Ike.

"Mas o Jimmy é um policial", disse John.

Então Ike pôs os óculos para olhar atentamente para John. "Ainda assim, ele comanda as estradas", disse ele.

"Pensei que talvez fosse por isso que me deixaram de fora", disse John. "E você é membro do conselho municipal também."

"Eu sou um velho cansado", disse Ike. "E nunca fui de me intrometer."

John corou e apoiou as mãos nas costas de uma poltrona que estava à sua frente. "Só pensei que talvez você pudesse ajudar", murmurou.

"Como assim?", gritou Ike, com visível irritação.

"Pensei que talvez você pudesse me arranjar trabalho", disse John em voz alta.

"Foi o que achei que você tinha dito", disse Ike, voltando-se para seus papéis. "Eu não lembro de ter ouvido um Moore implorando antes."

John agarrou a cadeira, observando enquanto o velho pegava um papel e o aproximava dos olhos.

"Faz quinze anos que eu que nivelo as estradas", disse John.

O velho não fez nenhum movimento para indicar que tinha ouvido. John virou-se, abriu a cortina que dava para a loja e dirigiu-se à porta.

"Suas lâminas de barbear", a voz de Fanny disse da penumbra.

John retornou, arrancou o pacote de lâminas do balcão e continuou em direção à porta.

"Ficou um dólar e vinte e um", Fanny gritou para John.

John engoliu em seco e parou. Ele enfiou a mão no bolso, tirou duas notas de dólar amassadas e colocou-as sobre o balcão.

"Não repara", disse Fanny enquanto pegava o troco dele na caixa registradora. "Ele já fez tudo o que podia pra ajudar ele mesmo e a gente nesses dias."

• • •

Muitas coisas no sótão estavam se desintegrando com o calor, a poeira e o tempo. O leiloeiro levou tudo em grandes carregamentos e o sótão se esvaziou mais depressa do que poderiam imaginar. A única coisa pela qual receberam um cheque decente foi o baú cheio de cartas e cartões da mãe de Mim — milhares deles, roídos nos cantos por esquilos e salpicados com a renda deteriorada do dia dos namorados. A mãe de Mim pertencia a um clube de costura, um clube de flores, um clube de cartões postais e um clube de caixas de fósforos, e se correspondia com membros de todo o país. Cada carta começava com uma crônica monótona de fracassos, mortes e doenças. As respostas da mãe, pensou Mim, deviam ter sido quase idênticas às que recebeu. Uma mulher grande e enérgica, que acreditava em todas as promessas que ouvia, a mãe de Mim irritou-se com a realidade até o dia em que morreu. Mim tinha sido mais um fracasso. Casou jovem; com um fazendeiro; virou as costas para a promessa de sua jovem beleza — aquela beleza que, segundo todos os sonhos de sua mãe, deveria ter-lhe rendido um médico, um senador ou um príncipe. As cartas deixavam Mim incomodada. Ela quase acreditava que era a própria reclamação, o ato de escrever, que mantinha sua mãe tão infeliz. Por sua conta, Mim nunca colocava a caneta no papel se encontrasse alguma maneira de evitar.

No dia 28 de junho, Perly e Gore levaram as três caixas de costuras inacabadas, a única coisa de valor que restava no sótão. Depois que eles saíram, John, Mim e Hildie subiram e examinaram os escombros: os pedaços roídos de caixas de papelão, os restos de colchas apodrecidas, a poeira acumulada em cantos bagunçados, as espigas de milho mastigadas pelos esquilos vermelhos que viviam lá durante todo o inverno e um monte de potes sujos e enferrujados que sobraram da época em que o pai de John tentara plantar pêssegos. Mim desceu para pegar uma vassoura, então passaram uma tarde quente e empoeirada limpando o grande cômodo.

Quando terminaram, Mim cruzou os braços e observou Hildie correr para cima e para baixo nas largas tábuas soltas. "Melhor limpeza de primavera que a gente já fez", disse ela. "Todo aquele entulho era uma deixa pra acontecer um incêndio. Aposto que nós nunca sentimos necessidade de uma migalha daquilo."

"E isso é um fim pra essa situação", disse John. "Um fim de uma vez por todas."

Mim não respondeu até que estivessem seguindo Hildie pela trilha até o lago para banhar-se. Então, disse: "Bom, agora eles viram tudo com os próprios olhos. Simplesmente não tem sentido nos importunar outra vez".

John não respondeu.

"O que você acha, John?", perguntou Mim.

"Se você tem tanta certeza, por que está me perguntando?", questionou.

4

Na quinta-feira, John e Mim estavam na horta colhendo as primeiras ervilhas e Hildie, agachada perto do emaranhado de vinha, ocupava-se em descascar e comer algumas. De vez em quando, durante todo o dia, durante o trabalho, paravam para ouvir. Aos poucos, desta vez o som de uma caminhonete tornou-se inconfundível e, um por um, todos se levantaram e observaram a estrada.

"É só o Cogswell", respirou John.

"Pode ser que ele precise de uma mão com um trabalho", disse Mim.

Cogswell pulou de sua velha caminhonete verde, acenou e começou a subir o pasto para encontrá-los. Ele era um homem alto e esguio, com uma frouxidão na maneira como se movia que estava apenas em parte relacionada ao seu hábito de beber. Como todos que o conheciam, os Moore sentiam uma espécie de afeto protetor por Cogswell e, ao mesmo tempo, um certo temor reverente, pois era um homem que estava sempre fora de sintonia.

Mesmo assim, os Moore caminharam lentamente em sua direção. Encontraram-se na campina, onde a grama alta chegava até os ombros de Hildie, e encararam-se como se tivessem se encontrado por acaso.

"Olha só a Hildie", Cogswell disse finalmente. "Ela espichou desde a última vez que a vi. Está quase grande o suficiente para ordenhar uma vaca."

A criança agarrou-se ao bolso da calça jeans de Mim.

Cogswell vasculhou o bolso da camisa e tirou um embrulho de papel de seda. "Para você", disse e estendeu para Hildie.

Hildie pegou a oferta e a desembrulhou. Era um pequeno marinheiro de plástico verde ajoelhado atrás de uma arma. Hildie deu a Cogswell um sorriso deslumbrante. "Um caçador", ela disse.

"Isso é bem legal, Mick", Mim disse.

"Uma das crianças deixou cair no caminhão. Benjie ganhou de aniversário uma sacola cheia." Cogswell colocou as mãos nos bolsos e olhou ao redor para o lago, a casa e as vacas mais acima no pasto. "Parece que os corvos pegaram uma boa quantidade do seu milho", disse ele.

"Eles sempre fazem isso, esses malditos", disse John, e se viraram juntos e desceram em direção à ponte sobre o riacho. "Qual o motivo da visita, Mickey?", perguntou John. "Você não dava as caras desde que o seu separador quebrou, depois daquela grande nevasca."

"Bom, é por causa do leilão de 4 de julho desta vez", disse ele. "Teve uma reunião e aquele Perly convenceu os bombeiros a dividirem os lucros desse leilão meio a meio com a polícia, em vez de fazerem o deles mesmos. Sabe como é, eles votaram, e teve os bombeiros que são policiais contra os outros que não são."

Atravessaram a escada entre o celeiro e o galpão. No quintal da frente, pararam e Cogswell olhou para o lago.

John estava com os braços cruzados.

"Bom, acho que eles já pegaram o último pedaço do que podíamos oferecer", Mim disse.

"Aqui é muito bem localizado", disse Cogswell. "Sempre pensei isso. Bem na cara do Coon Pond assim. Meus filhos acham que isso que é viver. Se eu deixasse eles soltos aqui durante o verão, acho que todos iam virar peixes. Eu tenho levado eles para Decker's Pond, mas a água não é tão fresca."

"Isso lá é coisa boa pra se envolver, Mick?", perguntou John.

"Você devia se candidatar", disse Cogswell. "Eles ainda tão contratando policiais."

"Quantos figurões a gente tem hoje em dia, Mick?", perguntou John.

Mickey enfiou as mãos nos bolsos, depois as tirou e as deixou balançar a seu lado. "Bom, eu não tenho certeza", disse ele.

"Não tem certeza!", John disse.

"Bom, eles não tão mais anunciando. Só sobramos nós dos primeiros por aí para todo mundo ver."

"O resto prefere se esconder no armário", disse John. "Não dá pra dizer que eu os culpo. A coisa toda está começando a cheirar mal."

"Ainda assim", Cogswell disse, cruzando os braços, "ouvi do próprio Gore que ainda estão contratando homens. Claro que isso tem que acabar em algum ponto, e acho que logo, mas se eu falar com eles..."

"A gente vai arriscar", disse Moore.

Cogswell inclinou-se sobre eles. Eles podiam sentir o cheiro do uísque em seu hálito. "Escuta", ele disse. "Eu podia tirar vocês dessa situação, talvez."

"Tirar dessa situação?!", disse Mim. "Primeira vez que eu ouço alguém dizer que a gente está numa situação ruim."

"Mas por que você, Mickey?", John pressionou.

Cogswell deu de ombros e forçou uma risada. "Bom, no começo eu gostava das coisas que ele dizia. Ainda gosto, acho. Mas ultimamente eu tenho dito para mim mesmo: 'Se não pode vencê-los, junte-se a eles'. Pense nisso, Johnny."

"Eu não", disse John. "Não posso falar nada, porque não sinto necessidade nesse sentido. Nenhuma atração também."

"Bom, não posso dizer que vou voltar com a mesma oportunidade mais tarde", disse Cogswell. Ele tateou inquieto em busca do frasco de aço em seu bolso traseiro. "Mas talvez eu esteja , outra vez, falando mais do que devia. Não é da minha conta, né?"

John cruzou os braços e não respondeu.

"Ouvi dizer que sua mãe não está nada bem", disse Cogswell.

"Também não está tão mal", disse John, e eles ficaram em silêncio a meio caminho entre a casa e o caminhão. Hildie estava do outro lado da estrada mirando seu caçador em borboletas marrons e amarelas.

"Bom, eles me mandaram aqui", disse Cogswell. "Eles ficariam muito felizes se você pudesse doar só mais uma vez. Você não quer ser o único que ficou de fora."

"Sempre tem a cômoda grande do Pa", Mim disse suavemente. "Não usamos tanto agora que ele se foi. Só pra olhar."

E, como se tratava de Cogswell, John liderou o caminho para o andar de cima e ajudou a carregar o velho móvel pesado. Quando estava pronto para ir, Cogswell parou ao lado da porta aberta da caminhonete, movendo a maçaneta da porta para cima e para baixo, olhando para a porta e não para John. "Ouviu falar do Caleb Tuttle?", perguntou ele. "Um ataque cardíaco o pegou quando estava indo para o celeiro para fazer a ordenha. Algo deve ter assustado ele. O legista de Powlton diz que parece que ele sofreu uma queda."

"Eu ouvi dizer", disse Moore. Mas não era verdade.

Cogswell enxugou a testa com a manga. "Um homem cumpre com suas obrigações", disse ele, principalmente para Mim, mas ela o estava olhando como se fosse um estranho.

Depois que a caminhonete saiu de vista, John e Mim ficaram onde estavam. Então, em um gesto raro, John pôs a mão nas costas da esposa e a virou para ver o lago ficando liso como um espelho agora na calma que precedia a noite.

Ma estava preocupada porque Cogswell não quisera entrar para vê-la.

"Ele era o mais querido e engraçado de todos vocês", disse ela. "E sempre tinha umas ideias na cabeça. Ninguém gosta de deixar Mick Cogswell escapar sem dizer uma palavra."

"Ele perguntou por você, Ma", disse Mim.

"Por acaso ele explicou por que não aparecia há tanto tempo?", ela perguntou. A propriedade dos Cogswell era vizinha dos Moore lá por cima, e eles sempre vinham no verão, quando a velha estrada de incêndio ainda estava aberta. Cogswell tinha 35 acres de mirtilos, algumas cabeças de gado e era um pedreiro razoável, dependendo da sua sobriedade.

"Muito ocupado sendo policial", disse John.

"Ele andou bebendo sidra", disse Mim.

"Uma pena saber disso", disse Ma. "Mesmo que não tenha três homens em Harlowe que possam beber e ainda trabalhar tão bem quanto Mickey Cogswell. Ele tem um trabalho para você, Johnny?"

"Não."

"Bom, por que ele veio aqui, então?"

"Para dizer que, na opinião dele, é uma boa ideia ser policial."

"Ele com os esquemas dele", disse Ma. "Isso ainda vai causar a morte da Agnes e daquelas crianças. Quantas vezes eles comeram batata e molho branco no jantar porque ele tava desperdiçando dinheiro em algum esquema idiota? O que foi que ele fez aquela vez no campo de mirtilos?"

"Ele ia transformar em um aeroporto", disse Mim.

"E aquele lago para criação de patos?", John disse.

"Os mosquitos que nascem dali são excelentes", disse Mim. "Eles estão numa situação muito pior que antigamente por lá."

"Depois de todo esse dinheiro", disse Ma. "Que louco. Se ele só continuasse a construir chaminés, vocês dois iam se sair bem. O que você mostrou pra ele lá em cima? Pensei que talvez você tivesse olhando a nossa chaminé."

"Ele estava coletando para o leilão, Ma", John disse.

"Coletando para o leilão?", disse Ma. "Pensei que o sótão estivesse às moscas de tão vazio."

Ninguém respondeu. Mim estava descascando cenouras na pia. Hildie ainda estava do lado de fora. John estava parado na porta dos fundos olhando para o pasto.

De repente, Ma bateu com a bengala no chão. "O que você deu do meu quarto para aquele homem, sem nem pedir licença?", ela gritou.

"A cômoda do Pa, Ma", John disse, girando para sua mãe, o temperamento acumulado e pesado em sua postura.

Ma inclinou-se para ele sobre a mesa como se suplicasse. "A cômoda de Pa?", ela disse em voz baixa.

• • •

"Deve ter outros perdendo a paciência", disse Mim na quinta-feira seguinte, enquanto faziam a ordenha matinal. "Não seremos nós os únicos a começar um estardalhaço. E dá pra ceder mais uma peça ou duas. Deve ter gente que não pode."

"Ah, a gente ainda tem sobra o suficiente", disse John, dando um tapa no flanco de uma grande vaca, "desde que a horta dê bem e a Sunshine esteja ao nosso lado."

"Então você vai dar alguma coisa pra eles", disse Mim. "A minha penteadeira, quem sabe?"

John encheu um balde e inclinou-se no ritmo de encher mais um. "Não sei", disse ele. "Dar não é o que dói."

Mas o dia permaneceu tranquilo até quase cinco horas. Mim estava descascando ervilhas na cozinha, Ma estava assistindo a seus programas na sala da frente, e John, fazendo manteiga, começara a assobiar ao ritmo da batedeira.

Quando a caminhonete parou no pátio, Hildie e Lassie saíram pela porta de tela, seguidas por John e Mim. Dessa vez, era o próprio Dunsmore, dirigindo uma grande perua amarela, com as portas e as laterais grandes e planas estampadas em claras letras vermelhas e pretas: *Companhia de Leilões Perly, S.A.*

Perly desceu e pegou Hildie enquanto ela corria em sua direção, balançando-a bem alto para que ela gritasse de prazer. "Como está meu docinho de coco?", ele perguntou. Ele segurava Hildie diante de seus olhos, onde podia olhar para ela.

John puxou Hildie dos braços do leiloeiro e a pegou no colo.

"Foi uma bela peça que você deu na semana passada", disse Perly, inclinando-se ligeiramente na direção dos Moore e olhando de um para o outro.

Gore juntava cascalhos da estrada com a ponta da bota. "Você sabe que os bombeiros saíram com mais dinheiro do que jamais tinham feito por conta própria?", perguntou ele.

"Vamos fazer de Harlowe um lugar maravilhoso para se viver", disse Perly, "graças a almas generosas como vocês."

Bob Gore estava com os polegares enganchados no cinto. "O que você tem esta semana?", ele perguntou.

John manteve-se imóvel, Hildie ainda em seus braços, e não respondeu. Gore usava um pequeno coldre de couro preso ao cinto, e a arma. John olhou para ele. Ele tinha estudado com Gore, apenas dois anos à sua frente, na mesma única sala de aula da escola, em Four Corners, que agora era o lar de um bando de *hippies*. Eles tiveram seus momentos juntos. "Quantos desses coldres de couro sofisticados você bancou?", ele perguntou.

"As pessoas foram boas o suficiente para comprar cada um o seu", disse Gore.

"Quais pessoas, exatamente?", perguntou John.

"Há um grupo maravilhoso aqui", disse Perly, e em seu rosto abriu-se um sorriso que mostrou seus dentes brancos e retos. "É como ter um gênio lâmpada que faz as portas se abrirem para nós." Equilibrando-se por um momento na ponta das botas, Perly ficou estática, como um eixo em torno do qual o pasto, o lago e os bosques — até mesmo os outros três adultos — giravam.

"É isso que você acha?", perguntou John.

Sem se mover, Perly desviou o olhar para John, seu rosto escuro acomodado em uma contemplação relaxada. O silêncio estendeu-se. John respirou fundo e chutou a calota da caminhonete.

Mim tocou a manga do leiloeiro. "No andar de cima", ela disse com delicadeza. John voltou-se para Mim, seu rosto corando profundamente. Então, de repente, ele se virou para Perly e gritou tão forte que um leve eco voltou do outro lado do lago: "Não temos nada para você!".

O leiloeiro pareceu não ouvir. Ele sorriu para Mim e assentiu com discrição.

Mim ficou paralisada, observando John se afastar deles e marchar para o celeiro, batendo a mão aberta contra o batente da porta ao entrar. Quando sua forma desapareceu nas sombras, ela olhou para o leiloeiro.

"Onde?", perguntou com gentileza.

E ficou parada, indecisa, seus olhos claros estudando o rosto do leiloeiro.

Ele ofereceu um sorriso rápido que a envergonhou, então se virou e caminhou até a porta da frente, abriu e fez uma reverência para que entrasse primeiro. Ela fez uma pausa, e obedeceu, passando por ele e subindo as escadas. Ela podia ouvir os passos leves de Perly atrás dela e os passos pesados de Gore atrás dele.

Quando entrou no quarto, indicou a penteadeira sem dizer uma palavra. Era de nogueira com um padrão de flores e folhas estampadas em cores desbotadas nas delicadas gavetas curvas. Ao vê-la, Perly disse: "Isso é bom, muito bom". Ele virou-se e inclinou-se sobre Mim, tenso e sóbrio. "Você é uma mulher muito generosa."

Gore ergueu a penteadeira e ficou parado na porta tentando manobrá-la. Perly e Mim estavam presos no quarto.

"Isso não é para mim, você sabe", disse Perly, o som forte de sua voz reduzido a um murmúrio. "É para a cidade. Para todas as coisas que eu sei que você quer tanto quanto eu."

O sangue subiu ao rosto de Mim. "Eu não quero que você fique com isso", disse ela. "É especial para mim."

Ele inclinou-se mais perto dela e estendeu a palma da mão larga para tocar seu rosto, então parou a uma polegada de distância, como se quisesse capturar seu calor. "Sabe, realmente sinto muito que Hildie não tenha voltado para a Escola Dominical. Agora é a hora de ensiná-la o certo e o errado. Você sabe muito bem — uma mulher como você — que chega o dia em que o sangue fica inebriado e você mal consegue se conter." Os olhos de Perly brilhavam como mogno polido, e Mim não conseguia parar de procurar seu reflexo neles.

"Você assustou a Hildie", Mim disse, titubeante.

"Eu nunca assustei ninguém", disse Perly, como se recitasse algo do centro de sua quietude.

"E quanto a Caleb Tuttle?", Mim sussurrou.

"Tuttle?", Perly disse, sem deixar que os olhos de Mim escapassem. Ele sentou-se na cama e abriu espaço para ela ao seu lado.

Mim não se moveu.

"Ele era seu amigo?", ele perguntou. "Você está de luto por ele? Sinto muito." Ele estendeu a mão e agarrou a cintura de Mim em sua mão grande. "Por que você está dizendo isso para mim? Há algo que você quer que eu faça por você?"

Mim virou-se e desceu correndo as escadas, praticamente tropeçando em Gore, que ainda estava descendo os últimos degraus, carregando a penteadeira pesada à sua frente.

• • •

Enquanto Perly ajudava Gore a colocar a penteadeira na perua, Mim caminhou de volta pela casa e ficou observando da porta da cozinha. Então, enquanto Gore escorava a mesa com as colchas velhas e amarrava com firmeza, Perly caminhou de volta pelo caminho de cascalho em direção a Mim. Ele abriu a porta de tela e entrou, forçando Mim a recuar. Ele olhou ao redor da cozinha. "Pensei em cumprimentar a senhora Moore", anunciou. "Ela tem um lugar no meu coração."

"Ela não quer companhia", disse Mim em voz alta.

"Mim", ele disse. Ela ficou de costas para a parede, e ele se postou diante dela, inclinando-se ligeiramente para que Mim pudesse sentir sua tensão acumulada, como as ondas de calor subindo do pasto no verão. "Isso significa tanto assim para você? Conheço os prazeres de uma penteadeira para uma mulher bonita. Mas há outras coisas — melhores escolas para Hildie, igreja o ano todo, mais dinheiro à mão, mais conforto... Eu sei o que quero."

Mim não podia se mover sem colidir contra o homem e fazê-lo recuar, e ela estremecia com o esforço de suprimir sua necessidade de fazê-lo.

"Conforto", ele disse quase ferozmente. "Você nunca conheceu muito conforto, não é, Mim?"

Mim ergueu os olhos na direção dos olhos de Perly, azuis e desafiadores.

Perly baixou o olhar para as mãos de Mim, pressionadas contra a parede atrás dela. Lentamente, ele ergueu os olhos de volta para Mim, seu rosto se curvando em linhas de prazer, talvez de triunfo. "Você e eu vamos ter que nos juntar algum dia, Mim", disse ele. "Admiro uma mulher com garra." Então, com sua própria imobilidade reluzente, ele segurou Mim contra a parede enquanto o relógio da cozinha soava uma e outra vez. Quando ela baixou os olhos, ele se afastou em silêncio.

• • •

Depois que a caminhonete começou a se mover, Mim bateu a porta da cozinha e encostou-se nela, o esmalte lascado nos painéis frios em seu rosto.

Gradualmente, ela começou a ouvir os chamados de Ma e percebeu que haviam começado antes mesmo de Perly partir.

Ela voltou à vida abruptamente e lançou-se para a sala de estar. "Onde está John?", gritou para Ma. "Onde ele está?"

Ma estava de pé do outro lado da sala. Ela abandonara o falatório do aparelho de televisão e começara sua jornada em direção à cozinha. "Que direito você tinha, mocinha?", rosnou. "Que direito você tinha? Esta é a minha casa e eu tinha coisas pra dizer àquele homem."

"O que você podia querer dizer pra ele?", perguntou Mim. "O que qualquer um pode dizer? Ele não se importa..."

"Não. É disso que estou falando", disse Ma. "Não. Não. Não. Nem vocês dois juntos podem reunir um pingo de bom senso. Dê uma chance ao homem. Você nunca disse uma palavra para sugerir que não estava tão feliz em doar sua penteadeira. Você nunca..."

"Não é a penteadeira, Ma", Mim gritou. "Eu não dou a mínima para a penteadeira." Ela se virou abruptamente e se sentou no banco do piano de costas para Ma, olhando para as teclas empoeiradas que ninguém mais sabia tocar.

Ma suspirou. "Miriam, querida", ela disse. E virou -se e cambaleou de volta para o sofá. Acomodou-se com uma almofada na parte inferior das costas e sua perna ruim em cima do banquinho. Então, disse: "Foi um presente de casamento da sua mãe, se eu bem me lembro".

Mim assentiu.

"Você era uma moça tão bonita", disse Ma. "Uma penteadeira que ela te deu. Esse lugar foi cruel com vocês."

"Não foi", Mim disse zangada, levantando-se e caminhando até a janela para olhar para o gramado verde, o trecho de jardim amarelo com as primeiras calêndulas e zínias, a faixa de campo onde costumavam pastar os cavalos de serviço e depois o lago, azul sob o céu de verão. "Minha mãe nunca teve um pingo de juízo."

"Perly não é do tipo que levaria uma penteadeira embora, minha filha, se você tivesse dito não."

"Ele sabe, Ma", disse Mim, aumentando a voz. "Ele sabe. John falou para ele. Eu falei para ele. Só espera. Ele não vai parar." Ela partiu em direção à porta da frente, mas voltou para dizer: "A única coisa que a gente pode fazer é fugir, Ma. Existem pessoas assim. Ou você cede ou foge".

Mim correu e subiu o caminho para a horta para confrontar John. Ele parou o trabalho e permaneceu segurando o cabo da enxada com firmeza nas duas mãos. Observou Mim vir e pensou em pegá-la pela cintura e sacudi-la até que sua desobediência se soltasse como joio. Mas quando ela se aproximou, passando as pontas dos dedos pelo rosto e pelo cabelo de Hildie, observando-o com cautela, ele levou a enxada de volta para o solo. Ele teria tocado sua pele então, para seu conforto e dela, mas parecia uma coisa difícil de fazer.

Sozinha em casa, Ma suspirou. "É esse traço de loucura vindo direto do lado da mãe dela." Ela se acomodou para pegar os últimos momentos de seu programa. Perdera toda a cena em que o médico dizia a Angela que Dirk tinha leucemia. E agora, nos últimos minutos, Angela tinha um olhar desvairado, e enrolava um lenço, gritando: "Não! Ah, não, não, não!".

"Você vai pagar caro se tentar dizer não", disse Mim, arrastando a cadeira para longe da mesa de jantar e indo para a pia.

"Se eu tivesse passado minha vida fazendo o que outras pessoas sonhavam para mim, não estaria sentada aqui agora, nem você", disse Ma. "Ninguém vai me convencer a doar nada que eu valorize."

"Ele não está convencendo, Ma. Está obrigando."

"Não, ele só está fazendo o trabalho dele. Perguntar nunca faz mal. Mas você não precisa continuar dando nada. Se você fosse uma Moore de verdade, não ficaria tão ávida pra doar nossos pertences."

"Eu sou uma Moore como você", disse Mim. "É você que está do lado dele, se recusando a ver o que ele é."

As mulheres brigaram durante toda a semana, enquanto John se sentava, às vezes com a cabeça enterrada nos braços. Quando não aguentava mais, gritava e elas ficavam amuadas em silêncio.

À noite, depois de ficarem sozinhos na cama, ele se pressionou contra Mim. "O que aconteceu com ele? Que foi que ele fez?"

"Não é a penteadeira, Johnny", Mim disse. "E não é o fato de que ele a levou embora. É o que ele realmente quer. Ele deixou isso muito, muito claro."

"A gente vai dizer pra ele que não", disse John, "nós dois — sem brigas dessa vez, para não permitir que façam o que quiserem."

"Não dá, Johnny", Mim disse. "Simplesmente não dá pra dizer não pra ele. Ele vai trazer um mundo de problemas pra cima da gente."

"Eu posso dizer pra ele o que eu quiser."

"Johnny, dá alguma coisa pra ele. Por mim. Dá alguma coisa a ele. Aguenta. Isso não pode continuar por muito tempo."

"Engraçado como tudo azedou", disse John. "Até mesmo o jeito que ele trata a Hildie. Eu odeio quando ele a balança daquele jeito."

"Só dá alguma coisa pra ele, John. A cama extra do quarto da Hildie. Promete pra mim. Só uma coisa toda semana pra segurar ele. Promete pra mim."

Mas John não fez nenhuma promessa. Ele tocou sua esposa e, quando ela o apertou com força contra seu corpo, escondendo o rosto contra seu pescoço, a excitação aumentou nele mais rápido do que seus hábitos diziam que deveria. E nada foi esclarecido.

Na quinta-feira, John conferiu as armas — a espingarda e a .30-'06 — e a caixa de aço quadrada de munição. Foscas de poeira, elas estavam lado a lado, à vista de todos, na prateleira de cima da despensa nos fundos da cozinha. Ele não as sacudiu. Pareciam tão confortáveis e naturais quanto os potes altos de vidro com farinha, açúcar, fubá e feijão seco. Ele se virou e subiu as escadas. Da porta do quarto de Hildie, ponderou sobre a cama extra. Era uma bonita cama de bordo, embora bastante simples, exatamente como a de Hildie. As duas camas haviam pertencido a seus pais. Ele deve ter sido concebido em uma delas.

Por fim, foi até o celeiro e ligou o trator. No milharal, ele dirigiu de um lado para o outro entre as fileiras sob o sol quente da manhã até ficar ensopado de suor. As horas de trabalho não o ajudaram a tomar nenhuma decisão quando viu Hildie correndo pela porta dos fundos, parando na estrada para observar.

Não era a caminhonete amarela brilhante que ele esperava que desceu a colina e adentrou o pátio, mas sim a velha e empoeirada picape Chevy de Cogswell. John percorreu o campo a passos largos e se juntou a Hildie.

Cogswell saiu do lado do motorista e encarou John sem um sorriso ou uma palavra. Red Mudgett desceu do outro lado e deu a volta para se juntar ao par de vizinhos. Mudgett portava a arma novamente.

Antes que qualquer um deles falasse, a porta da frente se abriu e Ma apareceu. Apoiando-se nas duas bengalas, ela começou a descer com dificuldade os ásperos degraus de pedra.

"Eu não vou deixar você escapar desta vez, Mickey Cogswell", ela gritou.

Cogswell e John saltaram para ajudar Ma a se sentar na única cadeira de madeira no meio do gramado.

Hildie dançou de alegria ao ver a avó do lado de fora, e Mim desceu lentamente o caminho que vinha da cozinha e parou ao lado de John.

"Agora, Mickey", disse Ma. "Sente-se aqui na minha frente. Eu e você vamos ter uma conversinha."

Cogswell hesitou por um momento, olhou para Red Mudgett, depois sorriu para Ma e dobrou seu corpo comprido no gramado aos pés de Ma.

"E você, Red", disse Ma a Mudgett. "Sente-se você também. Você me deixa nervosa quando fica enrolando assim. Tão impaciente agora quanto você era aos 8 anos de idade."

Mudgett soltou uma gargalhada rápida, depois se agachou. Ele era pequeno e magricelo. Ele observava a velha com seus pequenos olhos negros, que pareciam não ter necessidade de piscar.

"Agora suponho que você vá me dizer, Mickey, o que veio fazer aqui", disse Ma.

"Coleta pro leilão, dona", disse ele.

Ela balançou a cabeça. "Você esteve envolvido em uns esquemas idiotas no passado, Mickey", ela disse. "Continuo esperando que você se saia bem, sendo o favorito de todos. Como você pode continuar se metendo nessas sandices?"

"Isso é o que minha esposa vive perguntando, dona", disse Mickey. "Devo ter nascido com uma estrela ruim."

"E se eu te dissesse que a gente não tem mais um pedaço de pau que queira doar?"

"Eu não faria isso, dona, se fosse a senhora. Vocês podem dar um pouco esta semana, um pouco talvez na próxima." Mickey pegou uma pedra e a jogou na estrada, depois olhou para Ma.

"Se esse é o plano do Perly Dunsmore, por que ele não veio pessoalmente?"

Mickey deu de ombros. "Tudo vai acabar logo, senhora Moore. Pra que criar problema?"

"Problema", Ma disse. "São vocês que estão criando problema."

"Acho que tenho sido um vizinho decente, dona", disse Mickey, puxando a grama entre os joelhos. "Eu não diria nada se não achasse certo."

"Certo?!", gritou Ma.

"Bom, sensato então", disse Mickey.

"Sensato", disse Ma, abrindo espaço para Hildie ao lado dela na poltrona larga. "Você está tentando me dizer que é sensato me desfazer do que é meu? Não é nem natural. E quanto a você, Red Mudgett, você está sempre aprontando alguma coisa. Agora, me diga se vocês estão brincando de polícia e ladrão pra ter essa arma..."

"Mickey", Mim disse, aproximando-se. "Pega a cama extra no quarto da Hildie."

Mudgett ergueu-se como um boneco de mola saltando de uma caixa. "Onde é?", perguntou.

Cogswell seguiu com maior lentidão. "Com isso vai ser mais uma semana", disse ele a Mim, assentindo gravemente.

John virou-se abruptamente e entrou no celeiro, deixando Ma observando os dois homens carregarem a estrutura da cama e pularem na traseira da caminhonete de Cogswell. Eles deixaram o colchão para trás, explicando que era ilegal vender colchões. Cogswell deixou Mudgett amarrando a cama ao caminhão e foi até Ma. "Tudo vai dar certo, senhora Moore", ele disse, tocando sua mão.

"Essa é a última coisa", disse ela, agarrando os braços da cadeira. "O ponto-final disso tudo. Está me ouvindo, Mickey Cogswell?"

"Talvez", disse Mickey. "Tente não se desesperar, dona." Ele afastou-se de Ma e foi para o celeiro. John estava sentado em um cavalete no corredor entre as baias.

Cogswell não disse nada. Ele ficou esperando John se virar. Finalmente, John olhou para cima e disse: "Eu não sabia que você era tão valente na companhia do Red".

Cogswell deu de ombros. "Você acha que eu gosto disso? Sou eu que tenho que andar com ele o dia todo." Cogswell chutou um poste como se fosse testá-lo, depois apoiou-se nele, inclinando a cabeça para trás, cansado. "Não importa", ele disse, tirando o cantil do bolso de trás e oferecendo a John. "Eles vão nos cercar um dia desses e colocar uma bala nas nossas cabeças."

John balançou a cabeça. "Eles quem?"

Cogswell deu de ombros outra vez. "Eu não sei, exatamente", disse ele. "Se soubesse, podia beber um pouco e me entregar. Devem ser os policiais estaduais, mas não sei. Tinha um soldado que eu não conhecia na casa do Mudgett quando fui buscá-lo hoje de manhã. E esse mesmo e mais um outro estavam saindo da antiga casa do Fawkes, acho que foi na terça-feira passada. Vai saber. Tem um bom dinheiro rolando nisso, e eu, pelo menos, não estou vendo nem a cor."

"O velho Ike Linden está metido nisso?", perguntou John.

"Quem sabe?", disse Mickey. "Eu, pelo menos, não cobro dele. Mas Perly tem uma obsessão com privacidade. A gente não deve dizer quem deu o quê, nem para quem a gente pede. Acho que tem gente que ele até deixa em paz. Como Ike, talvez. Ele não é alguém de se querer como inimigo. Mas também não consigo ver o velho Ike se envolvendo nesses apuros que eu entrei." Cogswell agitou o álcool em seu cantil. Estava quase vazio. "Isso não dá pra continuar. Alguém, algum cabeça em algum lugar vai chegar e colocar uma pá de cal nessa situação toda."

John estudou o cantil na mão de Cogswell. "A questão é", ele disse devagar, "quem?"

"Bem que eu queria saber", disse Cogswell, com voz hesitante. "O que sei é que cada maldito plano com o qual me envolvo acaba sendo mais idiota do que o anterior. Esse agora parece que vai acabar comigo."

"Comigo também", John disse com uma risada curta. "Não consigo nem ficar de bem com a Mim nessa história."

Cogswell ergueu uma sobrancelha. "Ela é esperta", disse ele. "Sempre foi."

"E se eu disser pra você e o Mudgett darem o fora da minha propriedade?"

"Bom", disse Cogswell, "se aquela cobra lá fora não te pegar agora, então..." Ele deu meia-volta e saiu do celeiro. "Ah, merda."

"O que foi?", perguntou John, indo atrás dele.

Cogswell parou, mas não se virou. "Emily Carroll perdeu o controle na Rota 37 anteontem", ele murmurou.

"Ela sofreu um acidente?", John pegou o ombro de Cogswell para detê-lo. "Grave?"

"Ela corre risco de vida", disse ele, virando-se. "Machucou as costas ou algo assim."

"Emily Carroll! Ela tem quatro filhos..."

"Cinco", disse Cogswell. Ele puxou um lenço e enxugou o rosto.

John ficou observando. "Mas essas coisas acontecem", disse ele rapidamente. "Você acha que foi um acidente, né?"

"Eu só queria que fosse alguém... não Emmie", disse Cogswell. "Logo a melhor amiga de Agnes. A direção quebrou."

"Ela estava sozinha no carro?"

Cogswell assentiu. "O problema é que o marido da Carroll parou de colaborar há duas semanas. Também avisou todo mundo disso. E quando mandaram Mudgett e eu buscar com ele na semana passada, ele disse que não ia fazer negócio."

Demorou uma hora e meia até que John se recompusesse para encarar as mulheres. Ao entrar na cozinha, Mim virou-se da pia para encarar o marido, suas feições, normalmente suaves, endurecidas em revolta. "Eu não me importo", disse ela. "Você tem que ceder pra ele. Você tá errado só de pensar que pode..." Ela parou. "Oh, meu Deus, John", ela falou. "O que aconteceu? Hildie..." Mas Hildie estava sentada à mesa da cozinha de frente para o pai, os olhos azuis-escuros arregalados de medo.

"Alguém vai matar ele", John murmurou. "Alguém vai matar ele."

Mim prendeu o lábio inferior com os dentes e inconscientemente agarrou Hildie pelos ombros. "O que ele fez?", ela sussurrou.

5

Agora que as leis haviam tornado muito complicada a venda de leite, John preparava o que Hildie não bebia e vendia a manteiga para o doutor Hastings e sua esposa. O médico e a mulher haviam chegado a Harlowe pouco antes de Hildie nascer. Mas eram pessoas educadas e vinham de fora, fatos que poderiam, pensou John, ajudá-los a saber como lidar com a situação.

O médico era um homem baixo e careca que usava óculos que ampliavam seus olhos de tal maneira que parecia escutar com eles. Ele dava a seus pacientes — e todos na cidade eram seus pacientes — a impressão de que via e provavelmente entendia tudo também, embora nunca dissesse uma palavra além do necessário. Ele fazia as perguntas que deveria fazer, mas nunca dava às pessoas nenhum nome para o que havia de errado com elas. E quando escrevia uma receita ilegível, nunca dizia para que servia, apenas repetia as instruções, geralmente as mesmas: "Três vezes ao dia, depois do café da manhã, almoço e jantar, até acabarem os comprimidos".

O médico fizera o parto de Hildie, mas o próprio John nunca teve motivos para pedir ajuda a ele, e, quando buscava a manteiga, o médico apenas olhava para ela, piscava para John com sua miopia e o pagava. No entanto, John estava determinado de alguma forma a dar o passo e falar com ele.

Assim, quando tocou a campainha dos fundos na sexta-feira de manhã, ficou nitidamente desapontado quando foi a senhora Hastings e não o médico que atendeu a porta. Ela frequentara a faculdade, como todos sabiam, e recebia amigos da cidade quase todo fim de semana. Todos os seus filhos, exceto os mais novos, foram para o internato. Ela falava o suficiente para compensar os silêncios do médico. Na verdade, ela sempre era tão agradável quanto poderia ser, até um pouco alegre demais, como se estivesse reprimindo o impulso de dar um tapa nas cadeiras de John e gritar: "Pula, carneirinho!".

Ele esperou do lado mais afastado da mesa da cozinha enquanto ela estava no balcão e pesava a manteiga em sua balança.

"O doutor está em casa?", perguntou John.

A senhora Hastings ergueu a vista em um gesto brusco. "Você está doente?", ela perguntou.

"Não", disse John. "Não, eu não."

"Sua filha?"

"Não, Hildie está bem."

"Então por que você quer ver o médico?"

"Queria falar com ele sobre um assunto."

"O doutor não lida com problemas emocionais, você sabe. Ele é muito ocupado. Se você só quiser conversar, a enfermeira dele vai encaminhar você para um psiquiatra em Concord."

John ergueu os ombros e enfiou as mãos nos bolsos. A manteiga, ele notou, pesara um pouco a mais. Ele respirou fundo. "Vocês têm participado dos leilões?", perguntou.

"Alguns", ela disse, virando-se para ele. Suas feições eram largas, protuberantes, com sutis cicatrizes de acne. "De onde será que estão vindo todas essas coisas bonitas semana sim, semana também?"

John fez uma pausa. "De gente como eu", disse ele.

"É mesmo?", ela disse e riu, seu peito arfando. "Bom, isso não é generoso de sua parte? Eu, por exemplo, não ia gostar de me desfazer dos meus móveis."

"Não", John disse lentamente. "A senhora não ia."

Ela levantou o queixo desconfiada, não mais sorrindo. "Então, por que você faz isso?", perguntou quase com raiva.

John corou de vergonha e não se moveu. Não podia ir embora porque ainda não recebera o dinheiro. Todos sabiam que a senhora Hastings odiava Harlowe e as pessoas de Harlowe e, além disso, tudo em relação ao campo. Harlowe e a senhora Hastings, na verdade, toleravam-se apenas por causa do médico. Claramente, ela devia achar o leiloeiro mais refinado que as pessoas de quem comprava manteiga. E, se fosse essa sua opinião, provavelmente também seria a do médico.

"Então, por quê?", ela repetiu, seus olhos obscuros cheios de acusação. Ela estendeu a mão para o balcão, pegou uma taça de vinho meio vazia e bebeu.

John deu um passo para trás, observando-a. Então estendeu a mão calejada para as notas e o troco que ela contara para ele.

Ela jogara o dinheiro sobre a mesa, onde ele precisaria se esticar para recolher. "Nunca vou entender vocês", disse ela.

John tentou pegar o troco da mesa, mas as três moedas de dez centavos ficaram presas na borda cromada.

A esposa do médico bebeu de novo de seu copo, segurando-o graciosamente, olhando sobre seu nariz comprido para as mãos de John, que tateava atrás das moedas.

Quando ele já havia descido três degraus da calçada externa, a porta dos fundos bateu com tanta força que a casa estremeceu. Ele fez uma pausa, momentaneamente paralisado por um súbito impulso de voltar e dizer à mulher que ela era uma inútil. Mas a pausa não foi mais do que um obstáculo em seu andar enquanto ele voltava para sua caminhonete e subia. O dinheiro da manteiga era seu único dinheiro no momento.

• • •

Agora era o ápice do verão. As brocas-de-madeira perfuravam novas fileiras de buracos nos troncos e galhos das macieiras, e os guaxinins e marmotas, já engordados, desciam lentamente o pasto alto em direção à horta todas as noites ao entardecer. Os besouros transformavam as folhas dos tomateiros em bordados apesar de uma varredura semanal, e punhados de margaridas-amarelas indicavam onde as ervas daninhas haviam se enraizado mesmo no feno recém-semeado. John e Mim aceitaram os sinais do alto verão como aceitaram a advertência do primeiro grilo. Sempre havia feno suficiente para as vacas, e maçãs, milho e tomates que dava para a família.

E a essa altura, há semanas aceitavam as visitas de quinta-feira. A princípio, Ma aborreceu-se. Ela gritou na semana em que Mim ajudou Cogswell e Mudgett a carregarem o piano. Mas, quando levaram o tapete da sala da frente e os bons pratos que Mim embalara, ela não falou quase nada.

John deixou que Mim escolhesse o que deveria ir embora, mas ele se demorava em detalhes para não mencionar as coisas que já haviam sumido. E todas as quintas e sextas depois das visitas, ele trabalhava longas horas no campo, voltando somente depois do jantar, até que pudesse cair na cama exausto.

Uma semana, Cogswell parou na porta de sua caminhonete para falar com Mim. "Escute", ele disse, balançando um pouco, de modo que ela fosse engolida por uma névoa de emanações alcoólicas. "Agnes mandou lhe dizer que ficaria muito feliz se você e a Hildie quiserem fazer uma visita. As framboesas estão ótimas essa semana, até os campos de mirtilo. E ela não está conseguindo colher nada. Ela diz que agora isso a deixa nervosa, aqueles campos grandes cercados de bosques." Ele olhou para Mim, depois para além dela em direção ao lago, até que começou a se inclinar em direção a ele como se estivesse atraído. Segurou-se no espelho da caminhonete para se equilibrar. "Ah, Mim", ele disse, "me deixa nervoso também, ela e as crianças lá em cima..."

Mim estava com os braços cruzados sobre a camisa de brim. Mudgett apoiou-se no capô da caminhonete para observá-la.

“Não estou dizendo que você tem que ir, nem nada assim. É só que você costumava visitar. E a Agnes está meio louca por causa da Emily. Elas sempre foram da mesma sala na escola...”

“Como está a Emily?”, Mim murmurou, olhando para Mudgett e de imediato se desviando de sua atenção sinistra.

“Ela está paralisada”, respondeu Cogswell, apertando o botão que abria a porta da caminhonete. “Ela vai ficar no hospital por muito tempo, talvez para sempre.” Ele encontrou os olhos de Mim. “É de fazer um homem se sentir bem fragilizado”, ele disse suavemente, “uma mulher sofrendo assim.” Ele subiu na caminhonete. Mudgett com um movimento ágil deu a volta pela frente da caminhonete.

Mim colocou a mão na janela aberta. “Dirija com cuidado, Mick”, ela disse. “Você não parece muito sóbrio.”

Cogswell inclinou-se e disse: “Eles estão levando as coisas dos Carroll como se a casa dela fosse um aterro sanitário”.

Na manhã seguinte, Mim levou a manteiga para a cidade e parou na loja de Linden. Depois do almoço, quando John e Hildie foram trabalhar na horta, ela ficou em casa, mexendo nas portas com uma furadeira e uma chave de fenda. John voltou para ver onde ela estava e encontrou fechaduras em duas das cinco portas, e Mim instalando a terceira.

“As únicas pessoas que as fechaduras afastam são seus amigos”, disse ele.

Mim deixou cair a chave de fenda e o ferrolho com estrondo. “Onde está a Hildie?”, ela perguntou.

“Ainda no jardim.”

Mim levantou-se e correu até a porta para verificar.

John veio por trás dela e eles ficaram juntos na porta dos fundos da cozinha olhando, além do riacho e da ponte, para a horta, onde, espreitando entre duas fileiras de folhagem, podiam ver a cabeça brilhante de Hildie tomando sol na calmaria do meio-dia. John tocou o cabelo curto de Mim e uma mecha ficou presa em seu dedo.

“Eu podia muito bem ficar sem as fechaduras”, disse ela.

“Vamos recebê-los com uma arma. Eles estão fazendo a gente de escravo”, ele disse.

“John”, disse Mim.

“Pra você é fácil”, disse ele. “Você não é homem.” Mas depois que Mim saiu para buscar a filha, John andou pela casa e examinou as fechaduras, apertando os parafusos enquanto caminhava, pensando que pagar por elas devia ter levado todo o dinheiro da manteiga e mais um pouco. Depois, cuidadosa e metodicamente, instalou as duas fechaduras restantes nas portas do galpão e do porão.

Doaram o armário de porcelana, agora que estava vazio, em seguida seu próprio guarda-roupa, depois o de Hildie. Na primeira semana de agosto, foi difícil encontrar algo para doar.

Ma ficou em silêncio sobre o assunto dos leilões, e sobre muitas outras coisas também. Quando não estava assistindo a seus programas ou brincando com Hildie, ficava sentada no sofá por longos períodos, os braços finos cruzados sobre o roupão frouxo, olhando pela janela. Ela mal respondia quando falavam com ela, e passou semanas sem contar nenhuma história. Inquietos, John e Mim falavam, mesmo um com o outro, só pelas costas dela. A melancolia à mesa do jantar era tanta que Hildie travava uma batalha todas as noites para se sentar.

Na cidade, a situação não estava muito melhor. Quando John ou Mim encontravam pessoas que conheciam há décadas, sorriam e conversavam sobre o clima, o custo de vida ou máquinas emperradas. Eles conversavam do mesmo jeito que sempre haviam conversado, só que agora as conversas familiares pareciam ser construídas em um silêncio profundo como o que prevalecia na casa.

• • •

Foi ideia de Mim que John fosse ao leilão. "Só um homem sozinho, John", ela disse. "Eles nem vão notar você. Pode ser que você descubra alguma coisa."

Havia carros parados no gramado da prefeitura, no gramado da igreja, ao redor do quartel. Estavam estacionados na Mill Street, descendo a ponte e virando a esquina mais uma vez.

Mudgett vendia balões de novo. Ao lado dele, uma garota estranha em um avental de maternidade estava sentada em uma toalha de praia brilhante, movendo-se agitado ao ritmo de um rádio de pilha. Ela era muito jovem e seu cabelo era longo, escuro e emaranhado como se não tivesse sido penteado. Algo na maneira como ela observava as pessoas se aproximando para comprar balões fez John pensar que ela devia estar com fome.

Não havia uma mulher ou uma criança que Moore conhecesse. Ward estava lá — Speare, Pulver, Janus, Stone e alguns outros que ele conhecia. Isso não significava que todos eram policiais, é claro. Estavam sentados em silêncio aqui e ali, distribuídos da mesma maneira para todos entre a multidão, esparramados em cadeiras, ao redor do coreto ou na traseira de caminhões. John refletiu que a maioria provavelmente se perguntava se ele era policial. James e Cogswell, de macacão jeans, estavam organizando as coisas a serem leiloadas. Ezra Stone vendia pipoca e Sonny Pike vendia Coca-Cola e cerveja.

E havia gente, muita gente que ele não conhecia. Eles traziam *coolers* e toalhas para abrir atrás e ao lado das cadeiras de madeira. Cumprimentavam seus vizinhos de verão e as pessoas que conheceram na semana anterior.

Moore vagou inquieto em direção às coisas à venda. Uma mulher de meia-idade, esbelta e dura, de jeans amarelos desbotados, dizia para outra, de terno branco folgado: "Não é maravilhoso? Algumas das coisas que comprei são tão boas que levei de volta para Weston. Você pode imaginar por quanto essas coisas seriam vendidas em Beacon Hill? De onde você acha que eles conseguem tanta coisa toda semana?".

"Não é esplêndido?", disse a amiga. "Vim a vários e vários leilões nos últimos sete verões aqui, mas nunca vi um lote como este. Dê uma olhada naquela cômoda de jacarandá ali."

Elas tinham razão. Claramente não era um leilão beneficente. Não havia nada parecido com lotes fechados, e aceitavam lances a partir de 25 centavos. Havia poltronas enormes, camas esculpidas à mão, mesas sólidas de cerejeira, cômodas de nogueira, uma grande escrivaninha com tampo deslizante. Moore passou a mão sobre a cômoda baixa de pinho que era de Hildie — tinha sido de sua irmã, já antiga na época — e tentou se lembrar de onde tinha visto aquele bufê decorado.

Um homem com uma camisa havaiana volumosa, bermuda e chinelos dizia: "Muita madeira boa aqui".

E sua esposa estava reclamando: "Mas o que eu quero mais é uma batedeira de manteiga para látex de seringueira".

Havia uma longa mesa cercada de caixas de produtos agrícolas. Vendiam tomates por caixote. Mais adiante, havia duas motosserras, uma bomba d'água, uma máquina de ordenha e quatro cortadores de grama. E, quase escondido atrás do coreto, um trator. Os tratores têm personalidades, e este era um John Deere verde-escuro feito na década de 1930. Moore esforçou-se para pensar onde o tinha visto antes. Poderia ter sido na casa de Rouse, mas não tinha certeza.

O leiloeiro apareceu, caminhando leve e ereto em direção ao coreto, sua cabeça escura nua e brilhando ao sol. Dixie trotava disciplinado atrás de seu calcanhar esquerdo.

"Um personagem e tanto, aquele Dunsmore, você não acha, Moore?" Era Tad Oakes. Ele tinha duas estufas cheias de gerânios no canto mais distante da Parade, e hoje fazia um pouco de paisagismo para os recém-chegados. Ele também era o chefe do corpo de bombeiros voluntários. "Você está contribuindo?", ele perguntou.

"Eu não", disse Moore.

"Bom", disse Oakes. "Nem eu. Nada do velho Oakes lá em cima esta semana também."

"Como vocês conseguiram?"

"Só disse: 'Sinto muito, rapazes, não tenho mais nada'. Eles disseram: 'Você tem certeza?", e eu disse: 'Certo como a morte'. E foi isso. Foram embora sem dizer uma palavra. A primeira coisinha que acontecer, eu chamo a polícia."

"Cogswell acha que a polícia deve estar envolvida."

Oakes fez uma pausa. "Inferno. Eu vou para Concord. Vou até o maldito presidente se for preciso. Isso é ridículo."

Moore assentiu. Ele sabia tudo sobre Tad Oakes, é claro, mas não conhecia o homem em particular, assim como não conhecia ninguém que de fato morasse na cidade. Mas agora ele dizia, surpreso ao ouvir a si mesmo: "Estou com um bezerro de três dias lá em casa. E a água é muito boa, caso você esteja por perto com seus meninos". "Obrigado", disse Oakes, bem satisfeito. "Vou fazer questão de ver." Perly estava começando o leilão, falando naquela profunda voz monótona que reservava para os leilões.

"Não pode continuar assim", disse Oakes. "O que você acha?"

Moore balançou a cabeça. "Minha família está naquelas terras há duzentos anos. Eles resistiram a tribulações no passado."

"Isso é o que eu digo", disse Oakes sombriamente. "O que são uns leilões? Eu não cheguei a me importar em limpar o celeiro e o porão. Só que tem que ter um limite."

Moore olhou para cima e Oakes seguiu seu olhar. Debaixo das árvores, Mudgett olhava para eles sem piscar, como um peixe. Sem outra palavra, os dois homens se afastaram.

Naquela semana, Mudgett chegou na quinta-feira dirigindo uma picape Crew Cab International novinha em folha, do tipo que todo homem em Harlowe admirava sempre que passava pela nova loja de Tucker na Rota 37.

"O que você tem para nós, Moore?", ele perguntou, fixando John com seus olhos vazios, enquanto Cogswell cambaleava ao redor da caminhonete.

"Qual é a cor da sua?", John perguntou a Cogswell.

Cogswell deu de ombros. "Tem os que conseguem e os que não conseguem", disse ele. "O garotão diz que eu tenho que largar a garrafa primeiro. Ele está a fim de transformar a gente tudo em pregador."

"Ele derrubou uma cômoda outro dia, comigo embaixo", disse Mudgett. "Porra, quase me matou. Não ligo para a maneira como ele dirige."

Cogswell riu sem graça. "Fala pra ele, John", disse. "Não adianta tentar me mudar. A Agnes tem tentado todos esses anos. Continuo dizendo que se pelo menos tomasse uma garrafa comigo todo dia, podia começar a ver as coisas de outro jeito."

"Se não tomar cuidado, vai acabar sendo chutado para fora", disse Mudgett. "A língua dele começa a bater com o vento nessa hora do dia."

John e Mim olharam para Cogswell com assombro.

"Então, o que você tem?", perguntou Mudgett.

"Por quanto tempo vocês planejam continuar com isso?", perguntou John.

Mudgett deu de ombros. "Isso você tem que perguntar pro chefe", disse ele. "Aliás, vi você conversando com Tad Oakes no sábado. Você é um amigo especial dele?"

"Só conversando pra passar o tempo", disse Moore. "Alguma lei contra isso?"

"Você ouviu que ele vendeu tudo e se mudou para Manchester? Foi embora ontem."

"Tão rápido?", disse Moore.

"Sabe aquele velho olmo morto, aquele que devia ter sido derrubado alguns anos atrás? Então, caiu em cima das duas estufas e destruiu totalmente. Eles tiveram sorte, se você quer minha opinião. Toda a maldita família estava pelas bandas de Concord na hora. Mas acho que o Oakes começou a se sentir bastante desanimado."

"Ele já vendeu a casa?"

"Dunsmore pagou em dinheiro. À vista."

"Quanto?"

"Como eu vou saber? Você sabe como as pessoas são quando se trata de dinheiro."

John enfiou as mãos nos bolsos do macacão. "Afinal, o que foi que te trouxe de volta pra Harlowe, Red?", ele perguntou.

Mudgett agitou-se de aborrecimento. "É tudo absurdo lá fora", disse ele. "Um mundo inteiro de merda."

"E aí você voltou para Harlowe."

"Não", disse Mudgett. "Eu só odeio cada vez mais esse lugar, só isso. Não tenho nenhum motivo para voltar." Ele sorriu e John viu que seus dentes da frente, inclinados juntos como sempre, tinham sido quebrados em pontas afiadas.

"Você também não é o favorito por aqui", John disse.

Mudgett continuou a sorrir. "Nunca fui", disse ele. "Nem quero ser."

Naquela noite, enquanto Hildie cantava até dormir, John e Mim se sentaram na frente da televisão, que transmitia o programa de perguntas de Ma.

O apresentador perguntou a um homem de gola alta escura em que ano a Associação de Líderes de Torcida da América foi formada. Ma esperou até que ele respondesse — em algum momento da década de 1920 — e então disse: "Algumas coisas você não tem direito. E minha cômoda é uma delas. E a cômoda do Pa é outra".

Mim e John entreolharam-se e o apresentador concedeu duzentos dólares a uma garota de meia-calça de pele de leopardo que devia ter dado uma resposta melhor.

"Uma coisinha aqui e ali, tudo bem", Ma continuou. "Mas você não vai se desfazendo de cada migalha que é sua. Seu pai teria expulsado aqueles patifes daqui com um chicote, te garanto. Seu tataravô limpou todo aquele pasto alto e mais um pouco, quando a floresta ainda era cheia de índios também — abarrotada deles."

"Aquela escrivaninha não tinha utilidade, Ma", disse John.

"Você está me dizendo que minha hora chegou?"

"Claro que não", disse Mim. "É só que talvez a cômoda deixe a gente passar sem nenhum acidente."

"Acidente", disse Ma. "Você devia ouvir os acidentes que costumavam acontecer nos velhos tempos. Olha o que aconteceu com o Pa. E aqueles acidentes no jornal? Uma em cada cem pessoas caíram..."

"Isso não ajuda se acontecer de você ser aquela entre as cem", disse John.

"Eu acho que o Red Mudgett está por trás de tudo isso", disse Ma. "Nunca teve um pingo de fé, muito menos em algo tão simples como certo e errado. Tudo isso é por conta de ser muito espertinho. Quando era jovenzinho, sempre foi grande demais pras calças. Todos os anos ganhava o prêmio por memorizar a maior parte das escrituras. Fazia isso por puro despeito, porque era mais fácil para ele do que pros outros. Um ano, ele foi eleito presidente da turma dele da Escola Dominical. Nunca entendi como conseguiu fazer isso. Mas é certo que ele encontrou um jeitinho, porque ele nunca teve um amigo de boa-fé. Me irritava só de pensar nisso. E o pior de tudo era que no fim das contas ficava em cima de mim, me atazanando como um ciganinho. 'Você não tá feliz por eu ter ganhado, senhora Moore? Você não tá feliz por eu ter sido eleito?' Isso deve ter vindo da falta de instrução em casa. Eu juro, nunca fui com a cara dele. E não era o caso de ninguém que conhecesse. Ele era esperto demais. Nada nunca era bom o suficiente para ele. Ele nunca gostou das histórias da Bíblia e nunca gostou de cantar. Ele não quis nem ser anjo na apresentação de Natal."

Agora o apresentador fazia todos os competidores girarem um bastão, e uma jovem em um vestido de lantejoulas tinha acabado de largar o bastão no pé e estava pulando para cima e para baixo no outro.

"O que você queria que a gente fizesse, Ma?", perguntou Mim. "Não é como se eu e o John quiséssemos doar nossos confortos."

"Eu diria para você mandar procurar os negócios dele em outro canto. Que é bem longe daqui."

John explodiu de sua cadeira. Ele olhou fixamente para Ma. "Só tem uma maneira de transmitir essa mensagem, Ma", disse ele. Ele caminhou pela sala, do fogão à janela, depois voltou. Então, virou-se para sua mãe novamente, agarrando a guarnição de aço no fogão frio atrás dele e segurando-se. "E a única coisa que me impede disso, Ma, é que eu tenho três mulheres nas minhas mãos."

• • •

Peça por peça, eles foram deixando que levassem os móveis — as cadeiras estofadas e a cadeira de balanço da sala da frente, a velha mesa de cabeceira na sala de jantar, até as cadeiras de pinho da cozinha. Uma semana, Cogswell contentou-se com três engradados de vagens.

Enquanto isso, como se a decisão de deixar a mobília sair tivesse ganhado algum tempo, os Moore chegaram ao final do verão. O milho que restara dos corvos estava maduro. E os pepinos e tomates e abóboras e feijões estavam prontos para a colheita. Levavam Hildie para nadar no lago todos os dias e tentavam ensiná-la a escalar sem pisar em pedras soltas ou galhos mortos que poderiam ceder. Eles ceifaram e varreram o feno, jogaram-no na velha estrutura com garfos, depois puxaram a estrutura para o celeiro com o trator e descarregaram o feno pelas portas superiores do celeiro. Juntos no final da tarde, reclamando do calor e ouvindo os grilos, eles colhiam tomates e abóboras. Foi um ano maravilhoso para amoras, e depois do jantar John, Mim e Hildie vagavam pelas margens do lago na última luz colhendo amoras e às vezes mirtilos de arbustos altos, comendo o que podiam e coletando mais para enlatar.

Os dias ficavam mais curtos à medida que o suprimento de móveis diminuía. Enquanto o tempo ainda estava bom, eles carregavam Ma na hora das refeições e a acomodavam na grande cadeira de madeira com uma bandeja, espalhando seus próprios pratos e copos nos degraus de granito. Depois ordenhavam, esguichando leite na boca de Hildie para fazê-la rir, e esfregavam os baldes de aço brilhante na cozinha com sabão e água aquecida no fogão. Duas vezes por semana, John batia manteiga. Na hora do almoço, quando a varanda estava quente com o sol, bebiam leitelho gelado e observavam as primeiras manchas vermelhas que marcavam os bordos do pântano junto ao lago.

Eles nunca mencionavam os objetos perdidos, mas suas vidas mudaram. Faziam coisas que nunca tinham feito antes. Levaram um jantar de piquenique até o topo do pasto. No anoitecer de um dia tranquilo, carregaram Ma no caminhão e a levaram para o mais próximo possível do lago, para que ela pudesse ver os peixes pularem. John dirigiu até o poço de cascalhos e pegou um monte de areia para despejar ao lado do celeiro para que Hildie não cavasse na terra da estrada. Um dia, Mim, colhendo cenouras no jardim, apoiou os cotovelos nos joelhos, olhou para a casa em direção ao lago e disse: "Engraçado, sinto que são meus parentes que estiveram aqui essas gerações atrás. Eu me sinto apegada". Ela suspirou. "O lugar mais bonito que existe é esse aqui."

John não parou de trabalhar, mas olhou para ela e para a filha jogando uma vara para o cachorro atrás da casa, depois correndo para buscá-la porque o cachorro era muito preguiçoso. "A gente nunca pulverizou a hera", disse ele. "Dá azar."

Parecia claro para Mim que a posição elevada de Fanny Linden atrás do balcão da loja lhe dava uma visão única e desobstruída da complexa situação da cidade. Apesar de sua mesquinhez, Fanny não era indelicada, e assim, a despeito da experiência de John com o velho Ike, Mim continuou a esperar que Fanny de alguma forma soubesse o que deveria ser feito e a informasse também.

Assim, sempre que entrava na loja, demorava-se, conversando sobre clima, dores de parto e doenças com Fanny, como sempre fazia. Fanny falava sem parar, sua voz tão insípida quanto o queijo que fazia, mas Mim conseguia obter algumas pistas. Nem Fanny nem a loja pareciam ter mudado de forma alguma. Ela descobriu que Collins, lá de cima, caíra sob sua escavadeira e tivera que amputar uma perna.

"Claro que isso não fez a Jane parar", disse Fanny. "Ela tá aqui com a mesma frequência de sempre, toda enfeitada como se achasse que isso aqui é Nova York."

"Como foi possível ele cair embaixo da própria escavadeira?", Mim perguntou, desejando poder descobrir como era a relação dos Collins com o leiloeiro.

"É um talento e tanto, né?", disse Fany. "Esse foi um ano ruim para acidentes."

Mim franziu a testa.

"Mas sempre tem um lado bom, né."

"Como assim?", Mim perguntou cautelosamente.

"Você quer dizer que não ouviu falar da ambulância? Porque eu pensei que todo mundo já sabia. Eles transmitiram alto o suficiente. Aconteceu na terça-feira passada, depois que o Collins se acidentou. Parte do dinheiro veio do orçamento da polícia. Acho que eles têm um extra agora por conta dos leilões. Então Perly Dunsmore doou a parte que estava faltando. Perly em pessoa foi até Boston e voltou com uma ambulância novinha em folha. Tudo do bom e do melhor. Ficaram exibindo ela o dia inteiro na Parade, na última quarta-feira. Da próxima vez que alguém se machucar, recebe nada menos que o tratamento mais moderno; é isso que o Perly diz."

"Você acha que Perly teve que doar muito?"

"Ele diz que sim", disse Fanny. "Naquela voz suave que ele fala, mas alto o suficiente para ouvir."

"Os leilões devem estar rendendo uma bela grana. O jovem Ike está contribuindo com eles?", Mim disse, tremendo com sua franqueza.

"A loja abre aos sábados", disse Fanny. "Sempre abriu. Mas a gente fica de olho nas coisas daqui. Não prejudica em nada nosso negócio, todo aquele bando de forasteiros pousando na nossa porta todos os sábados — e todos com disposição para gastar também."

"Ah", disse Mim, envergonhada. "Não imaginava. Vocês... vocês têm doado muito?"

"Nada", disse Fanny, sentando-se estranhamente imóvel, mesmo para ela. "Eles não pediram e a gente não se ofereceu."

Harlowe compartilhava uma ministra com onze outras cidades. Ela passava três meses em cada área, pregando em três cidades diferentes todos os domingos. Não era um trabalho muito atraente para homens com famílias, então havia oito anos que o cargo era de uma mulher — Janet Solossen. Uma vez por ano, ela visitava os Moore, chacoalhando pela estrada em um velho jipe Willys, sempre quando eles menos esperavam. Ela usava botas de trabalho masculinas e cobria seu corpo largo sem qualquer espartilho ou coisa do tipo, geralmente com jeans azuis e suéteres escuros de gola alta. Antes de entrar, ela sempre demorava e falava das coisas do campo com John no quintal, passando os dedos manchados de nicotina pelos cabelos grisalhos aparados. Na sala da frente, ela fumava e conversava sobre bebês com Mim, e colchas e televisão com Ma. Ninguém a achava muito esperta, pois sempre falava sobre o que sabiam, mas notaram que ela na maioria das vezes tinha boas respostas quando surgiam problemas, e há muito concluíram que, mulher ou não, ela tinha uma linha com Deus, do jeito próprio dos pregadores. As pessoas pararam de chamá-la de "aquela senhora pregadora". Ela era apenas "a pregadora" em geral, e "Reverenda Solossen" quando estavam cara a cara. Com exceção dos recém-chegados e dos franco-canadenses, a maioria das pessoas de Harlowe ainda se casava e era enterrada do lado de fora da Igreja da União, mas não havia tantos quanto era de costume que prestassem atenção a ela com regularidade.

"O primeiro domingo do trimestre da pregadora aqui está chegando", disse Mim. "Não tem como ela aparecer e não perceber."

"E quando ela perguntar", John zombou, "acho que você vai dizer que deu tudo porque um velho foi derrubado e um olmo caiu em uma estufa?"

"Espero que a pregadora possa ouvir com paciência toda essa longa história."

"E se a gente contar pra ela e ela pensar que somos nós que estamos errados e passar adiante nossa história?"

"Eu vou dizer a ela de qualquer maneira."

O domingo estava frio e brilhante, gravado com a energia fresca e dura do outono. Ma estava feliz por ir à igreja. Parecendo estranha e frágil em seu paletó de gabardine azul-marinho, ela se sentou entre Hildie e John no banco duro da caminhonete. Depois da morte de Pa, John começou a levá-la à igreja, até que ela desistiu por vontade própria. "Não é a mesma coisa", ela disse, "com você se mexendo e girando no banco como um gato em uma armadilha."

John e Mim não disseram nada enquanto passavam devagar pela igreja com seu campanário inacabado. John passou pelas quatro caminhonetes novas e reluzentes da Crew Cab na frente, então parou perto do correio.

"Não para", Mim disse. "Não faz sentido ir agora. A gente já viu o suficiente."

"Deixar de ir!", disse Ma. "Só por causa daquelas caminhonetes? Eles têm tanto direito à igreja quanto você. E não só isso. Se você casa com um homem de Harlowe, o certo é você casar com a igreja dele também. Mas você sempre foi forte para fazer as coisas do seu jeito, ainda que fosse apenas o Johnny fazendo força."

"Sai, sai", cantou Hildie, absorta no prazer de usar seu vestido de festa. "Eu quero rodar minha saia."

"E essa criança é tão selvagem quanto um chinês", acrescentou Ma. "Você manda ela pra Escola Dominical uma vez. Então ela diz não e você deixa ela em paz."

"Olha quem está ensinando, Ma", Mim disse.

"Bom, Escola Dominical é Escola Dominical. E, de qualquer forma, eu digo que Mudgett é quem está por trás de tudo isso."

John deixou a caminhonete em ponto morto, olhando para a igreja. Ma estendeu a mão e deu um tapinha no joelho de Mim. "Não que eu culpe você", disse ela. "É só que você não deve deixar eles te pararem quando você tem um plano."

No vestíbulo da igreja, os saudadores faziam fila — primeiro Sonny e Theresa Pike, depois Mickey Cogswell parecendo estofado e florido de paletó e gravata. Os Moore apertaram as mãos sem sorrir com os Pikes e passaram para Cogswell.

"Cadê a Agnes?", perguntou Mim.

"Não está em condições de vir", disse ele. Ele olhou para Hildie e não a cumprimentou. "Você ouviu que a pregadora foi embora?", perguntou ele.

"Embora?!", disse Mim.

Mas Cogswell fez sinal para os Moore seguirem em frente. "Vocês vão ver", ele murmurou.

Mim pegou a criança no colo e a carregou pelo corredor, enquanto John segurava Ma em seu braço e seguia Ezra Stone, que os conduziu a um banco no meio da igreja.

No santuário, Fanny Linden tocava órgão como sempre fizera, e a luz do sol passava pelos bordos amarelos através das janelas altas e claras.

A igreja nunca ficava mais do que um quarto cheia, mesmo no Natal, mas, assim que os Moore se sentaram, sentiram outro casal entrar logo atrás deles. Olhando para trás, John viu os James. Ian James era um policial, um dos primeiros. John puxou Hildie para perto dele.

Ma identificou seus amigos entre os velhos e notou com prazer que havia mais do que ela chamava de "jovens" do que o normal. Mas sempre havia no primeiro domingo dos trimestres da pregadora. Era como um dia santo especial da cidade. John olhou ao redor rubricando quais homens estavam ali, imaginando se eram todos policiais, ou se alguns estavam ali pelos mesmos motivos que ele. Mim ouviu aquela música solene e ansiou pelas tábuas ásperas da própria cozinha sob seus pés.

Com uma série decisiva de acordes, Fanny passou para o cântico de procissão. O coro — seis pessoas em sobrepeliz castanho-avermelhada — arrastou-se para os fundos da igreja. Mim virou-se para olhar, bem a tempo de ver Perly acomodando Dixie em um dos bancos de trás. Ele chamou sua atenção e lhe fez um aceno como se, no meio de toda aquela congregação, ela fosse sua amiga especial. Então se sentou e inclinou a cabeça.

Todos se levantaram e a cantoria começou, discordante e um tanto insegura: "Uma fortaleza poderosa é o nosso Deus, um baluarte que nunca falha". Mim seguiu as palavras do hinário com o dedo, tímida demais para cantar.

De repente, Ma agarrou seu braço. "Meu Deus do céu", disse ela.

Por uma porta lateral, uma figura aproximava-se do púlpito vestindo a túnica preta de Janet Solossen com o capuz vermelho. Ele subiu lentamente no alto púlpito central e ficou em silêncio durante o canto, olhando para a congregação com olhos negros vazios. Era Mudgett.

Depois que o canto acabou e o órgão ficou em silêncio, Mudgett leu o Salmo: "Esbraseou-se-me no peito o coração; enquanto eu meditava, ateou-se o fogo...". Sua voz era alta, tensa e lenta. Ele parecia mais um pregador do que a própria pregadora. Quando ele ergueu a cabeça e rezou, Mim ergueu os olhos da cabeça baixa e observou, chocada com a sensação, apesar de tudo o que sabia, de que Mudgett recebera um chamado e se tornara um porta-voz de Deus.

Após a oração, ele olhou para a congregação até que todos começaram a se contorcer. Pareceu um gesto ensaiado, que trouxe sobre eles a pressão da consciência.

"Tenho aqui uma carta da reverenda Solossen", disse ele por fim. "É datada de ontem."

Meus caros amigos,

Como todos sabem tão bem, há anos que considero como minha preocupação missionária especial a situação dos órfãos do Vietnã. Agora uma oportunidade maravilhosa de servir a Deus chegou a mim e indiretamente a vocês. Três dias atrás, recebi um convite para servir em uma delegação de clérigos ao governo do Vietnã para discutir como facilitar o cuidado dessas crianças carentes. Então, hoje, mesmo enquanto considerava se deveria deixar meus próprios paroquianos, e se eu poderia pagar a passagem de avião, um bilhete foi colocado debaixo da minha porta para o voo da meia-noite para Hong Kong, onde posso tomar um voo de conexão para Saigon. Esta doação anônima de um ou mais de vocês veio a mim como a resposta às minhas orações e como uma garantia de que minha participação nesta delegação estava predestinada.

Embora eu saiba que isso provavelmente significa que Harlowe não terá nenhum pregador este ano, espero que vocês sintam que, através de mim, todos estão ajudando a salvar a vida dessas pobres crianças — vítimas, em parte, do trágico envolvimento dos Estados Unidos no Sudeste Asiático. Que suas orações me acompanhem, assim como as minhas estão com vocês.

Janet Solossen

O culto continuou — a Liturgia, a Leitura Responsiva, o Hino. Parecia um culto normal, e era difícil perceber que o homem de túnica era Mudgett. Jimmy Ward pregou o sermão, tomando como texto "Deixai vir a mim as criancinhas". Para grande alívio de Mim, ele parecia exatamente Jimmy Ward, tropeçando e desculpando-se e emaranhando-se em suas próprias palavras.

Depois, Mudgett fez os anúncios: café depois do culto, um jantar de confraternização na quinta-feira, uma reunião do grupo da Missão Feminina no Exterior para separar roupas para os órfãos vietnamitas.

"Planejamos", disse ele, "continuar os cultos da igreja regularmente enquanto a pregadora estiver fora. Qualquer um que queira ajudar deve falar com o senhor Ward ou comigo mesmo após o culto."

"Esse nem é o jeito de falar do Red Mudgett", disse Mim a caminho de casa.

"Ele sempre foi um animal traiçoeiro, aquele ali", disse Ma. "Nada que ele fizer vai me surpreender."

6

Chegou enfim o dia em que não havia mais nada que não fosse essencial na casa. Eles não podiam se desfazer do sofá de Ma, e nem mesmo Perly conseguiria levantar muito dinheiro com a mesa da cozinha e os bancos que John montara com algumas tábuas velhas no celeiro. Como se percebesse a dificuldade deles, o leiloeiro veio pessoalmente com Gore.

Dixie correu pelo caminho para encontrar Lassie, acenando com sua cauda sedosa. John observou da porta enquanto os dois homens se aproximavam. Quando alcançaram a varanda, de frente para ele, John abriu a porta externa e saiu para juntar-se a eles.

"Não sobrou nada, Perly", ele disse, seu corpo firmemente plantado entre Perly e sua porta. "Não faz sentido você vir. Não dá pra tirar leite de pedra."

O leiloeiro olhou para John, seus olhos castanhos pesados de preocupação. "Você tem sido muito generoso", ele disse. Ele estava tão perto que John recuou um pouco até sentir o vidro da porta contra suas escápulas.

Gore estava apoiado no poste da casa, girando o cabo de um ancinho em suas mãos, sem encontrar os olhos de John. Por fim, largou o ancinho e disse: "Não importa, Johnny. Tudo o que queremos são suas armas".

"Minhas armas!"

Perly abaixou-se para pegar um raminho de hortelã que crescia perto da porta. Ele colocou na boca e mastigou. “Com a temporada de caça chegando, pensamos que um leilão especial de armas de fogo poderia ser uma boa ideia.”

“Então você chegou ao ponto de nos desarmar”, disse John, postado solidamente diante de sua porta.

Perly jogou a cabeça escura para trás e riu. “Se você estiver trabalhando para a lei e a ordem”, disse ele, “você tem que admitir que não é uma má ideia.”

“Acontece que eu preciso da minha arma”, disse John.

“Para quê?”, disse Perly. “Os registros da cidade mostram que você não tira uma licença de caça há dez anos.”

“Um fazendeiro precisa de uma arma”, disse John.

“Será que você não tem um velho bacamarte?”, Perly perguntou, olhando pela porta da cozinha. “Estão valendo um bom preço hoje em dia.”

Gore estava chutando o raspador de lama perto da porta. “Ele as guarda na despensa, Perly”, ele murmurou sem olhar para cima.

Perly ergueu as sobrancelhas. “Se você me der licença...”, ele disse a John. John manteve-se firme e Perly esperou para passar. Gore observou, sua mão pairando perto de sua arma. Hildie estava dentro da casa, feliz de ver o leiloeiro.

Perly ergueu as sobrancelhas. “Você já parou para pensar, John, se está em posição de barrar a porta?”, ele perguntou. Ele lançou um olhar brilhante sobre Mim, Ma e Hildie, então pareceu prestes a dar meia-volta.

Por fim, com o rosto corando sob a queimadura de sol, John enfiou as mãos nos bolsos do macacão e desceu com passo lento o degrau de cima. Ele fez uma pausa, então se afastou em direção ao celeiro.

Perly assentiu com educação diante do recuo de John. Então ele abriu a porta e esperou que Gore mostrasse o caminho.

Mas Gore permaneceu com a expressão carrancuda e não se moveu até que Perly disse com gentileza: “Então, Bob?”. Por fim, o policial entrou de modo impetuoso na cozinha e, sem parar para cumprimentar Mim ou Ma, foi direto para a despensa.

Perly entrou oferecendo um sorriso para Mim e agachou-se diante de Hildie, que estava com Mim na frente da pia. “Olá, querida”, disse ele, estendendo os braços. “Venha dizer oi ao seu velho amigo.”

Hildie sorriu, mas hesitou. Enquanto ela se dirigia para Perly, Mim agarrou o elástico na parte de trás de sua calça jeans e a puxou para trás, de modo que a menina uivou de indignação.

Perly levantou-se. Ele olhou para o rosto de Mim com um tipo diferente de sorriso. Dixie choramingava na porta para entrar, mas ele a ignorou. "Sinto muito", ele murmurou, mas Mim estava olhando para Gore, que estava carregando a espingarda e a .30-'06, uma em cada mão, seus olhos fixos e sombrios no chão à sua frente.

Perly virou-se para ele. "Você pegou a munição?", ele perguntou.

"Poxa, Perly", Gore murmurou e não se virou.

Perly voltou-se para Mim. "Onde está?", ele quis saber.

Mim ficou parada, pressionando os ombros de Hildie contra suas coxas, seu rosto empalidecendo.

Perly balançou a cabeça e sorriu. "Acho que você simplesmente não pode agradar a todas as pessoas o tempo todo", ele disse, e acariciou a bochecha fria de Mim com a ponta dos dedos.

Então, com um passo, ele se dirigiu à despensa e, sem mesmo procurar, estendeu a mão e balançou a caixa de munição vermelha da prateleira de cima.

Mim observava da cozinha, Ma da sala da frente e John do celeiro, enquanto Perly seguia Gore pelo caminho e os dois homens saltaram na cabine da caminhonete e foram embora.

Na quinta-feira seguinte, sob um céu agitado, carregado de chuva, Perly e Gore voltaram.

John saiu do celeiro e parou na porta, com os pés bem abertos e os braços cruzados. "Não temos nada", disse ele.

Perly olhou alegremente ao redor do quintal, seu rosto mais escuro do que nunca depois de um verão ao sol.

Gore apoiou-se contra a caminhonete para assistir. "Vamos levar as vacas", disse ele.

"Vacas!"

"Apenas umas duas", Perly disse e piscou para Mim, que estava de pé atrás do vidro da porta olhando para fora. "Acho que são duas a menos para ordenhar. Ou se você tiver duas que não estejam dando leite no momento, vamos nos contentar com elas."

John olhou para o pasto, onde as sete Jerseys avermelhadas estavam amontoadas sob os freixos brancos perto do portão, seus úberes inchados, esperando que ele viesse e as trouxesse.

Perly estava com os braços cruzados, como uma graciosa paródia de John.

Seus olhos refletiam o céu chuvoso. "Nós vamos levar duas", disse ele.

"De jeito nenhum", John murmurou. Então ele disse, forçando as palavras bem devagar: "Cai fora da minha propriedade".

John virou-se e seguiu pelo caminho em direção à porta dos fundos e à família. Seu corpo parecia dormente e cada passo era um esforço. Ele sentiu que estava não apenas lutando contra seu medo da arma no coldre de Gore, mas também contra paredes de raiva desconcertante.

Ele não ouviu os passos atrás de si ou o farfalhar das roupas.

Sem um ruído de advertência ou o menor vestígio de pressa, Perly esgueirou-se entre John e a porta da qual se aproximava.

"Você quer consultar sua esposa?", perguntou Perly. Ele abriu a porta da cozinha e pegou Mim com força pelo ombro enquanto ela se afastava. Ele sorriu para ela. Ela ergueu os olhos para ele e os dois permaneceram estáticos, como a postura de jovens namorados.

John parou.

Segurando Mim pelo braço, agora com leveza, Perly conduziu-a até o marido.

John viu Mim, pálida e insólita, caminhando obedientemente em direção a ele sob o braço do homem estranho, seu corpo roçando o dele. O medo tinha apagado toda a expressão de seu rosto.

Recuperando o fôlego, John virou-se com rapidez para o pasto e as vacas, sua raiva e o peso da tarde úmida combinando para sufocá-lo. Moveu-se em direção ao caminho entre o celeiro e o depósito de lenha que levava ao pasto. Dixie disparou na frente dele e Lassie latiu atrás.

Ele subiu o aclive até os fundos da propriedade. Ele podia ouvir Gore bufando atrás dele, mas só podia sentir os passos silenciosos de Perly. Sob o freixo, uma pedra achatada e afiada, do tamanho de um balde de ordenha, havia se soltado do muro. Ao se aproximar, a pedra pareceu maior e ganhou outra forma diante de seus olhos, convertendo-se em uma arma.

Quando chegou à seção de arame farpado que se abria para soltar as vacas, parou até que Gore e Perly apareceram atrás dele e ele pôde sentir a respiração deles girando em torno de sua cabeça. A pedra estava a menos de dois metros do grupo. Ele esperaria até que atravessassem o arame farpado. Perly veio primeiro, caminhando silenciosamente e sem esforço como um gato. Gore observou John ao passar, seus pequenos olhos cautelosos.

John notou, antes de tudo, o coldre vazio. Então ele viu a arma. Gore não estava apontando, apenas balançando ao lado do corpo, meio escondida atrás de sua coxa larga.

"Bom", disse o leiloeiro, "de qual de suas belas moças você vai se separar?"

John ficou olhando para a pedra. Se ele se inclinasse para pegá-la agora, a notícia da próxima semana seria que John Moore sofrera um acidente limpando suas armas para a temporada de caça — não importando o fato de as armas terem sumido.

E então as três mulheres estariam sozinhas.

John segurou o poste da cerca e olhou, além dos homens, na direção da casa desgastada pelo tempo, lá embaixo, para se equilibrar. Naquele dia cinzento, a distância fazia parecer que era pequena. E no pátio, diminuída também pela distância, Mim estava onde a tinham deixado.

"Quais você disse?", perguntou Perly.

Em silêncio, John apontou para Moon. Ele se apoiou no poste enquanto o leiloeiro ia até a vaca, deu-lhe um tapa no flanco e a fez descer lentamente pelo declive.

Gore vigiava, os pés bem separados, a arma na mão e a boca entreaberta, ofegante.

• • •

Depois disso, Mudgett e Cogswell continuaram vindo por algum tempo. Mudgett na frente e Cogswell atrás como um enorme animal de estimação desajeitado. Ele estava bebendo muito e às vezes era necessário que perguntassem duas ou três vezes antes que respondesse. Fizeram duas viagens em uma semana para tirar toda a safra de abóbora, depois levaram a batedeira e o separador e, por fim, o resto das vacas, sempre um par de cada vez. John e Mim preocuparam-se com Hildie sem o leite, mas ela continuou a crescer bem. Eles ainda tinham bons vegetais e começaram a comer as galinhas o mais rápido que podiam, uma ou até duas por dia. "Eles não podem pegar o que já comemos", dizia Ma.

Colheram os últimos tomates verdes e esconderam sob as tábuas do assoalho em seu quarto, em seguida removeram as estacas de feijão e tomate. Colheram as abóboras e as poucas abobrinhas que demoravam para amadurecer. Colheram cestos inteiros de maçãs com vermes. Já haviam levado a prensa de sidra, então Mim as cortou e fez molho de maçã com algumas, pendurando as outras em cordas das vigas no sótão para secar. Colocaram plástico nas janelas da sala da frente e da cozinha. E todos os dias eles iam ao bosque na fazenda e cortavam uma carga de lenha. John subiu no telhado com um saco de aniagem cheio de tijolos na ponta de uma corda e limpou as chaminés, e juntos esvaziaram os sifões atrás dos fogões.

Estava muito frio a essa altura para tomar banho na lagoa. Em vez disso, nas tardes de sábado, eles aqueciam três grandes chaleiras cheias de água e as despejavam na banheira galvanizada. Ma tomava o primeiro banho, depois Hildie e, por fim, Mim e John. Mim aquecia uma tigela de água e, repreendendo e persuadindo, lavava o cabelo fino e brilhante de Hildie.

As folhas começaram a cair das árvores e tudo parecia se aproximar da casa: o lago, os pinheiros onde a estrada se abria e as bordas do pasto. Mim trouxe a velha cadeira de madeira para a cozinha para que Ma pudesse se sentar confortavelmente na cozinha.

John disse à esposa do médico que não tinha mais as vacas.

"Por que todo mundo está se livrando das vacas?", perguntou a senhora Hastings. "Fiquei sabendo que Lovelace e Rouse também não têm mais as suas. Ouvi dizer que estão sendo vendidas nos leilões. Vocês devem estar recebendo um bom preço."

John parou diante dela pensando no cheque de cinco dólares que recebera na semana anterior por duas boas vacas leiteiras.

"Bom, acho que não pagávamos você tão bem assim", disse ela com um toque de irritação. "Era uma boa manteiga, eu diria, mas acho que não vale mais a pena."

"O doutor", John disse, "ele deve saber o que está acontecendo. Toda essa..."

"O quê?", disse a senhora Hastings. "Inflação? Se estiver falando de Harlowe e toda esse esquema de leilões, eu tenho que dizer que a gente nunca conseguiu entender os motivos de vocês. Como alguém pode entender pessoas que não levantam um dedo para melhorar a si mesmas? É como o problema da manteiga. Ninguém mais quer fazer um dia de trabalho honesto."

A mulher alta abriu a porta dos fundos e ficou olhando desgostosa para John, esperando que ele saísse.

John parou na porta, encontrando o desprezo em seu olhar. "A senhora", disse ele, "com toda essa sua formação chique, não tem muita coisa que a senhora entenda."

Depois que Hildie foi para a cama, John derramou o dinheiro do pote de cerâmica sobre a pia e contou, como fazia pelo menos uma vez por semana. "Cento e setenta e três", disse ele. "E cem no banco."

Eles nunca tiveram tão pouco para o inverno. "Seis dólares por mês por um telefone que nunca toca", disse ele. "Não acho que vão me pedir para operar o limpa-neves também."

"E se tiver um acidente?", disse Mim.

"Um telefone não vai ajudar muito", disse Ma. "A gente vivia muito bem sem telefone quando Johnny era menino. Tem algumas coisas que dá pra ficar sem."

Havia uma paz inusitada na casa. Ma parara de reclamar. Vivia em seu sofá como se fosse uma ilha. Ela dormia lá à noite perto do fogão quente, e de manhã abria espaço para Hildie, e as duas brincavam de

"Vamos fingir" ou contavam histórias sobre quando a vovó era uma garotinha — histórias que Hildie logo poderia contar tão bem quanto a própria avó. Eles recortaram revistas infantis que estavam no celeiro e as colaram de novas maneiras com grude de farinha e água. Às vezes assistiam a *Vila Sésamo* juntas, e por uma semana Ma trabalhou com suas mãos duras costurando dois bonecos de retalhos de colchas que o leiloeiro havia ignorado. "Eu quase queria que ela começasse a se intrometer de novo nas coisas", disse Mim.

"Faz com que ela pareça mais velha, né?", John disse. "Levar tudo com tanta paz, como se não tivesse nada a ver com ela. Mas ela sempre foi assim. Acertou em cheio nela, ver uma arma apontada pra mim. O tempo vai dizer quanta paz tem no coração dela."

Hildie nem sempre era tão cooperativa. Ela odiava deixar seu cantinho aquecido para ir com John e Mim até a floresta pegar lenha. Ela choramingava e reclamava, até que Mim gritava com ela, que se jogava no chão e chorava. Todas as manhãs eles se dirigiam para a floresta em silêncio, John carregando Hildie nos ombros, ainda fazendo beicinho e forçando uns tremores.

John cortava uma árvore com a motosserra. Mim colocava Hildie fora do caminho com firmeza. Então, enquanto John serrava o tronco pesado, Mim pressionava o calço para garantir que a árvore caísse onde desejavam. As árvores pareciam incrivelmente longas quando estavam esticadas no chão. Mim removia os galhos com o machado, e John, medindo com uma vara, serrava em pedaços de dois metros e meio. Juntos, eles os erguiam sobre o trenó de madeira. E quando tinham uma carga, amarravam o trator e o arrastavam de volta para o depósito de lenha. Depois que a neve caiu e não havia mais nada que pudessem fazer, dividiam as grandes seções, depois cortaram a madeira verde em pedaços de meio metro e os empilharam no galpão, em uma pilha separada da madeira seca do ano anterior.

"Melhor cortarmos isso esta semana", disse Mim em uma terça-feira. "Pode apostar. Ele virá buscar as serras desta vez."

"Não, as serras não", John disse. "As serras já são demais."

"Que nem as vacas?", perguntou Mim.

No dia seguinte, sem antes partir as toras, como costumavam fazer, e sem discutir o que estavam fazendo, passaram um longo dia, cada um usando uma das motosserras, cortando a madeira em pedaços. E, na quinta-feira, John livrou-se das serras com apenas um olhar. Depois disso não precisariam mais entrar na mata, então passaram a semana cortando lenha e empilhando.

John subiu e colocou um remendo no telhado de zinco onde estava enferrujado, e Mim cavou um barril de batatas do solo gelado, embalou-as em palha e reorganizou o porão para escondê-las atrás de um conjunto vazio de prateleiras. Eles continuaram a cozinhar e enlatar as últimas abóboras atrasadas e algumas acelgas. Aproximaram o sofá de Ma do fogão da sala e mantiveram o fogo aceso o dia inteiro. Hildie desenhou padrões na primeira geada nas janelas, e todos ficaram atentos à espera da primeira neve.

A temporada de caça começou em uma terça-feira. Carros ladeavam a estrada, alguns deles com placas de fora do estado. Hildie assistia da janela, observando as silenciosas figuras vermelhas entrando e saindo da floresta. Hildie não tinha permissão para sair do pátio, e os adultos ficavam do lado de dentro, ocasionalmente atendendo ao chamado de um desconhecido perguntando se poderia estacionar ali. De vez em quando, ouviam o estrondo duro e abafado de um único tiro na floresta.

Na quarta-feira à noite, acordaram com tiros de fuzil nas proximidades — uma dúzia deles e tão próximos que deviam ser disparos de várias armas. Hildie entrou no quarto dos pais, arrastando o cobertor. "Mamãe", ela sussurrou. "Os caçadores vêm de noite?"

"Às vezes, Hildie. Se quiserem atirar em um cervo assustado demais para correr", Mim disse, esticando seus ouvidos em direção à floresta escura. "Pronto, amor, não se assuste", acrescentou ela, mas não tinha certeza se era ela ou a criança que tremia. Os tiros interromperam um sonho em que ela estava sendo caçada. Ela puxou Hildie para debaixo das cobertas.

Mas foi John quem se juntou à criança e enterrou o rosto em seu cabelo. Hildie caiu em um sono pesado no conforto de seus braços, mas ele seguiu planejando os movimentos que teria feito se ainda estivesse com as armas, desejando especificamente sua espingarda. Não tocara nela de um ano para o outro; no entanto, como se a carregasse sempre consigo, podia evocar com precisão o volume e o equilíbrio na mão, o cano escuro e frio, a suavidade da coronha.

Quando ficou claro que John não se levantaria, Mim dobrou os cobertores e saiu da cama. Tocando as paredes frias de gesso e o corrimão com as pontas dos dedos, e sentindo as bordas lascadas dos degraus com os dedos dos pés, ela desceu as escadas no escuro. Na porta da sala da frente, ela podia ouvir a respiração de Ma, pesada, ininterrupta e cansada.

Mim parou ao pé da escada olhando pelo vidro da porta da frente. O céu brilhava com estrelas e o lago estava delineado como um prato de estanho fosco. Mas a terra estava tão fortemente envolta em escuridão que não conseguia ver a estrada. Eles poderiam estar parados bem ali no quintal, mexendo nas lanternas e nas armas, movendo-se daquele modo lento e silencioso dos caçadores, para não espantá-la antes que tivessem uma oportunidade de paralisá-la com a luz e uma dúzia de miras.

Ela se arrastou para a cama e se deitou com os dentes cerrados para impedi-los de ranger, sentindo no silêncio perfeito os olhos arregalados de John. Ela apertou os dedos dele, entrelaçados nas costas de Hildie, mas ele não respondeu. "John!", ela sussurrou, mas ele não respondeu. "John!", disse ela. "Amanhã, a gente pode trazer o colchão da Hildie aqui para perto do nosso?"

No dia seguinte, Mudgett veio com Gore.

"Onde está Cogswell?", John perguntou ao encontrá-los no pátio.

"Caiu na sidra com sede demais", disse Mudgett. "Aí ele fica sentimental."

"Não pode ter bêbado na polícia", disse Gore. "Não que eu tenha ressentimento ou qualquer coisa contra o Mickey. Mas do jeito que Perly vê as coisas, talvez se deixarmos ele de fora agora, possamos..."

"Como assim?", disse John, "você sendo tão esperto, não consegue manter os caçadores na linha?"

"Você tem alguma reclamação?", perguntou Gore. Ele fechou os lábios pesados com força, calando qualquer outra coisa que pudesse ter dito, e manteve John bem no centro da mira de seus olhos pequenos. Sua mão tremeu inquieta perto da coronha de sua arma no coldre.

"Vieram atrás de veados aqui ontem à noite", John disse.

As rugas nos cantos da boca fina de Mudgett se aprofundaram e ele disse: "Tá com peninha dos veadinhos, Johnny?".

Moore deu de ombros. "Até onde sei, tinha uma lei", disse ele.

"Vou ver o que dá pra fazer", disse Gore, endireitando-se com interesse. "Você não tem ideia de quem era?"

"Você tem boas razões para estar nervoso", disse Mudgett. Ele dobrou um chiclete e o enfiou na boca, jogando a embalagem no chão. "Sam Parry levou uma bala perdida no ombro enquanto caminhava para o celeiro. Quase acertou o coração."

John virou-se para Mudgett. O rosto de Mudgett estava tão grisalho e moreno por conta da vida ao ar livre quanto o seu. Cara a cara assim, John ainda sentia a autoridade da vantagem de cinco anos de Mudgett e de sua esperteza com as somas. "Um verdadeiro atirador de elite", disse ele baixinho.

Mudgett ponderou, mascando seu chiclete como se fosse uma forma de contemplação. Por fim, seu rosto abriu-se em um sorriso que escondia seus olhos. "Você tem que admitir", ele disse, "Harlowe não é mais tão monótona quanto costumava ser."

Mudgett estava com humor exaltado. Ele percorreu toda a casa e o galpão, sem pressa, carregando Gore com todas as chaves de fenda e alicates que conseguiu encontrar, bem como machado, marreta e cunhas, pedra de amolar, foices, ancinhos e enxadas. De vez em quando, parava e ria alto. "Um verdadeiro atirador de elite, hein?"

Gore, incapacitado pela carga que levava nos braços, mantinha um olhar cauteloso em John e nunca lhe dava as costas.

Enquanto Gore carregava as ferramentas na caminhonete, Mudgett pegou a grande caixa de ferramentas de madeira de John da cozinha e quase dançou até a sala da frente. "Um relógio cuco!", ele exclamou e o ergueu da parede enquanto Ma observava do sofá. Gore reapareceu de mãos vazias na porta.

"Eu só queria que você soubesse, Red Mudgett", disse Ma, lutando para erguer-se entre suas bengalas, "que quando minha hora chegar, vou me levantar e assombrar você, e vai ser o dia mais longo que você vai ter na sua vida."

Mudget gargalhou. "Tá vendo?", disse a Gore. "Ela continua a mesma professora da Escola Dominical. Nada que eu fizesse era bom o suficiente para ela. Você precisava ver." Ele estufou o peito, encolheu o queixo e entoou em um falsete não muito diferente da voz de Ma: "Vocês, crianças, nunca serão ninguém, nem vão dar em nada". Ele assentiu com satisfação.

"Eu me lembro", disse Gore, sem se comprometer.

"E muitos foram os sábados à noite, Rob Gore", disse Ma, "que você dividia a cama de Johnny com ele e comia na minha mesa — seu próprio pai sempre bêbado demais para aguentar você. E não esquece, rapaz, é uma péssima ideia morder a mão que te deu de comer."

"Não foi ideia minha", murmurou Gore, mas Mudgett já corria pelo gramado da frente para colocar o relógio e a caixa de ferramentas na caminhonete. Gore virou-se para segui-lo, mas, antes que pudesse escapar, esbarrou no retorno de Mudgett.

"Isso aí é tudo um monte de sucata", disse Mudgett. "Nenhuma peça decente."

"As ferramentas vendem bem, Red", disse Gore.

Mudgett permaneceu na porta da frente, mastigando seu chiclete. O programa de Ma prosseguiu sem ninguém assistindo. De repente, os olhos escuros de Mudgett entraram em foco. Ele atravessou a sala e arrancou o aparelho de televisão da tomada, de modo que a imagem do dr. Rebus e Susan encolheu até um ponto e desapareceu. "Segure uma ponta, Bob", disse ele.

Gore deu um passo para o lado de um modo cauteloso, mantendo John dentro de sua visão, e pegou uma extremidade do aparelho.

"Espera só um minutinho", gritou Ma, arrastando-se pelo cômodo para bloquear a porta.

Gore arriou sua ponta do aparelho, o que forçou Mudgett a largar a dele também.

"Ninguém vai simplesmente sair com a minha TV desse jeito", disse Ma.

"Quer apostar quanto?", perguntou Mudgett.

"Eu aposto", John rugiu. Ele correu na direção de Mudgett, mas Mim o agarrou e o deteve por um momento.

Gore recuou para um canto e, atrapalhado, abriu o coldre e sacou a arma. John se desvencilhou de Mim, mas ficou onde estava, observando Gore.

Mudgett zombou, inclinou-se e pegou o aparelho com as próprias mãos. Ele era um homem pequeno e o aparelho era tão grande que lhe dava a aparência de uma formiga resistindo sob uma enorme migalha. Ele cambaleou em direção à porta onde estava Ma.

"Ah, não, você não vai fazer isso", disse Ma, mas enquanto falava, o canto do aparelho a atingiu no ombro. Ela se agarrou à bengala para se equilibrar, mas a bengala deslizou no chão e se interpôs nas pernas de Mudgett. Ma, apoiando seu peso na bengala, caiu de cabeça no chão. Mudgett precisou se empenhar, com os pés embaraçados pela bengala e pelo roupão de Ma, mas o aparelho de televisão balançou com a instabilidade. Por fim, ele liberou um pé e buscou o chão à sua frente. Ao pisar, colocou o pé sobre uma pilha de bolinhas de gude de Hildie. Seu pé escorregou para a frente, o aparelho de televisão saltou de seus braços e bateu contra a escada, e Mudgett caiu xingando em meio aos escombros.

"Jesus, Red", Gore engasgou, ainda de pé em seu canto assistindo, enquanto John levantava sua mãe e a levava para o sofá.

Mudgett levantou-se e chutou os destroços do aparelho de televisão. O vidro estava quebrado e o gabinete aberto, revelando um emaranhado de transistores e minúsculos fios coloridos. Mudgett havia cortado a testa e um lento fio de sangue começou a descer ao lado de seu olho. "Você vai me pagar por isso", ele disse a John.

De repente, Mim veio correndo para ele. "Sai", ela gritou. "Sai daqui." Mudgett deu um passo para trás para evitar os punhos dela e escapou pela porta da frente. "Você também", ela gritou para Gore. "Sai. Eu não aguento mais."

Gore deu a volta na sala, passando por John e sua mãe, e apressou-se pelo caminho atrás de Mudgett.

Mim apoiou-se na parede e soluçou. "Eu não aguento mais", ela gemeu. "Não aguento." Hildie abraçou os próprios joelhos, chorando alto.

John desviou o olhar da mãe, seu rosto feroz. "Então por que você me agarrou quando fui atrás dele?"

Lassie entrou e começou a ganir.

Ma ajeitou o cabelo enquanto John a ajudava a se recompor no sofá. "Parem com isso", disse ela com frieza, sentando-se ereta. "Parem de chorar agora mesmo, todas vocês. Se tem uma coisa que não quero em casa são mulheres histéricas."

Mim e Hildie ergueram a vista, assustadas em silêncio.

"Eu tô muito bem, e vocês também", disse Ma, alisando o roupão sobre os joelhos. "Muito bem."

Mas esse não foi o fim. Durante três dias, Mim cuidou dos restos da casa e tentou criar uma sensação de normalidade para Hildie em meio a um silêncio tão artificial quanto aquele que precede um caçador na floresta. John sentava-se diante do fogão da cozinha e Ma sentava-se no sofá perto do fogão da sala, embora nenhum dos dois dissesse uma palavra.

No domingo, John trouxe um carregamento de lenha e o despejou na caixa de lenha atrás do fogão da cozinha. Escolheu dois gravetos, levantou a tampa do fogão pelo puxador e os lançou ao fogo. Então, sentou-se e inclinou-se em silêncio na direção do calor mais uma vez.

Hildie estava construindo uma cidadezinha em um dos cantos, com lascas de graveto, e não ergueu os olhos, mas John e Mim ouviram Ma chegando. Ela movia-se lentamente, batendo no chão com suas duas bengalas e arrastando os pés em seus chinelos de sola de feltro. Ela parou na porta e apoiou-se em suas bengalas. Seus cabelos grisalhos destacavam-se em cachos rígidos e a corda em torno de seu roupão de flanela estava amarrada em um nó na cintura.

Mim passou por ela e voltou com seus travesseiros e cobertores, que arrumou na cadeira de jardim. Mas Ma não aceitou o braço que ela ofereceu. Ela permaneceu firme onde estava. "Acho que eu posso viver sem o meu televisor, filho", disse ela, "se você pode viver sem seu machado."

Mim olhou para John, que observava Hildie como se sua mãe nunca tivesse falado.

"Qual é o plano agora?", prosseguiu Ma. "Você está pensando em derrubar a floresta com o dente?"

Hildie se aproximou e encostou no pai. Ele a pegou no colo e olhou para a frente do fogão.

"Tivemos ursos e índios e invernos que duraram o verão todo. Tivemos períodos de seca e inundações e homens maus antes também. Mas não me lembro de nossa família fugir nenhuma vez."

"Você está me vendo correr, Ma?", John perguntou, levantando-se de um pulo, de modo que Hildie deslizasse para o chão.

"Como uma lebre, rapaz", disse Ma, as mãos brancas sobre os nós de bambu das bengalas. "Aonde você acha que isso vai te levar?"

"Da próxima vez, eu me levanto e deixo atirarem em mim", John gritou. "E aí, o que vai ser de vocês?" Ele abriu a porta com um puxão.

Ma deu um passo em direção a ele. "Esse é só outro jeito de fugir", ela gritou de volta.

Ele bateu a porta dos fundos da cozinha, e Hildie, empurrada para o lado em sua pressa, começou a chorar. A custo, Ma virou-se e começou a jornada de volta ao sofá.

"Fique conosco, Ma", disse Mim. "Você ainda tem nós duas."

"Ainda tem toda essa madeira também", disse Ma, recusando a ajuda de Mim. "E eu preferiria me sentar sozinha. Dessa forma, eu tenho certeza de onde estou."

Mim voltou para a cozinha e pegou Hildie nos braços para balançá-la. Pela janela sobre a pia, ela podia ver John subindo rapidamente o pasto seco e marrom no crepúsculo. Ela estava preocupada com os caçadores.

7

Os relógios se foram e a velha casa dos Moore estava em silêncio, embora cada movimento humano parecesse marcar um intervalo com a aproximação inexorável da quinta-feira. A tradicional lista de tarefas de outono dissolveu-se. Não havia vacas para cuidar, nem dinheiro sobrando para comprar tinta, nem ferramentas para empilhar madeira ou consertar móveis. Até as infinitas bugigangas para tirar o pó e polir tinham desaparecido. Agora que o aparelho de televisão fora levado, os Moore desligaram a eletricidade para economizar dinheiro. Suas rotinas assumiram um ritmo primitivo, que logo adquiriria um conforto próprio, se não fosse sacudido novamente a cada visita semanal.

Seus melhores momentos eram aqueles sonolentos logo pela manhã, quando se deitavam no colchão com Hildie aninhada entre eles, deixando passar algum tempo antes de se levantarem e correrem descalços pelas escadas geladas para abastecer os fogões e se vestir, comer mingau de aveia sem leite e esperar que algo acontecesse. Sempre houve momentos após a chegada da neve em que eles tinham algumas horas por dia para se sentarem ao lado do fogão e deixar passar o impacto do verão. Em outros anos, quando as tardes eram de tempestade, Mim, John e

Ma jogavam copas entre as idas ao celeiro. Mas isso era diferente. John sentava-se no banco vestindo macacão e um moletom desbotado quase rosa, que encolhia até a metade das costas quando ele apoiava os cotovelos na mesa atrás de si e os pés no guarda-fogo do fogão, examinando dia após dia a poeira assentada nas folhas e flores de ferro fundido. Ele passava horas raspando e cavando com uma faca de caça um pedaço de bordo da caixa de madeira. Inquietas diante de seus silêncios furiosos, as próprias mulheres evitavam conversar, e horas inteiras se passavam interrompidas apenas pelas conversas fantasiosas de Hildie, o crepitar do fogo no fogão e o arranhar áspero dos entalhes de John.

Foi Mim quem desligou a bomba d'água, agora que eles não tinham eletricidade para ligá-la. E também Mim que ia até a bomba de manivela atrás do celeiro e trazia baldes de leite cheios de água, dois por dia para a cozinha e dois para dar a descarga. Era ela também quem limpava a lamparina de querosene todas as manhãs. Mesmo assim, na maioria dos dias, às dez já não encontrava nada mais para fazer. Ela vestia Hildie de vermelho e a levava para fora, protestando contra o sol frio. Ela procurava dentes-de-leão e os removia em busca das raízes e folhas secas. Ela colhia os tubérculos de lírios e cavava ao longo do jardim em busca das últimas cenourinhas e beterrabas. Ela cavava a chicória e juntava ramos de bétula doce para o chá. Ainda havia crisântemos no jardim, mas não se deu ao trabalho de cortá-los. "Nem todos os crisântemos de Harlowe renderiam uma sopa decente", disse ela.

No domingo, Hildie subiu no colo do pai e não se mexeu. "Quero ficar onde é quente", disse ela, "como o papai."

"Diz pra ela vir comigo", Mim disse a John quando já estava vestida e pronta para sair. "Não é saudável pra uma criança ficar sentada o dia todo e assistir você sofrer em silêncio." Mas John olhou para ela como se não tivesse ouvido e manteve o braço dobrado de forma protetora ao redor da criança. "Você não consegue fazer nada além de ficar como uma estátua?", gritou Mim. "Um dia depois do outro, como se tivesse perdido toda a vontade de viver?"

Houve um silêncio enquanto John embalava Hildie e Ma observava Mim de sua cadeira à mesa.

Por fim, Ma disse: "Você não precisa agir como se não tivesse implorado pra ele doar tudo. Você mesma deu a penteadeira da sua mãe, se bem me lembro, quando John ia dizer não".

"E se ele tivesse dito, Ma?", gritou Mim. "E se ele tivesse dito não? Você acha que a gente estaria melhor?"

Mim subiu o pasto sozinha, tentando conter as lágrimas e a visão dos três pares de olhos dos Moore acusando-a — os de Ma e John da cor de nuvens de tempestade, os de John apenas mais feridos.

A hera venenosa no cemitério era de um vermelho profundo e brilhante. Parecia uma inundação a meio caminho das lápides, lançando tentáculos por baixo do muro de pedra que encerrava o pasto. Subia e contornava os troncos da velha cerejeira e serpenteava pelos galhos, como cobras se movendo na direção dos ninhos dos tordos. Não havia nenhuma hera lá quando enterraram Pa sete anos atrás. John cavara uma cova adequada de 1,80 m de profundidade para que o chão nunca pudesse regurgitar o caixão de volta. Depois disso, passaram a levar Ma no trator uma vez por semana e ela tentou fazer com que epigeias e louros-da-montanha crescessem na nova terra nua. Ela sabia tão bem quanto eles que epigeias jamais floresceriam naquele lugar alto e seco, mas era um trabalho do qual não poderiam dissuadi-la, como se esperasse que o falecido, onde quer que estivesse, pudesse dar vida às flores que mais amava em vida.

Quando, na primavera, levaram Ma para ver se as epigeias estavam desabrochando, descobriram que o que havia vingado era hera venenosa. Ma nunca mais pediu para subir.

John não se importava com a hera venenosa e não levava a foice até lá, como Pa sempre fazia, para conter o crescimento. E assim a hera e tudo o mais cresceu sem impedimento. Tufos negros de zimbro começaram a subir, e mudas de álamo criaram raízes na primavera seguinte, misturando suas pegajosas folhas verde-acinzentadas com o amarelo esverdeado da hera primaveril.

Mim vislumbrou uma súbita imagem de uma cova recente com a hera invadindo como água em uma pegada lamacenta, até transbordar e não haver espaço para o caixão. "Ma está ficando velha", ela murmurou, mas o que ela viu foi uma espécie de pedra chata, pequena, que dizia simplesmente: "Criança".

Ela se virou e examinou as bordas negras da mata, que a cercavam por três lados. A floresta à beira de um pasto é como uma janela — de onde é mais fácil ver o que está fora do que o interior — e ela só podia sentir a presença dos caçadores espreitando silenciosamente, invisíveis na penumbra. No alto da floresta, perto do campo de Cogswell, havia um lugar protegido entre uma enorme cicuta e a face plana de um penhasco, e todos os anos os caçadores deixavam garrafas de cerveja vazias lá embaixo. Às vezes também, trabalhando na floresta no outono seguinte, ela e John encontravam uma garrafa de cerveja em cima de uma pedra, meio cheia de água da chuva, como se um caçador a tivesse largado de repente para levantar a arma sobre os joelhos e pegar seu cervo. Mim deixou seus olhos caírem sobre o pasto vazio em direção à casa e escutou o vento correr no céu cinzento.

Então se virou e afundou as mãos enluvadas no mar ardente de hera, agarrou tudo o que podia e puxou para fora. A planta cedeu de repente e saltou de volta ao redor de seu corpo. Ela se afastou, deixando a massa desajeitada em uma pilha longe do muro, e voltou para arrancar mais. Ela arrancou a hera, puxando gavinhas às vezes com mais de três metros e meio de comprimento. Puxou zimbros e chutou álamos até que se dobrassem e caíssem as folhas. Trabalhou até que o chão ao redor das lápides estivesse pisoteado e marrom. Então, em três viagens, ela carregou a pilha de hera e a jogou na floresta. Ela pisou nos galhos marrons quebrados sobre a terra. Na primavera, projetariam um novo florescimento selvagem. A poda era como um tônico para a hera. Ela estava de pé no cemitério, cansada demais agora para chorar. Todo o seu esforço, ela sabia muito bem, poderia aliviar sua raiva por um momento, mas tudo voltaria a crescer em novos brotos vermelhos na renovação da primavera.

De volta a casa, ela trouxe quatro baldes d'água sobressalentes. Adicionando água fervente das chaleiras, ela lavou as luvas, a blusa de lã, a calça jeans, as meias, a camisa e, por fim, ela mesma, com um áspero sabão amarelo.

• • •

Na quinta-feira, quando Mudgett e Gore chegaram, a hera venenosa havia se alastrado por seus braços e seu rosto. Eles levaram a bomba d'água e foram buscar mais coisas. Gore encontrou o velho barril de madeira que Mim escondeu no porão, jogou-o no ombro e o levou à caminhonete.

Depois que eles foram embora, Mim ficou na pia de costas para os outros na sala e entregou-se ao doloroso luxo de coçar o rosto com as unhas. Em seguida, esfregou as mãos mais uma vez com o sabão amarelo e uma escova de plástico. Ela tinha receio de encostar em Hildie por medo de passar a praga para ela, e John não a tocava nem mesmo na cama.

Finalmente, Ma disse: "Bom, e o que você planeja para o jantar de Natal agora, senhorita?".

Mim virou-se. "Tem mais batatas na terra", retrucou.

John estava sentado com os pés no guarda-fogo do fogão, como se as mulheres não estivessem ali. As lascas que ele descascava de sua vareta caíam no chão a seus pés. Houve um longo silêncio.

Mim estava na pia raspando cenouras. "Poderíamos receber algum benefício, o que você acha?", ela perguntou. "Quase mais ninguém acha vergonhoso hoje em dia."

"Desde quando?", disse Ma. "Talvez não pra pessoas que não têm bom senso suficiente para conservar o que é seu."

"Ninguém vai nos colocar no subsídio enquanto tivermos um bosque de pinheiros como aquele a leste do pasto", disse John.

"Mas de que adianta?", disse Mim. "Assim que a gente deixar a madeira transportável, eles vão carregar."

"Se você deixar", disse Ma.

"Ah, é, e o que você ia fazer? Você sempre tem todas as respostas", Mim perguntou a Ma. Então ela se virou para John, esfregando o rosto novamente. "E você?"

John não ergueu o rosto. Ele esculpira o bastão em suas mãos ao ponto de parecer um enorme lápis, e agora ele continuava descascando, afiando cada vez mais para que, como um lápis, diminuísse conforme a pilha de aparas se acumulava no chão.

Mim estava no meio da sala, seu silêncio crescendo ao redor de si em nuvens sufocantes.

De repente, Hildie se atirou no colo da avó, longe de Mim.

Mim bateu a porta vaivém da cozinha, que continuou balançando nas dobradiças enquanto ela subia as escadas.

O quarto deles estava frio, e os colchões no chão cheiravam a umidade. Ela tirou o suéter marrom de John do cabide e o apertou contra o rosto, esfregando e esfregando até se formarem pequenas manchas de sangue.

No dia seguinte, Mim anunciou que ia à casa de Cogswell para ver Agnes antes que a estrada ficasse coberta de neve. "Acho que eu vou pedir emprestado um pouco de calamina", disse ela.

John foi até o pote de biscoitos sobre a pia e trouxe uma nota de um dólar que colocou sobre a mesa de madeira.

Mim esfregou as bochechas, olhando para o dólar. "Na verdade, é porque quero ver Agnes", disse ela.

Ele deu de ombros e ela colocou o dinheiro em sua jaqueta. Hildie seguia Mim tão de perto que, toda vez que Mim se movia, quase tropeçava na filha. "Você não vem", ela disse. "Então, sai logo da minha frente!"

John pegou a criança e a segurou como um torno de mesa, enquanto ela uivava para se desvencilhar do pai.

A estrada sobre Constance Hill, que ligava a casa dos Moore e a dos Cogswell, havia sido a principal estrada de correio no passado, duas pistas cuidadosamente niveladas, escalonadas no declive íngreme da colina. Mas agora a pista de baixo estava tomada por árvores de trinta centímetros de diâmetro, e a pista de cima, a que eles usavam, tinha sulcos profundos causados pelas torrentes das tempestades de primavera. Assim, no verão, a propriedade de Cogswell ficava a menos de um quilômetro pela colina, enquanto no inverno, quando a neve bloqueava a estrada, eles tinham de percorrer onze quilômetros contornando a base da colina. Mim dirigia com cuidado, uma roda no centro mais alto e a outra na margem do caminho, de modo que as mudas que se amontoavam na estrada raspavam as laterais da caminhonete, soando como unhas na lousa. No topo da colina, ela olhou além do muro de pedra, em direção aos mirtilos de Cogswell. Espalhavam-se em touceiras raquíticas ao redor de pedregulhos e cepos queimados, saltando trechos descampados de saliência e vinhas de framboesa, parando apenas onde a colina descia e desaparecia na floresta. Ao contrário do pasto de Moore, que dava para o lago e para o trecho verde e plano de Freedom Ridge ao sul, o campo de Cogswell dava para o norte e, em um dia claro, a vista se estendia das colinas de Heskett até as montanhas. Era a primeira vez em quatorze anos que Mim não aparecia para buscar as frutinhas que sobraram depois do fim da colheita.

Teria sido mais fácil telefonar quando Cogswell pediu. Agora, ela revirava as desculpas em sua mente. Estava indo de mãos vazias. Era a época do pão de abóbora, mas ela mal podia comprar manteiga e açúcar. Não fazia sentido atravessar o morro para pedir emprestado algo que custava apenas um dólar. Ela deveria ter trazido alguns crisântemos. Eles não valiam nada agora que Mudgett administrava a igreja.

A residência dos Cogswell, que seria uma casa em estilo colonial com entrada central se as janelas de um lado não estivessem um pouco tortas, tinha um novo caixilho e uma nova camada de tinta cinza. O gramado havia sido abandonado no final da temporada, então havia dentes-de-leão e margaridas ressecados, que se misturavam ao mato esmaecido.

Dois dobermanns saíram pulando, saltando contra as portas da caminhonete, suas patas arranhando as janelas. Como se fossem alimentados com carne de vizinhos, Mim pensou e se certificou de que as portas estavam bem fechadas. Ela esperou na caminhonete até que alguém saísse e a resgatasse.

A porta da frente se abriu e o filho mais velho de Cogswell, Jerry, de 13 anos, ficou atrás da porta externa, segurando uma espingarda pesada nos braços.

Mim acenou para ele e esperou. Ele continuou a observá-la com cautela por cima do alarido dos cães.

Por fim, ela abriu um pouco a janela e os cães saltaram avidamente como se esperassem um dedo ou dois. "Sou só eu, Miriam", ela gritou. "Posso ver sua mãe?"

O menino abriu a porta com um chute e veio em direção a ela, ainda apontando a arma. "Coloque as mãos na cabeça pra eu poder ver", ele chamou.

Mim colocou as mãos na cabeça com a sensação de que devia ser brincadeira. Antes de Hildie nascer, ela vinha algumas vezes, sobretudo no verão, para ajudar Agnes. Ela sentiu que esta não era a primeira vez que ela respondia a um comando do pequeno e imperioso Jerry para "se render".

"Papai disse uma vez para deixar você entrar, mas isso foi há um tempo", disse o menino. "Você quer alguma coisa?"

"Ouvi dizer que sua mãe estava se sentindo mal", disse Mim. "E eu sempre vinha visitar todo ano."

"Ela está bem", disse Jerry, parado na porta da caminhonete com a arma apontada para Mim, considerando. Mim ficou muito quieta, ciente de que seu rosto estava coçando e de que ela não ousaria se mexer para coçá-lo.

"Acho que você pode entrar", disse ele. "Deita, Rex. Aqui, Duke. Fiquem quietos."

Os cachorros se encolheram rosnando a seus pés e Mim, movendo-se com muito cuidado, desceu da caminhonete e entrou na frente do menino, pela porta da frente raramente usada. Logo depois da porta, as outras cinco crianças estavam reunidas no pé da escada. Mim tentou sorrir para eles. Ela conhecia todos. Lembrava-se de estar sentada à mesa de piquenique à sombra dos bordos, deixando que pulassem ao seu redor. Eles falavam e falavam, mesmo os mais pequeninos — tinham aquela veia tagarela de ambos os lados — e gritavam, correndo para o gramado para mostrar a ela cambalhotas para trás e piruetas atravessadas. Agora eles estavam em silêncio, e ela olhou para eles alarmada. À luz do fim de tarde que adentrava o saguão de entrada, elas tinham um aspecto doentio, e o mais novo, Jonathan, um ano mais velho que Hildie, chupava o dedo. Pareciam ressabiados, como Hildie fazia quando acabava de chutar um balde de leite e esperava levar um tapa — cinco pares de olhos azuis-celestes esperando que ela atacasse, e outro atrás dela, preso à espingarda pesada. Ela não perguntou por que não estavam na escola. Ela sabia, apenas olhando, que não responderiam.

Porém, Jerry tinha pelo menos colocado a arma no canto. Ele acenou com a cabeça na direção da sala da frente, e Mim abriu a porta e entrou.

Agnes era uma mulher alta com ossos largos, que ficara desmazelada com o nascimento de seus filhos. Ela nunca esteve cem por cento no controle — de seu corpo grande, de sua casa extensa, da horta que Mick plantou e deixou para ela cuidar, de seus seis filhos, de seus afetos ou de suas lágrimas. Ela lembrava a Mim os pessegueiros que Pa plantara e que pendiam sob o peso de seus próprios frutos quando não eram podados. Agnes nunca conseguia manter nada no lugar, muito menos sua língua.

Apoiando-se no braço de uma nova cadeira de balanço de bordo estofada com um padrão de águias douradas e ferros de passar roupa, ela encarou a porta, esperando por Mim, que se assustou com a aparência dela. Ganhara muito mais peso, o que não era escondido pelo conjunto azul que ela estava vestindo. O paletó era uma massa de manchas na frente, como se ela derramasse tudo o que tocava. E havia cortado o cabelo castanho-acinzentado em comprimento curto, talvez feito um permanente, pois agora estava em sua cabeça em um emaranhado quase sólido.

Mim levou a mão ao rosto. "Você está um pouco pálida, Agnes", ela disse. "As crianças também. Você tem estado doente? Sendo que o inverno ainda nem chegou?"

"Não tem nada que eu possa fazer pelas crianças", disse Agnes, sua voz surpreendentemente aguda apertada sobre as palavras. "Não sei por que você veio até aqui." Ela se levantou e caminhou pesadamente pela sala. Seu dedo do pé enroscou em um canto do novo tapete sinuoso, e ela se abaixou para se recompor. Então, foi até a janela de trás e ficou de costas para ela, e Mim notou que ela estava apoiada em um radiador.

"Aquecimento central!", disse ela. "Você com certeza mexeu muito nessa sala."

"É azar", disse Agnes. "Então não fique com inveja. Tenho seis filhos para contar a cada hora. Levanto à noite para poder contar." Agnes abraçou-se como se quisesse se aquecer, mas Mim sentiu uma pontada de calor espalhando-se a partir de sua jaqueta de lã, fazendo seu rosto coçar.

Ela riu, envergonhada por Agnes pensar que ela estava com inveja, constrangida com a estranheza de Agnes. "Você sabe, Agnes", ela disse, "a besteira que fiz? Você sabe que tem hera venenosa crescendo no túmulo de Pa desde que ele se foi há sete anos?"

Agnes recuou e se sentou no radiador. “Ele ainda chupa o dedo”, disse ela. “À noite, fica estalando. Dá pra ouvir na casa inteira, então dá para ver que ele tá aqui. Mas Benjamin, não tem jeito de saber dele, a não ser entrar lá e sentir a temperatura na cabeça dele.”

“Bom, eu subi até lá”, Mim continuou inquieta. “Estava desesperada, então arranquei toda a hera pela raiz. Ela continuou pulando de volta para mim como se dissesse que não era uma boa ideia enfrentar nada de frente assim. Agora estou cheia de alergia da hera, pior que sarampo. Olhe para o meu pobre rosto.”

“Não é tão ruim assim”, Agnes disse, examinando o rosto de Mim. “Eles pagam. Eles pagam. Melhor isso do que o que aconteceu com o filho de Molly Tucker.”

Mim esfregou o rosto. Agnes sempre falava a mil por hora e apenas metade fazia sentido — suas palavras, como seus pés, tropeçando umas nas outras. Ela teria enchido sua casa de companhia se houvesse alguém interessado. Em geral, tinha uma risada desproporcional que não conseguia segurar. E ela adorava fazer favores desde que não exigissem organização ou muito dinheiro. Com calma e um pouco alto demais, como se estivesse falando com alguém surdo, Mim perguntou: “Estava pensando, será que você me empresta um pouco de calamina?”.

“Eles vão para boas casas. É o que ele diz. ‘Boas casas’. Qualquer um disposto a comprar tem que querer de verdade. Principalmente aqueles que não podem ter.” Agnes riu. “Pensa nisso. E eu aqui. Quase enterrada no meio deles. Mas você nunca ia se incomodar de passar a noite contando os de outra pessoa. Ninguém ia se importar tanto, a não ser pelo sangue do seu sangue. Não quando chega a esse ponto. E ia aturar o clique. Não é regular como um relógio e sempre te pega mais forte quando você quer dormir.”

“Agnes?”, Mim perguntou, esfregando a mão nas costas do novo sofá de bordo-açucareiro. As cores eram todas muito brilhantes, embora as persianas estivessem arriadas e o cômodo estivesse na penumbra. Então, como se ela mesma não estivesse pensando direito, ela descobriu que não tinha palavras para a pergunta que pressionava sua garganta. Em vez disso, ela disse: “A reforma da sala ficou muito boa. Você mesma que fez?”.

"Não é o mar de rosas que parece", Agnes disse, seu grande queixo descaindo. "Agora tem Jimmy Ward. Ele limitou-se a se levantar e foi embora. Mick não sabe que eu sei, mas ouvi da minha Joanie. Joan é a única que me diz o que está acontecendo. Ela diz que ele apenas se levantou e foi. Nem todo esse negócio de policial e ser um membro do conselho municipal e um diácono ao mesmo tempo foram suficientes para manter ele aqui."

"Você não está me dizendo que ele deixou a Liza depois de todo esse tempo?"

"Não, não. Todos subiram na caminhonete, carregando o que podiam. Ninguém sabia que haviam ido embora até o dia seguinte, quando um dos Pulvers notou as vacas berrando no campo quase loucas. Ele também tinha dezessete, com as extras, embora não se interessasse muito por gado."

"Pra onde eles foram?", perguntou Mim.

"Não deixaram um rastro." Agnes caminhou pela sala até a janela da frente, encaixou um olho em um pequeno buraco na sombra e olhou para fora. "Ele trabalhava pro Carrol, que era bastante inquieto. Não dá para culpar ele. Então o filho, o filho do Ward, levou um tiro na perna caçando, e Ward, ele achou que não foi acidente. Ele deve ter pensado como eu estava pensando. Tem duas maneiras de quase tudo voar."

"O filho do Jimmy Ward levou um tiro na perna?", perguntou Mim. Ela ainda estava de pé do lado de dentro da porta, vestindo seu casaco, encostada na parede.

De repente, Agnes endireitou-se novamente e veio em sua direção. Seus olhos estavam arregalados e seu rosto manchado de cor. Mim endireitou-se, esperando que o peso da outra mulher caísse sobre ela. "Onde está a Hildie?", gritou Agnes. "Ai, meu Deus, onde está a pequena Hildie?"

"Ela ficou em casa", disse Mim.

Agnes recuou. "Nunca deixe ela sair da sua vista. Você tem que vigiar com a sua própria vida. Toda vez que Mick sai, acho que vai voltar dentro de um caixão. E depois? Eu não sei nem dirigir. Você é muito inteligente por saber se virar sozinha. E eu sempre achei você muito esquisita."

Mim esfregou o rosto e as costas das mãos na lã áspera de sua jaqueta. Ela sentiu como se tudo tivesse congelado no lugar, e a pergunta tinha que vir de algum lugar muito, muito distante. "O que aconteceu com o filho de Tucker?"

"Se eu pudesse", disse Agnes, "a gente ia colocar as crianças na caminhonete, como o Ward fez, e carregar o que desse pra levar, sacar o que fosse... Jimmy Ward não é bobo. Mas Mick... Ele nunca foi um homem firme, fora quando se trata da terra. Como se tivesse algum tipo de feitiço nesses acres em particular."

"O que aconteceu com o filho da Molly Tucker?", Mim perguntou de novo, sua voz cada vez mais rouca.

"A terra. Nunca um pingo de bom senso, meu Mick. Agora é a terra. Não tive nenhum problema em deixar a terra onde eu nasci. Nem olhar pra trás não olhei. Ele diz: 'Isso não se faz. Levantar e ir embora de sua terra'. E eu digo: 'Vão te matar, tudo por causa de sua preciosa terra'. E ele diz: 'Seis filhos, Agnes. Seis filhos'. E eu digo: 'Você acha que eles adoram aquele pedaço de pedra e areia onde nunca cresceu nada direito além de erva daninha e baga? Você acha que isso é melhor do que um pai vivo?'." De repente, Agnes estava engolindo grandes soluços, ao acaso. "A terra, Mim. Por que a terra?" Ela parou. "Shhh", ela disse e atravessou a sala mais uma vez para olhar para fora do buraco na sombra. "Eles tão ouvindo."

"Acho que você tem os seus próprios problemas", Mim murmurou e ela caminhou em direção a Agnes, pensando em dar um beijo de despedida nela, esquecendo a hera venenosa.

Mas Agnes virou-se e gritou ao ser abordada. "O que você quer?" Ela deixou a sala aos tropeços, fugindo do alcance de Mim. "Tire as mãos de mim."

Mim virou-se, assustada, e colidiu com Jerry enquanto ele abria a porta com a espingarda em seus braços outra vez. "Meu Deus, toma cuidado", Mim disse, recuando e passando por ele, que gesticulava para ela.

No corredor, ela estendeu a mão para tocar Joan, que agora era tão grande quanto Jerry, mas Joan a evitou com um movimento raivoso do ombro.

"Joanie", Mim sussurrou. "Me diz o que aconteceu com o filho de Molly Tucker."

"Ele se afogou no poço", disse a criança, com um olhar duro e assustado. "O pequeno."

"Mas por quê?", perguntou Mim.

As quatro crianças menores amontoaram-se atrás de Joan, prontas para fugir como besouros se Mim se movesse. Jonathan chupava o polegar e Mim pôde ouvir o som de clique.

Ela cambaleou até a caminhonete diante da arma de Jerry, esfregando o rosto. Os cães magros agachavam-se rosnando dos dois lados da porta, prontos para pular se ela decidisse voltar.

Havia uma nova picape Crew Cab marrom na frente da loja de Linden. No fim das contas, pertencia a Ezra Stone. O tilintar dos sinos quando Mim abriu a porta fez Ezra erguer os olhos do equipamento de pesca nos fundos da loja, e ela encontrou seus olhos amarelos por cima da prateleira de bolinhos e batatas fritas na altura dos ombros. Sem cumprimentá-la, voltou a mexer nas caixas de anzóis.

"Cadê a Hildie?", Fanny perguntou, e Mim virou-se para encontrar seus olhos azuis sonolentos estranhamente acordados.

"Em casa com Ma e John", Mim respondeu.

"Ah", disse Fanny, e seus olhos voltaram a dormir. "O que houve com você?"

"Hera venenosa, no alto do pasto, perto das lápides", disse ela.

"Sozinha?"

"Sozinha", disse Mim. "Algumas pessoas perdem o juízo que ganham quando nascem. Preciso de um pouco de calamina."

Fanny abriu um armário de vidro acima de sua cabeça e procurou. "Você tem algum frasco mais barato que um dólar?"

"Não", disse Fanny.

Mim hesitou, tocando a nota de um dólar no bolso. "Foi a algum leilão nos últimos tempos?", ela perguntou suavemente.

"Ah, ainda seguem com tudo", disse Fanny. "Eles fazem no celeiro do Perly quando o tempo está ruim, só isso." Mim teve a impressão de que seus olhos desviaram para Stone na parte de trás da loja. "Mas eu, eu cuido da minha vida. Toco a loja do jeito que sempre fiz e cuido da minha vida." Ela jogou a garrafa de líquido rosa opaco no balcão. "Custa um dólar."

Mim permaneceu no balcão. Não queria ir embora. "Alguma novidade?", ela perguntou. "Faz séculos que eu não venho pra cidade".

"Pois é, pensei que talvez você tivesse ido embora também", disse Fanny.

"Também?"

"Muita gente se mudou", disse Fanny. "Acho que talvez sejam os tempos." Mas ela pegou um saco grande e colocou um Boston Globe junto com a calamina.

Mim abriu a boca, mas Fanny disse em voz baixa: "É de ontem. Já passamos por tudo isso. Você estava querendo notícias".

John pegou o jornal de imediato e começou a trabalhar nele, começando na primeira página. Ele lia com esforço, moldando os lábios em torno das palavras e relendo cada frase. Quando escureceu, estendeu o papel sobre a mesa, aproximou o lampião de querosene e continuou lendo. Ma fez com que puxassem a cadeira dela até a mesa para que pudesse ler a parte de trás do jornal. John contou a Mim sobre qualquer coisa que o interessasse enquanto ela se movia ao redor dele, cuidando do fogo, cortando cebolas e batatas para a sopa, admirando os frágeis edifícios que Hildie erguia com os gravetos.

"Você sabia desses incêndios florestais na Califórnia?", ele perguntou. "Diz aqui: 'Mais de oitocentos desabrigados. A Cruz Vermelha Americana, com a ajuda dos cidadãos das comunidades vizinhas, está fornecendo comida, roupas e abrigo temporário. Trezentas casas móveis totalmente equipadas estão sendo transportadas para a área'." Ele parou com o dedo sobre a última palavra. "Eles simplesmente dão essas coisas?"

"Se alguém te der, filho", disse a mãe, "você vai se desfazer outra vez na próxima quinta. 'Claro. Claro. Pode se servir. Leva para a casa. Eu? Minha filha? Minha esposa? Minha mãe velha? A gente só precisa ver as coisas pelo lado bom.'"

Ainda com o dedo sobre o texto, John olhou para a mãe. A luz da lamparina sob seu queixo aprofundava as rugas em seu rosto e parecia curvá-las severamente para baixo. "Você tem alguma queixa, Ma?", perguntou ele. "Você tem alguma queixa sobre a maneira como eu tenho sustentado você nesses dez anos?"

Ela não disse nada mais. Inclinou-se sobre as páginas de classificados com sua lupa, comentando vez ou outra sobre o preço exorbitante que alguém queria por um piano vertical usado, ou uma caminhonete com um arado acoplado. Por fim, foi ela quem encontrou um anúncio com um número de telefone de Harlowe.

Em *Maquinário, Novos e Usados:*

> Máquinas agrícolas de segunda mão serão leiloadas no sábado na Central NH. Ligue para 603-579-3485.

Mas quando Mim inclinou-se sobre o ombro para olhar, o que chamou sua atenção imediatamente foi o grande anúncio. "Ouça isso", ela gritou, tirando o jornal da sogra. "Diz 'Harlowe, New Hampshire', bem aqui."

> Perly Acres. Colinas, saliências altas, vistas, campos, pastagens, riachos de trutas — preservados em toda a sua beleza natural rústica. Aprecie as belezas do campo, o conforto da sua própria casa e os luxos do melhor *resort*. A ser desenvolvido no próximo verão: pousada, salão de festas, centro comunitário, cinema, lago para velejar e nadar, trilhas para veículos de neve e cavalgadas, teleféricos, quadras de tênis, campo de golfe, e até um ginásio coberto para aqueles "dias chuvosos campestres". Serviços centrais de guarda para proteger sua propriedade e alugá-la para você no verão ou no inverno, quando não puder estar na residência. Consultoria especializada e empreiteiros disponíveis para construção. Financiamento completo em excelentes condições. Compre na planta, a preço de planta. Os primeiros lotes serão leiloados neste sábado. Um acre. Cinco acres. Vinte e cinco acres. Ou então, seja o aristocrata do empreendimento e compre uma das duas primeiras autênticas casas de fazenda antigas a serem colocadas à venda. Para informações e um *tour* pelas propriedades disponíveis, ligue para 603-579-3485.

"E então ao longo da parte inferior, como um rodapé, diz 'Primeiro anúncio. Primeiro anúncio. Primeiro anúncio. Primeiro anúncio'."

John tomou o jornal dela e o leu novamente. "Quais casas? Talvez a de Ward, mais qual?", perguntou ele.

"Um lago?", disse Mim. "E uma colina para esquiar?"

Naquela noite, depois que Ma e Hildie dormiram, John e Mim deitaram-se em lados separados do colchão. A lua cheia sobre o lago projetava um raio de luz brilhante pela parede e pelo chão. A fraca luz azul delineava as roupas íntimas dobradas em pilhas em uma nova prateleira, e os jeans e camisas pendurados em ganchos ao longo de uma parede. O rosto, as mãos e os braços de Mim, de um rosa brilhante por conta da calamina, reluziam à meia-luz.

"A gente ainda tem uns aos outros, John", ela disse. "E a caminhonete e o dinheiro ainda na jarra. Todos os espertos tão indo embora."

"Pra onde você acha que gente como nós podia ir? Não é como se a gente tivesse parentes."

"Maine, talvez? Canadá?"

"Como você imagina que poderíamos viver sem a terra?"

"Arrumar empregos. Muita gente nunca teve terra nenhuma".

"Em qualquer lugar, menos aqui, a gente ia ser forasteiro."

"Eu podia trabalhar com flores ou cozinhar. Você é um bom fazendeiro. Você é muito bom com gado. Você sabe como operar o limpa-neve e a motoniveladora."

John bufou. "Assim como todo filho de fazendeiro idiota do Maine", disse ele. "Você não vê os empregos em Harlowe indo para algum pobre coitado que acabou de aparecer do nada sem um centavo no bolso. Sem a terra, a gente não é nada. Pedintes. Ciganos. Eles iam pensar que corremos de medo. Em um instante, iam achar que fugimos da lei." O pensamento deu a John um certo prazer sardônico. "O que também não é uma mentira", disse ele.

"Tem a cidade também", disse Mim. "Aposto que eles não estão tão interessados nos empregos da cidade. Não devem ficar onde todos são estranhos."

"E o que a gente sabe da cidade?", perguntou John. "Eles iam ver de cara que não estamos acostumados com o estilo de vida deles. Roubando nossos bolsos, batendo nas nossas cabeças, enfiando uma faca nas nossas costas. Você quer que a Hildie cresça na cidade?"

"Mas como a gente vai viver aqui?", gritou Mim. "Ele está planejando transformar toda Harlowe no que ele bem quiser."

"A terra, Mim", John disse, estendendo a mão para tocá-la apesar da hera. "A terra é tudo o que a gente tem. E o que aconteceria com Ma se a gente arrancasse ela daqui?"

"Nem toda a sua conversa pode mudar as coisas, John. O que podemos fazer além de ir embora?" Mim sentou-se e sua voz subiu acima da cabeça de John. "Eles dão escolhas, John. Sua terra abençoada ou ...", e sua voz baixou para um sussurro. "Pense no que aconteceu com o filho dos Tucker. E eles tinham muito mais do que nós."

"Mim, Mim", John disse, puxando-a para baixo das cobertas. "As coisas são assim. Mas eles não podem tomar a carne e o sangue. E eles não podem tomar a terra, porque estamos nela."

"Palavras, John", Mim disse. "Isso não vai impedi-los. O que eles fizeram durante todo o verão e o outono?"

"A gente ainda está nos Estados Unidos, Mim. Eles não podem. Tem limites."

"John, pense. Todas as terras da cidade já foram fazendas um dia. E, de alguma forma, fizeram os fazendeiros irem embora."

"Mas, Mim", ele disse. "Jimmy Ward só se levantou e foi embora, que nem o Oakes. Fanny diz que tem outros. Eles estão dispostos a obrigar. Mas ninguém pode vender a terra debaixo dos nossos pés. Temos uma escritura de Hampton que diz que eles não podem."

"Agnes conta os filhos a noite toda", disse Mim. "E ela está do lado que deveria ser seguro. E até Fanny anda perguntando por Hildie."

John segurou Mim. A casa batia, rangia, estremecia, como se estivesse cheia de passos secretos. O vento de novembro lá fora soprava sobre o lago, o pasto e a floresta de pinheiros brancos e pesados. Arrastava as telhas do celeiro vazio e sacudia o caixilho solto, procurando o casal que jazia nos braços um do outro, ouvindo a respiração quente da criança no chão ao lado deles.

8

"Eu também vou", Mim disse.

"Eu vou te dizer exatamente como vai ser", John argumentou. "Você não vai. Você vai ficar com a terra. Você vai ficar esperando pelo pior."

"Não é um bom dia para Ma ficar lá fora. Escuta o vento."

Ma escutou em silêncio, sem saber se eram seus pensamentos ou o vento.

"Nem é um lugar para levar uma criança", ele continuou. "Pensa nas armas. Muitas armas com os ânimos exaltados."

"E é você quem está dizendo que está tudo bem", zombou Mim.

"Não é lugar pra mulheres", disse John.

"Nem para homens, a não ser os que estão envolvidos, ou que são desconhecidos", disse Mim.

"Se não pela Ma, então você devia ficar pela Hildie."

Mim balançou cabeça. "Eu tenho que ir", disse ela. "Você fica."

"Deixa ela ir", disse Ma. "E você também vai. Não tem nada que qualquer um de nós possa fazer se eles quiserem o contrário."

Então, Mim pegou Hildie pela mão e mostrou a ela o feno e as colchas velhas na baia do celeiro. "Mostre para mim como você vai se esconder quando ouvir uma caminhonete", disse ela. "Fica bem escondida e não sai, não importa quem chamar. Mesmo que Ma chame. Nem mesmo se forem amigos. Quer dizer, fica ainda mais escondida se forem amigos." Ela não teve coragem de mencionar o leiloeiro em particular. "E fica com o ouvido atento o dia todo. Sua avó não ouve tão bem quanto você."

Era um dia cinzento, o sábado anterior ao Dia de Ação de Graças. As últimas folhas estavam escurecendo nas calhas e o correio tinha uma espiga de milho colorido pendurada na porta. Não havia nem de longe tantas pessoas no leilão como no auge do verão. Nada de crianças. Sem balões ou tênis com estrelas, e nada semelhante a uma carroça vermelha. As pessoas que aguardavam eram em sua maioria homens rústicos de macacão, fumando, sozinhos.

"Estão vindo de todo o estado atrás esse maquinário", disse Mim.

Perto do coreto havia três tratores, um pequeno *trailer*, três caminhonetes, quatro peruas velhas e um Volkswagen.

John pegou Mim pelo braço logo acima do cotovelo e a guiou para onde ele queria que ela fosse, segurando um pouco apertado demais. Passaram por duas máquinas de ordenha, três fogões a lenha, sua própria bomba d'água, uma fornalha a óleo, quatro motosserras e, por fim, ordenadamente carregadas em um palheiro velho, um suprimento de lenha para o inverno.

"Madeira", disse Mim.

"Talvez eles tenham aquecimento", John disse.

Mim negou com a cabeça. "Devem ter levado os fogões", disse ela.

Havia um círculo aleatório, mas distinto, de homens de Harlowe vagando como cães pastores pela área do leilão. Faziam movimentos tensos e se assustavam à toa. A maioria deles mantinha as mãos nos bolsos, perto das armas que Mim sabia que estavam escondidas sob suas jaquetas. John e Mim nunca chamavam a atenção de ninguém, mas muitas vezes percebiam um olhar habilmente desviado.

"Eles estão do lado mais impressionável, muitos deles", Mim disse, esfregando o rosto em carne viva. "Eles querem que a gente volte pra casa."

"É um leilão público", disse John.

"Você não acha", Mim murmurou, "que todo mundo veria que tem algo muito estranho?"

"Eles não são bobos. Você acha que eles vêm sozinhos e ficam tão quietos porque acham confortável? Mas as coisas são baratas. Eles sabem que é muito barato porque tem algo que não está certo." John olhou para os desconhecidos, tão semelhantes a ele. "Eles acham que não pode ser tão podre assim, ou o estado ia intervir para acabar com tudo. É o que vai acontecer. Sim, eles vão ver que vai."

"Eu queria que fosse logo", disse Mim.

A porta da velha casa dos Fawkes abriu-se atrás da cerca alta de arame que Perly erguera. O leiloeiro saiu de seu portão e atravessou o gramado com Dixie, seguido a uma distância discreta por Gore e Mudgett. Ele subiu os degraus para o coreto, dois por vez, então se inclinou sobre o parapeito, avaliando as pessoas espalhadas abaixo dele. Mim estremeceu quando os olhos escuros percorreram o lugar onde estavam e seguiram até onde os policiais vagavam nas margens da multidão.

As cadeiras de madeira estavam abertas, é claro, mas apenas alguns casais se sentaram, alguns eram veranistas que Mim reconheceu. A maioria dos homens estava nas beiradas, como se sua presença ali fosse provisória, ou apenas incidental.

Perly subiu em seu posto e bateu o martelo. Dixie traçou dois círculos perto dele e sentou-se com um suspiro. Não era uma multidão para brincadeiras ou jovialidade. Perly leu as especificações com voz grave e ofereceu garantias de curto prazo em quase tudo. Ele não se apressou. Nem os fazendeiros se apressaram. O leilão decorreu a um ritmo moderado e ordenado, até mesmo cauteloso, sem entusiasmo. Ezra Stone e Ian James acompanhavam cada venda, negociando com os novos proprietários sobre documentos, assinaturas e cheques. Às onze e meia, tudo fora vendido, exceto a fornalha a óleo. "É isso", disse ele. "Embora eu vá sentir uma sensação pessoal de fracasso se eu não conseguir interessar uma única alma nessa boa fornalha a óleo. Com toda essa loucura por antiguidades, não consigo entender por que ninguém quer esse artigo antigo genuíno." Houve uma onda de risos através da multidão. Perly olhou para eles e sorriu. "Obrigado a todos por terem vindo", disse ele e desceu depressa as escadas e entrou na multidão, onde foi de imediato ladeado por Gore e Mudgett.

Dirigiu-se, a passos lentos, em direção a sua casa, deixando-se deter por várias pessoas que haviam comprado coisas. Quando passou pelos Moore, que o encaravam como se eles próprios fossem invisíveis, parou de modo tão inesperado que Gore topou de frente com ele.

"Bom ver vocês por aqui", disse ele. "Há tempos que não via vocês. Como está sua mãe?"

"Tão bem quanto é possível", disse John, olhando de soslaio para Perly.

Mim deu um passo para trás e olhou além de Dixie para o chão duro, seu rosto de forma incontrolável foi inundado de cor.

"Talvez eu vá na semana que vem para ver por conta própria", disse Perly, esperando que Mim olhasse para cima. Quando ela o fez, ele assentiu com seriedade, como se confirmasse algum acordo negociado com todo cuidado. "Sim", ele respondeu.

"Senti saudades da minha amiguinha Hildie. Um velho solteiro como eu se apega muito a garotinhas."

John e Mim esperaram na caminhonete. Antes que as pessoas do leilão matinal tivessem empacotado suas máquinas e saído, um novo conjunto de carros estava estacionando em volta do gramado, desta vez carros esportivos importados, conversíveis polidos e peruas tamanho família. Um grande Travelall parou na frente da caminhonete dos Moore. Todas as quatro portas abriram-se de uma vez e quatro meninos saíram correndo pelo gramado em direção ao coreto. Um pai barrigudo arrastou-se atrás deles, abraçando uma bola de futebol contra o peito e franzindo a testa para o céu.

Exatamente a uma hora da tarde, perto do relógio do campanário inacabado da igreja, Perly reapareceu na varanda de sua casa, parou para examinar a situação e depois atravessou a Parade, que estava vazia. Ele vestia um terno preto e uma gravata cinza metálica que oscilava com vento e soprava sobre seu ombro, enquanto caminhava sem esforço em direção ao coreto. Gore marchava atrás dele vestindo uma jaqueta de caça sobre seu jeans habitual e carregando uma pasta preta quadrada.

Os carros começaram a se esvaziar com um bater de portas, e as pessoas ocuparam o gramado — famílias e casais mais velhos sobretudo, com alguns grupos de jovens em jeans desbotados e cabelos compridos. Os desconhecidos, muitos deles levando cobertores para se proteger da friagem do dia, sentaram-se obedientemente nas cadeiras preparadas para eles. Perly permaneceu na base do coreto observando até que uma boa multidão se reunisse, então subiu no coreto, abriu a maleta sobre o parapeito à sua frente e mais uma vez olhou por cima das cabeças das pessoas como se procurasse à distância — em busca de baleias no horizonte, talvez, ou navios inimigos, ou ajuda.

Então, como se tivesse encontrado o que procurava, abriu um largo sorriso que engoliu os olhos desconcertantes e o transformou em um típico grande empresário americano bem-sucedido e bronzeado. "Este é um grupo muito especial", disse ele, sua voz profunda e contida. "Um poderoso grupo de pessoas de boa aparência. Deem uma olhada ao seu redor, meus amigos. Estão vendo aquele casal ao seu lado? Aquele lindo e feliz casal próspero? Bom, se você comprar um terreno hoje, seu filho pode se casar com a filha deles. Faz você parar e pensar, não é?"

A voz de Perly começou a subir e descer em cadências melódicas, e as pessoas olhavam para ele, compelidas, como se, diante de seus próprios olhos, o estranho homem escuro estivesse adquirindo um brilho e um resplendor do qual não ousavam desviar. "Eu posso ver isso", ele continuou. "Essa multidão aqui tem os ingredientes de uma comunidade da qual você se orgulhará de fazer parte. Eu posso ver." Ele fez uma pausa e cada pessoa que assistia sentiu seu próprio olhar refletido nos olhos do orador. "Vocês, vocês são os primeiros", disse ele. "O verdadeiro advento. Os pioneiros. Os destemidos. O grão de semente de mostarda do qual surgirá o reino. E, dentro de um ano, eu prometo a vocês, haverá um reino."

Perly jogou a cabeça para trás sobre o pescoço forte e riu. A multidão espalhada no gramado agitou-se como se estivesse com peso na consciência. "Perly Acres será conhecida do Maine à Flórida como o mais desejável, o mais primorosamente preservado, o mais bem regulamentado, o mais seguro e o mais cobiçado pedaço do paraíso na costa leste dos Estados Unidos da América."

Perly respirou fundo e continuou em uma voz mais baixa, mais pragmática. "Agora, espero que cada um de vocês tenha calculado a quilometragem e cronometrado os minutos que levaram para chegar aqui hoje. Ora, estamos tão perto de Boston, que é possível simplesmente dar um mergulho aqui em cima para nadar, apenas a uma ou duas horas daquela sensação amistosa do campo, se uma tarde de domingo for toda a liberdade que vocês se permitem em uma semana. Se vocês quiserem, podem deixar a esposa e os filhos aqui por uma semana ou um mês ou o ano todo. Vocês são homens livres. Saberão que eles estão seguros, saudáveis e bem cuidados no campo. E estamos tão perto que você pode aparecer sempre que sentir necessidade.

"Eu prometo a vocês. Daqui a um ano, vocês estarão brindando com champanhe por serem os primeiros a chegar aqui. Por estar no início da fila. Por serem os únicos a lucrar com o bom e velho estilo americano: primeiro a chegar, primeiro a ser servido. Em um ano, estarão rindo quando os ricaços oferecerem o dobro do que vocês pagaram hoje. Todo mundo sabe que não existe investimento como a terra. Qualquer terra. Mas essa aqui é uma terra especial, a terra de Perly. Prometo. O mundo estará em suas mãos. Eles vão colocar Perly Acres no mapa e bordar em ouro.

"Agora, muitos de vocês já estão com vontade de comprar — aqueles que estiveram com meus agentes para ver os lotes. Mas farei um aviso. Não compre, a menos que esteja totalmente apaixonado. Porque, se você não se apaixonar esta semana, nós prometemos, você vai se apaixonar na semana que vem, ou na semana seguinte. Porque essa é a primeira coisa que estamos oferecendo — embora seja apenas o começo — um pedaço de terra tão doce, tão sedutor, que fará coisas por você que seu primeiro amor não faria."

Mais uma vez, Perly parou e equilibrou-se na ponta dos pés, depois recomeçou em um registro mais profundo e sóbrio. "Se vocês quiserem visitar o local das instalações recreativas antes de gastar dinheiro, voltem em um mês. A essa altura, os atuais proprietários já devem ter ido embora e a terra estará liberada para nós. Mas, acredite, minha palavra vale ouro. E esse é o mais belo pedaço de terra em todo o mundo. É por isso que o estamos guardando — para que toda a comunidade possa partilhar dele. É melhor do que pão e vinho. É bem ao redor de uma lagoa, com um celeiro que vai virar um centro de recreação de primeira, com um pasto íngreme nos fundos que vai fazer você desmaiar se gostar de esquiar, e hectares e hectares de floresta para motos de neve e esqui *cross-country*. Tem até uma floresta encantada — pinheiros grandes o suficiente para ficar escondido se você quiser ver as fadas dançarem. Em algumas semanas também, teremos as estradas abertas em todos os lotes, e vocês poderão dirigir até cada um deles.

"Mas apenas tenham esse fato difícil em mente. O mundo inteiro já está despertando. Milhões de pessoas estão percebendo que perderam algo inestimável quando deixaram o campo. E estão voltando em massa. As terras por aqui quadruplicaram de valor nos últimos dez anos. Quando as pessoas virem o que estamos fazendo aqui, quando sentirem o cheiro desse ar, sentirem os campos ondulantes crescendo abaixo delas, elas vão quadruplicar o valor novamente em algumas semanas. Se vocês esperarem, podem acabar em um duelo até a morte com alguém que se apaixonou tanto quanto vocês por aquela pequena casa dos seus sonhos. Se vocês comprarem agora, estarão pagando apenas pelo terreno. Todo o resto — as instalações recreativas, a verdadeira comunidade do velho campo — tudo isso virá como um bônus, porque foram vocês que tiveram a visão de ser pioneiros.

"E vou dizer uma coisa sobre o que fez a grandeza dos nossos antepassados. Até que vocês sejam pioneiros em um pedaço de terra próprio, vocês não sabem o que é a vida. Vocês não conhecem o ímpeto da seiva nas veias que vem do fato de termos raízes. Vocês não conhecem a sensação de poder que vem de deixar sua própria marca. E quando digo terra, não me refiro a um quarto de acre descampado no subúrbio. Quero dizer terra selvagem — terra sem marca humana, terra onde ainda se escuta o chamado de acasalamento da raposa, terra onde as pessoas se perdem sem uma bússola, terra que é escura ao meio-dia. Essa é a terra onde tudo ainda pode acontecer — qualquer coisa. Até que vocês peguem um machado e dobrem a coluna para marcar o deserto com seus próprios nomes e trabalho, vocês não saberão o que é ser um homem. E vocês nem chegam a entender o que fez os Estados Unidos grande. Aqui, no campo, temos uma qualidade de vida, algo que o dinheiro não compra, algo mais importante do que um carro novo ou uma TV nova ou algo que vocês estão tentando comprar para suas casas. Algo que chamamos de liberdade. Chamamos isso de oportunidade. E é um espírito que temos desde o início." Perly terminou com a cabeça jogada para trás e um meio-sorriso no rosto. Ele passou a mão pelo cabelo escuro e inclinou a cabeça por um momento, recompondo-se. A multidão mal se mexeu.

"E, então, tem o financiamento", disse ele, com calma. "Esqueça o banco. Se vocês já tentaram comprar um terreno, sabem que não conseguem um centavo do banco, nem para terrenos, e no máximo uma ninharia para uma segunda casa. Se existe uma coisa que realmente ficou para trás, perdendo lugar para a velocidade e para o luxo, é o direito de ter uma terra apenas para trabalhar nela. Mas aqui está o que oferecemos a vocês hoje: a chance de comprar um terreno e até uma casa em pronta entrega, se vocês quiserem, por apenas 30% de entrada."

Perly ergueu a mão direita e desceu a palma da mão sobre o parapeito do coreto, com um baque que fez estremecer toda a frágil edificação. "E agora, vamos ao Lote Número Um", exclamou. "Estão prontos? Quem vai ser? Número Um. *Numero Uno*, o primeiro, o Cristóvão Colombo de Perly Acres. O início de um novo estilo de vida."

Ele olhou para sua maleta. "Agora, essa casa — e eu sei que alguns de vocês já foram dar uma olhada nela — é a pitoresca e autêntica casa do século XIX no que chamamos de Gable Ridge Road. A própria estrada tem o nome da casa que pode ser sua."

"Certeza que é a de Ward", disse John.

Perly ergueu a vista. "Agora, ela vem completa com 25 acres, a maior parte em campos abertos e bosques, viva durante todo o verão com flores silvestres e borboletas, tão bonita que é de tirar o fôlego. Essa é uma casa que cumpre o que promete. Essa é uma casa que vai fazer sua cabeça girar como não fazia desde seus aniversários de 18 anos. Se vocês querem passar todo o seu tempo ao ar livre, essa é para vocês. Ao contrário da maioria das que vamos oferecer, essa casa está completamente mobiliada. A sala de estar e a cozinha foram reformadas neste ano. O proprietário estava com um palpite de que ia conseguir vender e queria obter o melhor preço possível. Então agora, pessoal, quem vai ser?"

Começaram os lances. Andaram devagar. Casais consultavam uns aos outros entre os lances, e vários homens tinham lápis e papel à mão. A competição estreitou-se de modo acelerado entre um jovem moreno de sobretudo xadrez e sapatos de verniz enlameados, e um casal magro e nervoso de cabelos grisalhos.

O leiloeiro fez uma pausa para examinar os dois candidatos, depois desviou os olhos para a multidão, procurando outros. "Aqueles que compram as casas antigas nas grandes propriedades antigas", disse ele, "serão os aristocratas de Perly Acres. Os senhores das casas senhoriais. Os fidalgos. A genuína alta sociedade. Como essas casas são parte do nosso desenvolvimento, elas se tornarão um símbolo — um símbolo dos valores antigos pelos quais todos trabalhamos."

Por fim, o rapaz desistiu e o casal conseguiu o local por 53 mil dólares e meio. O homem gritou e abraçou a esposa, e o vento pegou seu chapéu de feltro macio e o soprou pelo gramado. Ezra Stone pegou-o e trouxe de volta para ele, junto com um maço de documentos.

Perly estendeu um braço para o homem enquanto ele tirava um par de óculos de aros simples do bolso para examinar os papéis. "Antes de assinar, talvez vocês queiram dar outro lance também. Eu tenho um terreno de dez acres ao lado do que vocês acabaram de comprar. Começa no primeiro muro de pedra abaixo do seu pasto e desce pelo riacho. Boa truta naquele riacho também. Se vocês não quiserem, outros vão querer. Um local nivelado perto da estrada é ideal para uma residência, ou uma pessoa pode abrir uma estrada e construir com total reclusão e vista para o riacho.

"Agora, para quem está preocupado em como construir uma casa, temos seis modelos diferentes que você pode contratar conosco para construir para você. Eles vão de dez a cinquenta mil dólares. Ou você pode projetar e construir por conta própria. Ou você pode derrubar suas próprias árvores e fazer do jeito que nossos ancestrais faziam."

O jovem de sobretudo xadrez começou a fazer lances outra vez e o homem que acabara de comprar a casa de Ward parecia bastante desconfortável. Mais pessoas participavam dos lances agora. A multidão aumentara para cinquenta ou sessenta pessoas. O terreno no fim foi vendido por cinco mil e oitocentos dólares para um jovem casal de jeans que parecia muito sóbrio quando sua oferta acabou sendo a vencedora. O novo dono da casa de Ward imediatamente deixou Ezra Stone e deu a volta nas cadeiras para falar com eles, enquanto sua esposa ficou onde estava, observando a conversa do marido com nervosismo.

"Cinco mil dólares por dez acres", murmurou Mim.

"Cinco mil e oitocentos", corrigiu John.

O leiloeiro vendeu outro lote de dez acres e depois vários outros menores. Até mesmo os terrenos de um acre custavam mais de mil dólares cada. Quando chegou à outra casa, Perly disse: "Agora, essa tem algumas características que vocês não encontrarão por um bom tempo. Tem a verdadeira chaminé central velha com quatro — repito, quatro — lareiras. A da sala tem uma cornija esculpida à mão de valor inestimável e azulejos pintados à mão. Alguém esbanjou muito amor naquela lareira. Alguém sabia que a lareira é a pedra angular que faz uma família forte. E também há alguns currais de pedra para animais — uma verdadeira curiosidade. Não era todo fazendeiro, mesmo naqueles bons velhos tempos, que se preocupava em manter seus porcos e ovelhas em currais de pedra. Mas, aqui está o melhor de tudo, para as famílias de hoje, que dão tudo pela recreação. Há ali um bebedouro para o gado — pequeno, com certeza —, mas grande o bastante para fazer um belo poço para nadar".

"A terra de Prescott", John disse. "Tinha ouvido que ele tinha ido embora. Ele sempre falou mal daquela chaminé. Disse que ocupava metade da casa."

O leilão continuou. Havia vinte e oito lotes vendidos, do que antes eram duas fazendas.

"Alguns deles devem ser pântanos", disse John quando chegaram às partes mais baixas da propriedade de Prescott.

"Como eles vão saber, nessa época do ano?", disse Mim.

Logo, Perly verificou seus papéis e encerrou o processo. "Bom, agora estamos todos juntos nisso, pessoal", disse ele e olhou devagar ao redor para a multidão atenta. Então, de repente, ele riu, abrindo os braços para incluir as pessoas à sua frente. "Vocês estão na companhia mais exclusiva", exclamou. "Eu amo todos vocês e parabenizo vocês. Acreditem em mim, esta vai ser a cidade mais estupenda, requisitada e magnífica em que vocês pisarão em toda a sua vida."

John e Mim moveram-se lentamente no meio da multidão, em direção à caminhonete. O vento aumentara e esfriara, estava tão úmido agora que manchas de água escureciam o asfalto da estrada. Cerca de uma dúzia de pessoas cercaram o leiloeiro para bate-papo enquanto ele voltava para casa. Dixie trotava atrás de seu calcanhar esquerdo, empurrando os joelhos das pessoas para manter seu lugar, sua cauda balançando levemente em uma sugestão de amizade. Gore andava atrás do grupo, apertando os olhos e nervoso, a mão direita posicionada perto do bolso da cintura.

"Eles terão uma surpresa terrível pela frente", disse John, observando da caminhonete.

"Talvez, mas talvez seja a gente que vai ter uma surpresa", Mim disse. "Na minha opinião, Prescott e Jimmy Ward fizeram uma coisa inteligente. A gente devia sair também."

"Pessoas com dinheiro para comprar uma fazenda ou um pedaço de terra só para brincar, como se fosse uma carroça vermelha de criança... O baque tem que ser forte pra eles começarem a sentir."

"Eles compraram aquela terra e agora é deles", disse Mim. "Eles não vão tolerar se o Prescott voltar e reivindicar qualquer direito."

"Só sei que ninguém além de um Moore vai se interessar por aquela autêntica fazenda antiga no lago com o pasto íngreme atrás. Ele pode achar isso, mas está enganado."

"Ele conseguiu que os Ward fossem embora", disse Mim, "sendo que eles tinham um nome na cidade."

"O Ward é um idiota", disse John. Ele deu a partida na caminhonete, então sentou-se ao volante, observando o gramado da Parade se esvaziar. "Ele pode até achar que os Moore não são ninguém, mas vai descobrir que está enganado."

A manhã de domingo estava gelada e parada, um dia frágil. As últimas folhas de carvalho grudadas em seus galhos eram como vidro soprado, tilintando e quebrando com um toque.

"A neve está atrasada", disse Mim.

John sentou-se no banco em frente ao fogão. Ele entalhara um graveto de bordo até ficar com a espessura de uma cebolinha e depois cortara em rodelas de meio centímetro, como se fosse adicioná-las à sopa. Por fim, empurrou para o lado os últimos fragmentos de bordo e sua faca, e agora simplesmente estava sentado, os cotovelos nos joelhos e o rosto nas mãos, olhando por entre os dedos para as botas e o guarda-fogo do fogão. De vez em quando, esfregava o couro cabeludo até que o cabelo castanho-acinzentado espesso se destacasse da cabeça, lembrando a Mim que ele precisava cortar o cabelo.

Na sala da frente, Ma estava sentada sozinha em seu sofá. Agora que o cômodo estava vazio, parecia embrulhado em papel de parede. O papel já fora amarelo atrás de uma espécie de trepadeira azulada que nunca existiu, pelo menos não em New Hampshire. Ma escolhera-o porque era primaveril, e John aprovou porque era barato. Agora, estava quase preto atrás do grande fogão de sala, onde dedos de fumaça acariciavam-no durante todo o inverno. Ainda havia um amarelo-canário que se destacava nas manchas onde o piano e a máquina de costura costumavam ficar, e onde os quadros estavam pendurados, mas todos os outros lugares desbotaram para um creme amarronzado. Mim envasara gerânios do jardim para encher os peitoris das janelas e lavara as janelas, temendo que a massa tivesse desaparecido tanto que, mesmo com o plástico, elas chacoalhariam e talvez rachariam com o vento do inverno. Mas hoje o sol entrava pelas pequenas vidraças onduladas e marcava uma grade quente no piso de pinho sem verniz. Pegando as pontas dos cabelos grisalhos de Ma, a luz os fazia brilhar como asclépias enquanto ela se sentava — perfeitamente imóvel, a anos de distância, olhando para o dia tranquilo.

Mas Hildie tinha poucas memórias e não conseguia ficar quieta. Ela corria da sala da frente para a cozinha e de volta para a sala da frente, sacudindo a casa com passos e sacudindo o ar com gritos. Mim sacudiu os travesseiros de Ma, varreu o chão, limpou o pó dos fogões quentes e foi atrás de Hildie. Enfim ela parou atrás de John, com Hildie ainda girando em volta.

"Eles vão levar o trator esta semana, com certeza", disse ela.

John não se moveu nem respondeu, então Mim repetiu sua declaração em voz mais alta. Dessa vez, John virou a cabeça e olhou para ela. Ela viu que ele estava tremendo de raiva.

Ela virou-se sem dizer uma palavra e pegou o suéter de Hildie e sua própria jaqueta dos ganchos da porta dos fundos. Ela pegou a criança e a levou para fora. Hildie aconchegou-se e segurou sua mão, reclamando do frio.

"Isso é apenas uma amostra do que teremos antes do fim", Mim disse, mas ela se consolou com a proximidade da filha. Elas atravessaram o pátio e ficaram atrás da caminhonete. A caçamba parecia lamentavelmente pequena. Mim abriu a porta deslizante do celeiro e entrou em seu interior úmido. Ela podia ouvir ratos correndo. Ela chutou a pilha de tábuas velhas embaixo da escada. Muitas delas estavam apodrecendo. O problema de construir uma casa na caminhonete parecia imenso para ela. Hildie estremeceu e puxou sua mão para sair.

No pátio, o sol estava quase quente e ela caminhou com a criança até a estrada, atravessando pelo jardim de flores sem voltar a olhar para a caminhonete. Os últimos crisântemos jaziam esmagados no chão pelo frio, mas ainda rosados, enferrujados e amarelos. As folhas das roseiras, de um verde empoeirado, estavam enroladas e secas em seus caules espinhosos. Mim ficou de braços cruzados no meio do jardim. Hildie soltou sua mão, subindo por uma fileira e descendo pela próxima, até ter percorrido todo o jardim. Então, subiu em cima do carrinho de mão virado, pulando para cima e para baixo. O lago escuro além dos arbustos soltos de louros e mirtilos refletia as nuvens suspensas sobre ele. Mim pensou que podia detectar uma borda enrugada de gelo nas margens. O ano estava virando. Uma tempestade daria conta disso agora.

"Desça daí", disse Mim. "Vou te levar até o celeiro."

Hildie pulou e Mim endireitou o carrinho de mão. Percorreram o campo aos solavancos, travando nas pedras, recuando e tentando novamente.

Hildie ria. "Vamos, vamos, Sunshine", ela gritou, segurando firme nas laterais do carrinho de mão.

No celeiro escuro, carregaram o carrinho de mão com feno para empilhar as rosas. Mim ficou surpresa ao descobrir que tinham tudo o que precisavam para realizar essa tarefa. Mudgett deixara para trás o carrinho de mão porque, em seu descuido, ela o deixara virado no jardim de flores. "Tudo continua igual pras rosas", disse ela a Hildie. "Na primavera, elas vão brotar como se nada tivesse mudado."

Quando ouviram a caminhonete chegando, ainda estavam no jardim. Mim hesitou, então pegou a mão de Hildie e virou-se para observar a abertura nas árvores. Era Cogswell, sozinho.

John saiu pela porta dos fundos. Mim se aproximou devagar, enquanto os dois homens se cumprimentavam, Hildie puxando a mãe para ela se apressar.

Cogswell olhou para John e depois sorriu levemente para Hildie. Ele revirou o bolso de seu moletom azul desbotado e pegou seus cigarros. Segurou o fósforo contra o vento, suas mãos tremendo tanto que ele mal podia trazer o fósforo ao encontro do cigarro. Então, deu uma tragada no cigarro e jogou o fósforo no chão. Era um homem alto e magro, com mãos compridas cobertas de pelos avermelhados como fios elétricos.

"Ainda tem a mesma caminhonete velha", disse John.

"Vou continuar dirigindo ela até minha morte", disse Cogswell.

John ergueu as sobrancelhas e esperou por qualquer notícia que estivesse chegando.

"Que bom que você visitou a Agnes", Cogswell disse a Mim.

Mim segurou firme em Hildie, que se debatia para se libertar. "Ela não está bem", disse ela.

Cogswell balançou a cabeça, depois olhou para eles com um sorriso retorcido. "Quem está?", ele perguntou.

John estava diante dele, as mãos afundadas nos bolsos do macacão, os ombros contraídos por causa do frio.

"Sua mãe está bem?", Cogswell perguntou a ele.

"Ela não é mais como costumava ser", disse John. "Mas ela vai resistir bem ao inverno, se não passar fome."

Cogswell bateu as cinzas do cigarro no chão e a espalhou cuidadosamente sobre a terra com a ponta do sapato.

"Ouvi dizer que você reformou a casa", disse John. Ele tirou as mãos dos bolsos e cruzou os braços, tensionando os músculos entre a mandíbula e a orelha.

"Com muito custo", disse Mickey.

"Se ninguém estivesse disposto a virar policial, o Dunsmore não teria chegado tão longe."

"Não tem mais ninguém disposto agora", disse Cogswell. "Pelo menos desde ontem à noite."

"Você está falando do leilão?", disse Mim.

"Isso, e o Sonny Pike que levou um tiro."

"Pike?", John disse e levantou um canto de sua boca fina.

Mickey balançou a cabeça. "Ele vai ficar inteiro, espero eu. Mas ele ficou com um buraco bem grande no ombro."

"É de abalar um pouco, né, Mick?", John disse.

Cogswell colocou a mão livre no bolso e recostou na cabine da caminhonete.

"Não é tanto você, Mickey", Mim disse. "É só o leilão e o que ele disse."

Cogswell virou-se para ela e falou depressa. "Ele te enviou isso", disse ele, puxando um maço de notas do bolso. "Pra vocês saírem da terra. Trezentos não é o suficiente, eu sei que não. Mas é o suficiente para vocês montarem na caminhonete e ir embora."

John olhou além de Cogswell para o lago. Então, cuspiu no chão. "Esquece, Mickey", disse ele, mas não estava mais zangado. "Você tem sua própria ninhada pra se preocupar."

"John", Mim disse e John virou-se para ela rápido demais. "Se a gente pudesse ir...", ela disse, ignorando a raiva crescente em seus olhos verdes.

"Chegou a hora, John", disse Cogswell. "Ele está de olho em você."

"Não parece que você está pronto pra fugir", disse John.

"Estou quase lá", disse Cogswell. "Ele está apostando nisso. Depois de vocês, aí é a gente."

"Fica com o dinheiro", disse John. "Não vou me mudar." Ele virou-se e começou a voltar para a casa.

Cogswell deu um passo atrás dele. "John, você é burro", disse ele. "Você sempre foi tão orgulhoso que cortaria um dedo pra não dar uma mão."

John parou e virou-se. "Você é bom, Mickey", disse ele. "Eu não me esqueço das coisas tão fácil assim." Seu rosto ficou vermelho quando seus olhos encontraram os de seu vizinho. "É que eu pretendo ficar."

Cogswell estendeu o dinheiro. "Você está vivendo só com uma vaca", disse ele.

John olhou para ele. Mim prendeu a respiração. "Acho que a minha terra ainda está firme o suficiente para nos carregar", disse ele e caminhou lentamente para a casa. Mim observou que seu corpo estava curvado pela idade, pelo trabalho e pelos cuidados. Ele andava como se fosse muito pesado.

Ela se virou para Cogswell, olhando o rolo de notas em sua mão, seu desejo tangível.

Ele se voltou para ela. "Você é uma boa mulher, Mim", disse ele. "Você continua com a cabeça no lugar. Passe um pouco do seu bom senso pra ele também." Ele empurrou as notas em sua mão e a envolveu com o hálito forte de uísque azedo.

Sentindo-os contra sua palma, ainda quentes da dele, ela percebeu o alívio inundá-la e desejou cair em seus braços. Ela deixou seus olhos caírem nos dele. Fraca pela gratidão e pela doçura do homem, ela disse: "Sinto muito por ela, Mickey".

Ele viu as lágrimas dela brotarem por ele e virou-se abruptamente. Ele deu a volta na caminhonete, entrou e deu a partida com uma explosão.

Então Mickey saiu e voltou devagar. "Mim", disse ele, com um leve meneio de cabeça, "se não conseguir fazer John mudar de ideia, leve-o pro leilão na terça-feira às três." Ele passou a mão pelo rosto. "Deus do céu", soltou, como se tivesse esquecido onde estava. Então, se endireitou e encarou Mim. "Mas lembre-se de não deixar ninguém saber como tomou conhecimento disso."

Voltou para a caminhonete e seguiu pela estrada em direção a Constance Hill. Mim observou a parte de trás de sua cabeça pela janela traseira de seu veículo. Ele a inclinou para trás e bebeu de sua garrafa enquanto a caminhonete balançava precariamente pela estrada ruim e sumia de vista.

Hildie esticou-se para pegar o dinheiro na mão da mãe, pulando para cima e para baixo para vê-lo. Mim segurou-o bem alto e, de pé onde estava, contou duas vezes. Quinze notas de vinte dólares. Então ela se virou para a casa para encarar John.

Ele estava parado na porta esperando por ela. "Dá pra mim", disse ele, seu rosto branco e bastante enrugado.

Ela entregou o dinheiro a ele, sentindo o medo que era quase desejo tocar suas pontas dos dedos enquanto roçavam sua palma. Ele virou-se e, em um movimento tão rápido que ela mal sentiu o que ele estava fazendo, atravessou a sala, levantou a tampa do fogão e jogou o rolo de notas.

Por instinto, Mim saltou em direção ao fogão. Ele a segurou. Uma mão emaranhada em seu cabelo; a outra apertando seu braço. Ela gritou e ele a sacudiu.

Ela sentiu o mundo girando ao seu redor, as pilhas familiares de pratos na prateleira sobre a pia, o banco de tábua e a mesa, o rosto assustado de Hildie na porta. Ela gritou e tentou chegar ao fogão. De modo meio superficial, ela sabia que Ma tinha mancado até a porta e estava apoiada em suas bengalas, com Hildie pressionando o rosto contra o roupão.

"O dinheiro, Ma", ela soluçou. "Pega o dinheiro."

Por fim, John a empurrou, e mesmo ao cair, ela se esticou na direção do fogão. Sua cabeça bateu no guarda-fogo com um baque que causou menos dor do que parecia, pelo estrondo. John bateu a porta dos fundos, fazendo com que a cozinha estremecesse. Mim lutou para ficar de pé e abriu o fogão. Um tufo de fumaça subiu em seu rosto. Lá dentro, ela viu um amontoado de carvões vermelhos e uma chama brilhante.

• • •

Mim encolheu-se na beirada do banco, enterrou a cabeça nos braços contra a mesa e soluçou. Ela não ouviu os golpes duros das bengalas de Ma se aproximando, mas sentiu a mão retorcida prender em seu cabelo.

"Pronto, pronto, Miriam", disse ela. "Não fica assim. Você vai assustar a criança."

Mim ergueu os olhos. Hildie estava debruçada sobre o banco do outro lado da mesa, choramingando. Ela estendeu os braços, e a criança veio em seu colo e chorou com ela.

"Isso não significa que ele não te ama, Miriam", Ma disse, acariciando a cabeça de Mim.

"Ma", disse Mim. "Ele está no fundo do poço, que nem a Agnes. Ele acabou de queimar trezentos dólares."

A mão de Ma deixou o ombro de Mim e agarrou a lateral da mesa. "Trezentos dólares", disse ela.

"Você está vendo, Ma", disse Mim. "Ele só fica sentado e não faz nada. Nada além de berrar e resmungar. Ele não é mais o mesmo. O leilão de ontem foi a gota d'água."

"Bom", disse Ma, "bom". E, dolorosamente, ela voltou para sua cadeira e acomodou-se nela. "Ser louco não é coisa da família. Mas também não é da família dar tudo que temos à vista." Ela balançou a cabeça. Mim e Hildie engoliam os soluços, observando Ma. Parecia que, pela sabedoria de sua idade, ela estava prestes a pronunciar uma resposta que abalaria a casa em seus alicerces, um abalo que a devolveria à ordem. Mas tudo o que ela disse foi: "Com um pouco de sorte, é um e não o outro. Com um pouco de sorte, ele está só ficando agitado".

"Ele sempre ficou agitado com as coisas", disse Mim.

"Um pouco de personalidade mostra que um homem tem sentimentos", disse Ma. "E respeito próprio. Já é hora de ele se levantar e fazer as coisas acontecerem."

"Você quer dizer que percebe que temos que ir?", Mim perguntou em voz baixa.

"Não!", gritou Ma. "Isso não é o que eu quero dizer. Quero dizer que já passou da hora de fazer alguma coisa para acabar com tudo isso."

Mim recomeçou a soluçar. "Você que está louca, Ma", disse ela.

"Ninguém está impedindo você, garota. Eu vejo você pulando para cima e para baixo de tão ansiosa. Então, vai, se achar que deve."

"Ah, Ma", disse Mim, e virou o rosto para o fogão, balançando-se sobre Hildie.

"Só me deixe a espingarda", Ma disse, observando Mim, seus olhos tempestuosos sob o tufo de cabelo claro. "Esta terra tem sido terra dos Moore desde antes de nós nascermos e vai continuar sendo terra dos Moore depois que a gente morrer. O avô de John, o bisavô dele e o tataravô dele, eles não lutaram por esta terra aqui só para ter..."

Mim ergueu a cabeça e gritou em meio aos soluços para Ma. "Grande discurso, Ma. A espingarda já era."

John não voltou até que Hildie estivesse na cama. Quando ele apareceu na porta, Mim saiu do quarto. Seu jantar estava na mesa, embora todo o resto estivesse limpo, como se a vida tivesse passado e o deixado para trás. Ma observou-o em silêncio. Ele comeu a sopa de ervilha fria e a batata assada, incomodado com a atenção silenciosa dela. Ao terminar, ele levou seus pratos para a pia, pegou uma concha de água do balde logo abaixo e os lavou. "Então?", ele perguntou.

"Ela está com medo pela sua sanidade", disse Ma. "Com razão, eu digo."

John foi até a porta dos fundos e olhou para seu reflexo no vidro escuro.

"Foi um erro feio em relação ao dinheiro", disse Ma. "Você tem que alimentar uma criança com algo mais do que sopa de ervilha e batata."

John encostou a testa na porta e olhou para cima através da escuridão em direção ao pasto. No fogão, o fogo se abrandou e um graveto verde emitiu um longo assobio alto e queixoso ao atingir as brasas e queimar.

"Vou te ajudar a voltar pro sofá, Ma", disse ele.

"Fique com o lampião", disse Ma. "Eu vou dar um jeito. Vá fazer as pazes com ela."

No quarto, John sentiu a presença de Mim no colchão, embora ela estivesse tão quieta que ele não conseguia ouvir o subir e descer de sua respiração. Mas os lençóis, quando ele se moveu entre eles, estavam quentes com o calor de seu corpo no quarto frio. Ele ficou deitado ao lado dela por um momento, esperando que ela falasse.

Então ele falou, as palavras empilhando-se com a dificuldade de dizê-las, com o horror do que fizera: "Foi um erro feio queimar o dinheiro do Mickey".

E sua esposa virou-se para ele, soluçando, muito de repente, como se ela estivesse chorando o tempo todo e ele não pudesse ouvir.

9

Na terça-feira, às duas e meia, a Parade estava deserta, exceto por Cogswell e James, sentados na beirada do coreto, fumando, com os pés balançando. Cogswell não pareceu notar John e Mim sentados em sua caminhonete, embora James olhasse para eles com sobriedade. James tinha uma garrafa térmica com algo fumegante. Eles passavam o copo de plástico para a frente e para trás, olhando para o gramado vazio em direção ao correio. Cogswell bebeu de sua garrafa e ofereceu a James, que balançou a cabeça.

Um Mustang vermelho e um Oldsmobile estavam estacionados em frente à caminhonete dos Moore, perto da pequena igreja nos limites do gramado. Em cada carro, um casal que os Moore nunca tinham visto antes estava sentado esperando. Depois de alguns minutos, uma caminhonete com outro casal parou atrás deles.

"Lembra-se do plano?", John disse. "Um bando de crianças, outro celeiro para todo o gado, mais pasto limpo, talvez um pomar de verdade. Pa teria permitido."

"Não tem necessidade de fazer essas coisas", disse Mim. "Estamos bem do jeito que estamos."

"Lembra-se do seu vestido de noiva?", perguntou John. "Com as flores amarelas que você bordou? Você voltou a bordar desde então?"

Mim negou com a cabeça. "Acho que prefiro ficar ao ar livre."

"Eu ia gostar de viver tempo suficiente para ver Hildie se casar com aquele vestido", disse John. "Parecia tão simples antes de começarem os leilões."

"É improvável que ela quisesse usar o meu vestido", Mim disse. "De qualquer forma, estava no baú — aquele que era da minha mãe. Eles levaram junto do resto."

"Você deixou eles levarem?"

"Fui eu que disse pra levarem as coisas do sótão. E depois fazer estardalhaço..."

Três carros e caminhonetes pararam ao mesmo tempo em torno da Parade. Em cada um, um homem e uma mulher estavam sentados movendo os lábios em conversas silenciadas por janelas fechadas. Eles olharam com curiosidade para o correio e para as casas que circundavam a Parade, transmitindo seu julgamento mudo um ao outro.

"Quem são eles, John?", Mim perguntou, de alguma forma lutando contra as lágrimas. Ela tinha uma necessidade física de tocar a filha e sentir sua terra sob seus pés, como se tivesse viajado milhares de quilômetros e não pudesse voltar. "O que pode ser pior do que sábado?"

À medida que se aproximava das três da tarde, picapes e velhos sedãs americanos empoeirados começaram a se juntar aos carros mais novos dos estranhos, trazendo os homens de Harlowe que estiveram nos leilões de sábado — a maioria deles policiais, sem dúvida. James e Cogswell estavam sentados no coreto em silêncio agora, observando. Uma picape desconhecida parou. A porta se abriu e um homem de óculos de aro de tartaruga e sobretudo de *tweed* pulou para fora. Ele deu a volta no carro e abriu a outra porta para sua esposa. Ao fazê-lo, percebeu as dezenas de olhos sobre ele e olhou assustado. Sua esposa saiu, uma mulher pequena em um casaco de tecido bege e um chapéu de feltro arrumado.

Ele disse algo para ela e ela olhou rapidamente para os outros carros, então fez um gesto em direção à igreja. O homem colocou a mão nas costas dela e apressou-a em direção à igreja, curvando os ombros contra o olhar das pessoas nos carros. Ele puxou a porta, então se segurou na maçaneta e puxou com mais força. Estava trancada. Por um longo momento, ele e a esposa ficaram olhando para a porta cerrada diante deles. Então, lentamente, o homem se virou outra vez para a improvável coleção de pessoas que o observavam.

Mas mesmo quando ele hesitou, a porta se abriu para dentro e Pulver e Stone saíram e conduziram o casal para dentro da igreja.

Então, como se respondessem a um sinal, os policiais e os casais de forasteiros saíram de seus carros e caminhonetes, produzindo um grande bater de portas, e dirigiram-se à porta aberta da igreja — os policiais a passos rápidos, olhando para a frente, e os casais hesitantes e agarrados um ao outro.

De repente, o grande furgão amarelo de Perly saiu de ré, virou, deu alguns solavancos ao longo de cem metros na estrada e deu ré no caminho da igreja, até a porta lateral da igreja. Gore saiu do banco do motorista e subiu na parte de trás do furgão.

"Isso me deixa com uma sensação assustadora", disse Mim, "ter que ficar dentro de quatro paredes com gente como eles."

"Com esse monte de forasteiros", disse John, "o que pode acontecer?" Assim, John e Mim desceram lentamente da caminhonete e seguiram os casais pelo caminho em direção à igreja. Uma mulher na frente deles era tão gorda que se movia balançando de um lado para o outro como um brinquedo mecânico. Ela deixou cair um cigarro, ainda aceso, e John deu um passo, por hábito, para apagá-lo, embora não tivesse incendiado nada ali. A mulher tirou outro da bolsa, e seu marido, apenas um pouco menos gordo, parou e estendeu as mãos para acender um fósforo contra o vento. John e Mim passaram por eles enquanto lutavam para acender o cigarro.

"Não deveríamos ter vindo, Billy. Não mesmo."

"O que mais nós podíamos fazer?", disse o homem. "As agências disseram não, não foi?"

"Ele não vai gostar nada de nos encontrar aqui", Mim sussurrou.

"Não sei se eu tenho certeza de mais nada", John disse. "Pode ser que ele tenha planejado a nossa vinda."

Dentro das amplas portas da igreja, Pulver e Stone estavam sentados à mesa como se fossem recolher ingressos em um jantar da igreja, perguntando os nomes das pessoas que entravam, verificando cada casal em uma lista, em seguida deixando-os passar. John e Mim simplesmente passaram por eles. Os olhos de Tom Pulver seguiram seu progresso pelo saguão até as portas de vaivém que levavam ao santuário, mas ele não disse nada.

Não havia recepcionistas e não havia órgão, apenas o movimento nervoso das pessoas silenciosas nas almofadas de crina dos bancos. Os casais estavam espalhados pela igreja, e uniformemente dispersos entre eles estavam os policiais. John e Mim acomodaram-se na parte de trás, e Ian James moveu-se de imediato para trás deles, com uma discrição que fez o couro cabeludo de Mim formigar.

Permaneceram sentados pelo que pareceram horas. Com medo de se virar e olhar, ouviam os desconhecidos farfalhando atrás deles, focando com aguda intensidade nos movimentos lentos dos que estavam à sua frente.

Por fim, a porta lateral da frente da igreja se abriu e Perly começou a caminhar sem pressa em direção ao alto púlpito central. Seu cabelo preto e crespo estava penteado para trás com tanta força que mal se enrolava, e as abotoaduras de prata em seus pulsos brilhavam enquanto ele gesticulava para a multidão. Exceto pelo gentil cão dourado em seus calcanhares, ele parecia o presidente de algum importante conselho de administração, ou talvez um evangelista moderado. Ele subiu ao púlpito alto e Dixie desapareceu atrás da balaustrada.

Perly examinou as pessoas reunidas, reduzindo-as à perfeita imobilidade. Mim pensou que seu olhar tivesse se deparado com o dele por um momento, tendo que desviá-lo como se estivessem enganchados. Sem movimento, ela deixou o calor do constrangimento e da raiva passar por ela e desaparecer.

Quando Perly entim falou, foi no mais profundo registro de sua voz, um estrondo suave como um trovão que se espalhou pelo santuário e uniu as pessoas como se estivessem lutando contra uma tempestade distante. "Começaremos com um momento de oração silenciosa", disse ele, "pedindo a orientação de Deus e buscando o amor de Deus para que possamos espalhá-lo para essas crianças inocentes. Oremos."

A mão de Mim apertou o joelho de John. Ao redor deles, os desconhecidos baixaram a cabeça. Perly ergueu os olhos para a janela rosada nos fundos da igreja, e as faixas de luz vermelhas e amarelas mancharam seu rosto. Os policiais não rezavam, mas olhavam ao redor como meninos desviados. A madeira da velha igreja estalava e crepitava como se marcasse a passagem das horas.

"Amém", disse Perly, liberando as pessoas diante de si para se moverem e olharem para ele.

Perly mudou de posição e inclinou-se à frente sobre os cotovelos para olhar as pessoas de cima. "Eu sou Perly Dunsmore", disse ele. "Falei com muitos de vocês pelo telefone. Para os outros, me deixem explicar. Sou, por profissão, leiloeiro e designer de ambiente. Além disso, acho justo dizer que faço da filantropia um hobby. Levando tudo isso em consideração, acho que sou um dos homens de negócios mais notáveis de Harlowe e, como tal, a cidade me procurou para servir como administrador e guardião dessas crianças.

"Então tenho refletido sobre o problema dessas crianças. Claramente, como um velho solteiro, não posso cuidar deles sozinho. Agora, a maneira tradicional de lidar com um problema em uma pequena cidade da Nova Inglaterra é reunir todas as partes interessadas e começar a elaborar uma solução.

"O problema exato neste caso é que devemos fornecer os melhores lares possíveis para essas crianças. Felizmente para eles, o mundo de hoje parece estar cheio de pessoas maravilhosas como vocês, que estão dispostas e ansiosas para abrir seus corações aos órfãos sem-teto. Assim, com todos vocês reunidos, nossa tarefa se resume ao problema de escolher qual de vocês vai levar as crianças."

Houve um silêncio. Um galho desfolhado raspava para a frente e para trás contra uma vidraça ao vento.

"Nós temos duas crianças esta semana", Perly continuou.

O grupo na igreja farfalhava como se uma rajada de vento tivesse brevemente obstruído suas cordas vocais.

"Como eu disse à maioria de vocês, elas vêm com a documentação completa da adoção. Depois de um ano, vocês podem ir ao tribunal em Concord e finalizar a adoção. As crianças estão em perfeita saúde. Se vocês estiverem preocupados com isso, fiquem tranquilos. São crianças brancas e rosadas, da pura raça americana, felizes e saudáveis. O único problema é que precisam de alguém para amar. Se, dentro de um mês, vocês encontrarem algo medicamente errado com elas, vocês podem trazê-las de volta para mim e eu, é claro, devolverei cada centavo das taxas.

"É claro que nossa assistente social terá que vir e examinar sua casa um pouco antes que a adoção seja finalizada. Tenho certeza de que isso não representará nenhum problema. Em circunstâncias normais, gostaríamos de concluir o exame da casa antes de confiar as crianças a vocês. Mas se colocarmos as crianças em lares temporários agora, só teremos que as transferir outra vez para seus lares permanentes. E esse tipo de reajuste duplo, para a criança, parece mais cruel do que gentil. Então, já que as crianças estão disponíveis agora, e já que a maioria de vocês são em tese pais muito amorosos ou não teriam vindo, estamos preparados para deixá-los levar as crianças para casa assim que todas as taxas forem pagas."

Cogswell, sentado diagonalmente na frente dos Moore, observando o casal gordo sentado à sua frente, apoiou os cotovelos nos joelhos e cobriu o rosto com as mãos.

"Temos hoje um menino de 3 anos e uma menina recém-nascida, com apenas dez dias. Nascida na quinta-feira da semana passada."

Houve um alvoroço entre a multidão. Pela primeira vez, as esposas voltaram-se para seus maridos e sussurraram.

"Nós vamos oferecer a menina primeiro. Agora, não gostaria de cometer nenhuma indiscrição neste momento, mas sei que vocês querem saber que tipo de genes ela tem e por que ela está para adoção. É a história de sempre. A mãe dela é uma linda mulher de apenas 15 anos. O sangue dela era um pouco forte demais, podemos dizer."

Houve um silêncio doloroso na igreja.

"Ninguém deveria saber quem é o pai, mas há uma boa especulação de que é filho de um médico", Perly continuou. "Um garoto que ficou por aqui apenas tempo suficiente para receber o diploma de formatura do internato, depois foi levado para a Europa para ver o mundo. Todo esse caso poderia ter se tornado uma tragédia para os jovens pais, assim como para a própria criança. Quando você a adotar, estará dando aos pais, assim como à própria criança, uma chance de vida. Acreditem em mim, essa criança tem o melhor dos genes. Eu sei. E, quanto aos pais, tenho certeza de que aprenderam a lição.

"Agora, sei que vocês querem vê-la, mas ela é muito pequena, então se puderem apenas olhar com calma e bem rápido..."

Mudgett entrou pela porta lateral, carregando um carrinho de bebê. Perly inclinou-se e pegou o embrulho cor-de-rosa tão habilmente quanto qualquer pai experiente.

Os bancos de madeira rangeram quando as pessoas se esforçaram para ver, e alguns casais aproximaram suas cabeças para sussurrar.

Perly passou pelo corredor central, segurando o bebê de um lado, depois do outro, como um coroinha com um prato de coleta. Cada casal inclinava-se em sua direção e examinava o bebê. Quando chegou aos Moore, ele com cuidado lhes mostrou também. A criança estava bem acordada, olhando de um modo para eles em meio às dobras de um macacão rosa, com uma chupeta enfiada na boca. Ela tinha os olhos azuis profundos e o rosto enrugado de qualquer bebê recém-nascido e poderia ter sido de quase qualquer um.

Perly ficou parado diante deles até que Mim olhou para ele. Os olhos dele eram brilhantes e impessoais como diamantes.

Ele devolveu a criança ao carrinho e ela começou a choramingar. Ele se inclinou sobre ela e ela se acalmou. Mudgett levou o carrinho embora.

Perly voltou ao púlpito alto. "Os caminhos de Deus parecem tortuosos", ele disse de modo sereno "ao privar esta criança perfeita de um lar e uma família de sangue." Perly olhou para as pessoas, seus olhos vazios e acusadores, como se fossem eles que tivessem abandonado a criança. Por fim, inclinou-se sobre os calcanhares e sorriu. "Ficaria com essa belezinha para mim, se pudesse encontrar uma esposa", disse ele. Ele arrumou um maço de papéis no púlpito.

Perly continuou recitando em tom quase monótono. "A adoção é um procedimento muito caro. Neste caso em particular, tivemos que pagar uma boa quantia aos avós da criança para prover pela mãe da criança. Se tudo der certo, não podemos deixar esse bebê sair por menos de dez mil dólares."

Houve um suspiro da multidão.

"Tenham em mente", Perly continuou, aumentando o tom de voz, "que esta é uma criança branca com os melhores antecedentes raciais. Sua mãe é parte alemã e parte sueca, e seu pai é inglês. Ela promete ser sua perfeita filha loira de olhos azuis. Se vocês já tentaram adotar um bebê branco em outro lugar, sabem que têm que esperar quatro anos ou mais, e mesmo assim, se tiverem outros filhos, é quase impossível. Adoções independentes como esta são cem por cento legais, mas são difíceis de encontrar — dificílimas de encontrar — especialmente se vocês quiserem que seu bebê seja branco, perfeito, novinho em folha."

Perly parou. Ele olhou para a parte de trás do santuário e correu os olhos por todas as pessoas ali, como se estivesse fazendo sua escolha privada entre elas naquele momento.

Quando ele enfim quebrou o silêncio desconfortável, foi em uma voz dura em *staccato*. "Este bebê está disponível agora. Hoje", disse. "Então, a menos que vocês queiram que seus netos tenham olhos puxados ou cabelo crespo, essa é a sua chance. O fato é que as pessoas recebem o que pagam neste mundo."

Dois bancos à frente dos Moore, um casal trocou olhares. A mulher assentiu com a cabeça. Ela era magra e bonita, mas não jovem. O homem, que tinha cabelos grisalhos ao estilo militar, ergueu os ombros ligeiramente e voltou-se para Dunsmore.

"Agora, a maneira mais econômica de resolver esse problema espinhoso de quem leva a criança é oferecê-la pelos métodos consagrados dos leilões da Nova Inglaterra." Perly deu um soco no púlpito como um pregador declarando seus argumentos. "Então", ele disse, "eu ouço dez mil?"

A multidão movimentou-se, mas não fez lances.

"Sei que vocês se sentem tímidos e desconfortáveis", Perly acalmou. "É um negócio desconfortável. Mas sei que vocês querem ser pais, ou não estariam aqui. Gostaria que houvesse uma maneira mais fácil, tanto para essas crianças quanto para vocês. Mas, não se esqueçam, mesmo a maneira tradicional custa dinheiro, com os hospitais do jeito que são. Essa é uma maneira poderosa e indolor de ir para casa com um bebê novinho em folha. Sem burocracia. Sem as dores do parto. Sem problemas raciais para o futuro. Então, quero ouvir alguns lances. Dez mil. Ouço dez mil para começar?"

Desta vez, a mulher na frente deles olhou para o marido e ele levantou a mão.

"Dez mil?", Perly perguntou, quase como se ele próprio estivesse surpreso.

O homem acenou em sentido afirmativo com a cabeça.

"Ótimo. Agora eu ouço doze?"

"Onze", disse uma mulher na primeira fila. Ela era alta e morena, com as maçãs do rosto salientes de uma cigana, e um caro casaco marrom escuro que combinava com seu turbante.

"Doze mil", disse o homem na frente deles.

Então, uma voz disse de uma das laterais: "Doze e meio". Houve uma longa pausa nas ofertas. As pessoas olhavam para o homem que havia oferecido doze mil e quinhentos dólares. Ele estava de pé no banco para ficar alto o suficiente para ver. Suas pernas eram tão pequenas quanto as de uma criança de 5 anos, embora sua cabeça fosse talvez ainda maior do que o normal e inchada ainda mais por uma generosa safra de cachos pretos.

"Vamos", Perly persuadiu. "Vamos ouvir o quanto vocês querem ser pais."

O homem na frente dos Moore aumentou o lance para treze mil dólares.

A criança no fim foi vendida por quinze mil dólares para a cigana da primeira fila, que se sentou com a cabeça baixa quando ficou claro que havia vencido. O marido, um homem pálido de cabelo cor de creme e camisa branca, continuava a dar baforadas no cachimbo como se nada tivesse acontecido.

Perly inclinou-se sobre a beira do púlpito. "Meus parabéns", disse ele, radiante. "Estou muito feliz por vocês." A mulher ergueu os olhos distraidamente, mas sem sorrir, e o homem continuou a contemplar o leiloeiro como se ele fosse um inseto ao microscópio.

Perly sorriu para a multidão como se pedisse desculpas pelo casal. "É o suficiente para atordoar um elefante", disse ele. "Descobrir que viraram pais tão rápido assim.

"Mas sei que estão ansiosos para saber sobre a próxima criança", Perly continuou. "É um garotinho chamado Michael. Ele tem um punhado de sardas e uma risada maravilhosa, embora estes sejam tempos muito difíceis para ele. Sua mãe sofreu um trágico acidente e perdeu o uso das pernas. É provável que fique no hospital por quase um ano e o resto da vida em uma cadeira de rodas. Como ela tem quatro filhos mais velhos, ela sente que a melhor coisa para Michael é encontrar um lar com pais amorosos que sejam capazes de fornecer o cuidado e a atenção que ele realmente precisa. Ela está antes de tudo preocupada com Michael por causa de sua inteligência de fato extraordinária. Ele tem apenas três anos e já sabe o alfabeto e é capaz de contar até vinte e depois retornar até o número um. Não há dúvida de que ele precisa de uma boa creche, ou talvez já ir para a primeira série. Com um pouco de ajuda, ele poderia estar lendo em um mês. Como eles sabiam que não podiam dar ao filho o futuro que queriam para ele, seus pais o transferiram completamente, e a adoção pode ser definitiva em um ano. Se você duvida que ele de fato tenha sido amado, pense no que significa abrir mão de seu filho para o próprio bem da criança. Além do mais, este não é um filho ilegítimo. Esta é uma criança gerada em um leito conjugal e criada, até hoje, em uma família amorosa adequada.

"Agora vou deixar que deem uma olhada nele. Mas, lembrem-se, se ele estiver um pouco cabisbaixo, isso é muito difícil para o pequeno Michael. Levem o menino para a casa e façam um bocado de carinho, alimentem com um hambúrguer e uma Coca-Cola, coloquem um taco de beisebol em suas mãos. Ele vai estar rindo em pouco tempo — e ainda por cima marcando *home runs* na Liga Infantil."

O próprio Perly saiu pela porta lateral. Ele permaneceu tanto tempo do lado de fora que a porta parecia entrar e sair de foco sob a intensidade do olhar de Mim. Por fim abriu-se e Perly apareceu carregando um menininho louro chupando um pirulito. Quando a criança viu todas as pessoas na igreja, colocou os braços em volta do pescoço do leiloeiro e escondeu o rosto contra o pescoço.

"Vejam como ele está ansioso para amar alguém." Perly sorriu. "Vamos, Michael. Olhe todas essas pessoas bondosas. Você está vendo como estão sorrindo? Estão sorrindo para você."

Perly esperou, e logo Michael espiou. Ele era claramente um Carroll, os inconfundíveis olhos castanhos inclinados para baixo.

"Emily tinha um irmão mais velho chamado Michael", John murmurou. "Morreu na guerra."

Michael descansou a cabeça no peito de Perly, mas se permitiu ser carregado devagar pelo corredor para que as pessoas pudessem dar uma boa olhada nele.

O leilão desta vez começou em cinco mil dólares. Os casais conversavam com frequência e havia um murmúrio subjacente a todo o procedimento. Com exceção do homem com nanismo, o grupo que deu o lance dessa vez foi outro. Reduziu-se, por fim, ao sujeito e a um casal de meia-idade atrás dos Moore. Deram lances com raiva e rapidez até o final, até que o casal de meia-idade desistiu. O homem com nanismo e sua esposa loira, um tanto desbotada, mas sem nenhuma deficiência, levaram por nove mil e oitocentos dólares. O homenzinho subiu no banco e fez um sinal de vitória para o povo, enquanto sua esposa começou a chorar sem controle.

O leiloeiro riu e disse: "Parabéns". Os oficiais se moveram, mas o povo se manteve imóvel.

"Agora, não desanimem, vocês que não foram um dos pais sortudos", disse Perly. "Teremos outra sessão de adoção em algum momento nas próximas semanas. Nós enviaremos um aviso. Conheço pelo menos duas outras crianças que estarão disponíveis — uma ainda não nascida e uma linda menina de 4 anos — cabelos cor de milho e olhos de um azul-royal — a coisa mais bonita que você já viu. Ele fez uma pausa como se estivesse esperando que as pessoas fossem embora, mas ninguém se mexeu.

"E agora", disse ele, "acho que seria apropriado se todos inclinássemos nossas cabeças em oração mais uma vez pelas famílias recém-formadas em nosso meio."

Mais uma vez, as pessoas baixaram a cabeça. Por fim, Perly disse: "Amém. Agora, se os novos pais felizes quiserem ser meus convidados em minha casa, vou trazer as crianças para que vocês possam conhecê-las no conforto da minha sala. E podemos cuidar das formalidades também".

Perly desceu do púlpito. Dixie levantou-se e espreguiçou-se, então trotou para o lado dele enquanto ele estendia as mãos para o casal que comprara a garotinha. Eles se levantaram e esperaram para segui-lo, obedientes, acenando com a cabeça para suas perguntas. O homem com nanismo, por sua vez, torcia a mão de Perly sem parar, seu outro braço esticado para circundar a cintura da esposa enquanto ela agora ria com o rosto vermelho.

As pessoas se levantaram e saíram pelos bancos de maneira lenta e distraída, completamente absortas em olhar para o aglomerado de pessoas ao redor do leiloeiro, esticando-se em direção à porta lateral para mais um vislumbre de Michael e da menina.

Mim e John falaram pouco enquanto voltavam para casa. A estrada de cascalho amarelada estava borrada pela última luz da tarde, e as árvores fechavam-se lúgubres no alto. Mim agarrou a borda de seu assento e planejou em detalhes como eles preparariam a traseira da caminhonete para a família dormir. Eles dormiriam com Hildie abraçada entre eles. John imaginou o pasto do jeito que estava naquela manhã, cinza-claro com a geada, o fedorento capim-mimoso perto do riacho que estalava ao ser pisado, Hildie com o grande suéter laranja de segunda mão e um gorro verde correndo e deslizando, correndo e deslizando, descendo a colina.

Mim saltou antes que a caminhonete parasse. "Cadê a Hildie?", ela gritou para Ma ao irromper na cozinha.

Ma estava sentada perfeitamente imóvel na velha cadeira de madeira, sem cobertor ou xale, as mãos nodosas agarradas uma à outra. "Eu não sei", disse ela.

"Você não sabe?", disse Mim.

"Um carro apareceu no pátio umas vinte para as quatro..."

John entrou pela porta dos fundos.

"Meu Deus, meu Deus", gritou Mim. "Ela se foi. Eles levaram a Hildie."

"Não aqueles que estavam no carro", disse Ma, levantando-se da cadeira. "Eram desconhecidos, um homem e duas mulheres. Eles nem abriram nenhuma porta. Só esticaram seus pescoços e recuaram e foi isso."

"Onde ela está?", Mim sussurrou.

"A gente estava jogando cartas quando bem no meio ela levantou a cabeça, seus olhos que nem discos, e ela disse: 'Um carro, vovó'. Aí ela se levantou e correu pra se esconder como você falou pra ela. O carro disparou e eu chamei na porta, mas Hildie não voltou. Sabe, quando você disse para a criança se esconder, você não disse nada sobre voltar."

"Você ficou de olho no carro?", John disse.

"Não é o carro", disse Ma. "Mas não tem fim pros perigos que podiam acontecer pra uma criança por aqui."

Mim correu até o celeiro. Na baia do cavalo, o feno e o velho cobertor militar foram jogados ao acaso, mas o suéter laranja de Hildie sumira. "Hildie!", ela chamou. Então cada vez mais alto. A voz bateu nas vigas do teto do palheiro e caiu morta. As escoras já estavam tomadas por teias de aranha como se estivessem abandonadas há anos.

Mim subiu correndo as escadas em direção ao palheiro, mas Hildie não estava em seu balanço. "Hildie", ela chamou. Ela ouviu o ranger de passos e tropeçou escada abaixo chamando "Hildie, Hildie", mas era apenas John. "Hildie", ela gritou.

"Pare", John disse, pegando em seus ombros enquanto ela corria para a porta. "Pense. Aonde ela iria?"

"Eles levaram a Hildie", Mim gritou, lutando contra seus braços. "Você ouviu ele dizer que eles planejam fazer isso."

John soltou e Mim libertou-se e correu ao redor do celeiro em direção ao monte de areia.

John entrou na casa e chamou Lassie. A velha cadela levantou-se e abanou o rabo. "Vá buscar a Hildie", John disse, apontando para a porta. "Cadê a nossa Hildie, velhinha?" Lassie abanou o rabo tristemente e se deitou de volta em seu tapete. John fechou a porta e se encostou, examinando o quintal.

"Hildie?", ele chamou e sua voz caiu murcha na noite que invadia. Ele pegou a barra de ferro em sua corda e bateu no grande gongo enferrujado uma e outra vez.

Mim correu e chegou até ele sem fôlego.

Estava quase escuro. O gongo parou de soar e não havia nada além do vento.

"Procure no lago. Vou procurar depois do pasto", John disse. Obedientemente, Mim desceu o caminho em direção ao lago, seus olhos ansiando em meio à vegetação rasteira pelo brilho laranja que seria sua filha. Em vez disso, perto do cascalho na beira do lago, ela encontrou o carrinho de Hildie, meio cheio de cascalho e encimado por um balde de plástico partido e uma colher velha com a prata gasta. "Hildie?", ela chamou, mas sua voz não era mais alta. Ela tentou lembrar se vira a carroça nos últimos tempos. A lagoa era de um cinza mosqueado e brilhante como granito polido para uma lápide. Ela não podia ver além de sua superfície. "Hildie?", disse em voz baixa. A água fazia ondas calmas e cadenciadas na margem. Isso era tudo. Ela cobriu a boca com as duas mãos e ficou ouvindo. A cada momento, o lago diante dela escurecia em direção à noite.

E então ela ouviu o riso rápido e leve atrás dela e virou-se para ver Hildie correndo pelo caminho em direção a ela, seu suéter laranja cravejado de pedaços de feno quebrados.

Mim apertou-a em seus braços, sua cabeça balançando com soluços secos contra o corpo macio da criança.

Hildie afastou-se confusa. "Eu me escondi, mamãe", ela disse, "do jeito que você disse. Bem do jeito que você disse. Eu me escondi ainda melhor do que você disse. Ouvi um carro e me escondi. Fiquei escondida por muito tempo. E depois ouvi nossa caminhonete. Eu ouvi você chamando e o gongo."

"Por que você não veio?", Mim chorou.

"Eu queria que você visse como eu estava bem escondida. Você disse para eu me esconder com mais cuidado ainda se fossem amigos." A criança sorriu e teria rido se não fosse por sentir que cometera um erro. "Eu me escondi tão bem que você não conseguiu me encontrar."

"John?", Mim chamou, mas sua voz era fraca.

"Eu fiquei tão cansada, mamãe", Hildie disse e apertou Mim com força. Então, sentindo que estava a salvo do castigo, ela afastou-se e disse: "Quer saber onde eu me escondi?".

Mim assentiu. Ela mal podia ver o rosto de Hildie na escuridão. "Debaixo do feno no palheiro." Ela gargalhou. "Na baia do cavalo quase não tem feno. Sou grande demais para um feno tão pequeno."

Mas Mim já estava puxando a criança pela mão em direção a casa.

"Ah, mas você nos enganou direitinho", disse ela.

Mim empurrou Hildie pela porta da cozinha para que Ma engasgasse de alívio. Então, saiu pelo pasto correndo sem fôlego para dentro da escuridão, chamando por John.

10

Na quarta-feira, John não tocou no desjejum, nem mesmo na xícara de chicória. Ele estava sentado no banco, ainda vestindo o pijama por baixo da camisa e meditando diante da parede preta do fogão da cozinha.

"Quando a gente vai?", perguntou Mim. Então, mais alto: "Quando a gente vai?".

Mas John não disse nada, sobrecarregando a cozinha com seu silêncio.

Por fim, Mim bateu a palma da mão na mesa ao lado dele.

"Você vai me dizer o que fazer?", gritou.

John ergueu os olhos raivosos para ela. "Vá para o inferno", disse ele.

Ma saiu do cômodo e bateu a porta, fechando-se na sala da frente.

"Como se a culpa fosse minha!", berrou Mim.

Então, seus olhos detiveram-se em Hildie, que balançava de um lado para o outro em seu canto, chupando o dedo. "Hildie", ela disse gentilmente. "Pobre Hildie. Vem aqui." E ela abrigou a criança sob sua jaqueta.

De mãos dadas, ela e Hildie foram até o celeiro e olharam ao redor. Mim chutou as tábuas embaixo da escada, depois puxou algumas ao acaso e as mediu contra a caminhonete. As pessoas transformavam picapes em trailers o tempo todo.

Ela olhou para cima e viu Ma a observando pela janela da frente, seus lábios movendo-se como se ela estivesse relatando cada movimento de Mim para John. Ela entrou no celeiro, ainda seguida por Hildie, e procurou algo que pudesse usar como serra. Quando ela saiu, Ma ainda estava observando. Mim caminhou até o outro lado da caminhonete, onde Ma não podia vê-la. Ela inclinou-se contra a porta e olhou para o lago parado. Hildie pulou em seus braços e, aos poucos, percebeu que as duas conseguiam se virar muito bem no veículo. Elas poderiam dividir o assento. Simplificava as coisas, a percepção de que só ela e Hildie iriam. Ao menos simplificava o problema de construção. Ela arrastou as tábuas de volta para o celeiro e caminhou devagar até a porta da cozinha.

Mas, na quinta-feira, Mim ainda não tivera coragem de fazer mais nenhum movimento. O dia estava frio. Mim e John comeram seu mingau de aveia, depois sentaram-se à mesa tomando chá de bétula, quase como se o dia fosse normal.

"É quinta-feira?", Hildie perguntou. "O que eles vão levar?"

"O trator", Mim respondeu. "Isso aí."

Perly guiava pelo caminho, seu grande corpo navegando sobre os Moore com aquela calma silenciosa que caracterizava todos os seus movimentos. Ele refletiu sem piscar na direção da pequena família agrupada atrás do vidro, diante da porta contra tempestades, observando sua aproximação. Parou na varanda de granito para limpar as botas de agricultor, depois abriu a porta para si mesmo e fez uma meia reverência para os Moore.

Ma ficou um pouco atrás de John e Mim, mas foi para ela que ele estendeu as mãos. "Como vai, senhora Moore?", ele perguntou.

Atrás dele, ainda mais corado do que de costume, Gore estava na varanda, a mão direita grudada na arma.

Ma levantou a cabeça para que seus pequenos traços se destacassem nitidamente. Ela olhou Perly nos olhos e disse: "Vou mal, já que você pergunta. E é tudo culpa sua. Você, aqui, com suas maneiras. E ele, ali, com a arma. Se eu fosse alguns anos mais nova, a gente tinha enfrentado você cara a cara desde o início, em vez de ficar dando voltas desse jeito". Ma aproximou-se cada vez mais de Perly até ficar bem na frente dele.

Perly olhou para ela, seu rosto franzido de preocupação. Ele estendeu a mão e, com o dedo indicador, tirou o cabelo de Ma da testa.

Ma prendeu a respiração e recuou, quase tropeçando em John. Então se virou e se afastou-se, atravessando a cozinha, batendo sua bengala com raiva.

"Sinto muito por vê-la nessa situação", disse Perly a John.

John ficou parado por um longo momento diante de Perly, então se virou com força repentina e jogou as chaves do trator em Gore. Elas o atingiram no torso e ele pulou para trás, alcançando meio atabalhoado sua arma. As chaves ricochetearam e caíram na grama ao lado da varanda. Gore ficou de pé, pálido, olhando para John, sua mão enfim descansando na coronha da arma, o coldre aberto.

"Que idiota", John disse a Gore, que permanecia imóvel, com os nós dos dedos esbranquiçados no ponto onde tocavam a arma.

"Chaves do trator?", Perly disse e levantou uma sobrancelha. "Devem ser. Espero que esteja funcionando bem." Ele não se moveu do grupo apertado na porta, nem mesmo para se esquivar quando as chaves voaram diante de seu nariz. "Agora não fique ansioso", disse ele. "Eu só tenho que dar à minha amiguinha aqui um pouco de amor." Sem esforço, ele passou por Gore e John até que seu rosto ficou perto de Hildie, sentada no colo de Mim.

Desviando os olhos, Mim tentou virar a cabeça de Hildie em seu ombro, mas a criança se virou para o leiloeiro com um sorriso deslumbrante.

"Então, Hildie", perguntou Perly. "Você gostaria de ser rica? Roupas e brinquedos de primeira. Passeios até o centro da cidade para ver o Papai Noel no Natal? Quase como ser uma princesa. Aposto que você pode até ter um cachorro como a Dixie."

Hildie irradiava alegria.

"Você sabia que eu sou mágico?", ele perguntou com um sorriso. "Mas vou ver o que posso fazer". Ele estava bem dentro da sala agora, e se virou para a porta para se dirigir a John. "Um lugar tão bonito", disse ele. "Quantos hectares você disse que tem? Aquele pasto — cerca de trinta e cinco ali — e o que mais? Quanto em pinheiros?"

"Se estiver curioso para conhecer o que eu tenho", John disse, "vai procurar na sede do condado."

Perly sorriu, seus dentes retos brilhando em seu rosto escuro. "Duzentos e trinta e quatro, mais ou menos, se minha memória não me falha."

Ele se encostou na mesa e olhou ao redor da cozinha. "Excelente fogão", disse ele. "Verdadeira antiguidade. Com certeza mantém o ambiente aquecido também. As pessoas estão comprando isso hoje em dia para decorar suas salas de jogos." Perly ficou parado por um momento, avaliando a sala com um meio-sorriso quase nostálgico.

Por fim, seus olhos encontraram o olhar curioso de Hildie e ele estendeu a mão, acariciando seu cabelo brilhante. "Achei que me sentiria muito em casa aqui", disse ele, apenas um toque de melancolia suavizando sua voz. "Aqui e em Harlowe." Ele virou um longo olhar para Ma e outro para Mim, depois se virou e caminhou em direção à porta.

Com a maçaneta na mão, virou-se de repente para John. "Nunca pedi seu belo trator", ele disse bruscamente. "Não se esqueça disso. Não tenho certeza se é um presente que vou gostar."

E então, enquanto observavam, Perly saiu pela porta e desceu o caminho.

Mas Gore, com a mão na coronha de sua arma, e os Moore, amontoados na porta, permaneceram onde estavam, imóveis como animais sob um holofote.

Perly subiu na caminhonete e bateu a porta. Gore ainda permanecia de pé no mesmo lugar, com o suor rolando em grandes gotas pelos lados de sua cabeça.

Perly tocou a buzina.

"Cristo", disse Gore, e deu um passo para trás da varanda.

John riu entre os dentes. "Recua", disse ele. "Isso mesmo. Como se a gente fosse da realeza."

Gore virou-se e trotou pelo caminho.

"Ei", John chamou. "Você está se esquecendo do que veio buscar." Gore voltou-se para a família e deu um passo para o celeiro, então se lembrou de que não tinha as chaves.

"Não é muito ajuizado para alguém tão importante", disse John.

"John, pelo amor de Deus", Mim sibilou atrás dele.

Gore tirou a arma do coldre e moveu-se bem devagar em direção a John, apontando a pistola para ele. Na soleira da porta, abaixou-se para pegar as chaves, vasculhando às cegas na grama, seus pequenos olhos azuis esticados para Moore.

Chaves na mão, ele recuou em direção ao celeiro.

"O que aconteceu com toda a sua conversa, Bobby Gore?", John perguntou, seguindo-o com passos lentos em direção ao celeiro a uma distância de três metros. "Ficando com a língua presa na velhice? Perdeu o gosto pela fofoca?"

"Fique parado aí onde você está", disse Gore, e John parou. Ele ficou ali parado, como que por acaso, com as mãos nos bolsos do macacão.

Gore ficou indeciso, perto da barra de reboque, sem querer abaixar a arma e se curvar para cumprir a tarefa.

Perly deu ré com o caminhão até o trator e enfiou a cabeça para fora da janela para olhar para Gore. "Guarde essa arma, Bob", disse ele. "São pessoas que respeitam a lei. Você vai acabar atirando em alguém brincando com essa arma."

Com cautela, Gore colocou sua arma no para-choque do trator e se pôs a trabalhar. Perly fechou a janela e se apoiou no volante para esperar.

"Dunsmore tem vidro à prova de balas?", perguntou John. "Ele não parece dar muito valor pra você."

Gore tirou a arma do para-choque. Segurando-a com as duas mãos, como se fosse quase pesada demais para ele, apontou a arma para John. Mim gritou.

"Cala a boca!", Gore gritou com ela, então ergueu os braços e puxou o gatilho.

A bala atravessou uma janela do andar de cima, deixando um buraco no centro de uma explosão de rachaduras.

John manteve-se em perfeita imobilidade, com os braços cruzados, observando enquanto Gore saltava para dentro da caminhonete e os dois homens se afastavam. Perly não dirigiu tão rápido quanto Gore desejaria, de propósito, tomando cuidado com o pesado trator balançando precariamente atrás deles pela estrada de terra que saía do terreno dos Moore.

• • •

"Agora você nos obrigou a ir embora", Mim gritou para John quando ele voltou para a casa. Ela saltou sobre ele e parou. "Você não tem o direito de se matar", ela gritou. "Não tem."

"Ele não tem o direito de colocar as mãos em você, Ma e Hildie."

"Então nos leva embora", Mim gritou.

"A gente não vai fugir", John gritou.

"A gente vai ", Mim gritou. "A gente vai. A gente vai." John olhou para ela e começou a rir.

"Para com isso", Mim gritou. Ela estendeu a mão para fazê-lo parar, mas ele se virou, rindo mais do que nunca, dobrando-se com a força da própria gargalhada.

Mim balançou o punho na ponta do braço e pousou contra o ombro dele, com força.

"Ai, ai", John disse, engasgando com o riso. "Deixa disso." Mim deu um passo para trás e seus olhos se encheram de lágrimas. Ela permaneceu chorando, sem cobrir o rosto, olhando para John com incredulidade.

"Agora chega", disse ele, esfregando o braço. "Eu vou sair para nos comprar um jantar de Ação de Graças."

John engatou a marcha na caminhonete, e a levou roncando pela estrada com um senso de propósito que o fez dar um tapa no volante em um ritmo exuberante. Mas em vez de desaparecer, enquanto ele se afastava de casa, a imagem dos três rostos pálidos ficou mais vívida, até que ele quase poderia sentir o peso da respiração das mulheres esperando por ele.

Ele realizou suas tarefas com pressa. Na loja de Linden, encheu o caminhão de gasolina e comprou um frango, um cacho de bananas e um galão de leite. Fanny devolveu o troco e empacotou seus itens, distribuindo informações o tempo todo em seu tom monótono de sempre.

John não respondeu, mas ouviu, e sua própria respiração ficou curta ao pensar em sua família sentada sozinha tão longe.

Assim que se distanciou da Parade, pisou fundo no acelerador da velha caminhonete, fazendo com que derrapasse no cascalho a cada curva. Ele parou quase na porta, saltou da cabine e entrou na casa. Na porta, parou de repente. Ma estava descascando batatas na mesa, e Mim estava sentada no banco ao lado do fogão embalando Hildie nos braços, cantando a música do alfabeto com ela. Ele podia ver que ela não diria mais nada sobre ir embora por enquanto. A lâmpada lançava um brilho de entusiasmo na tarde cinzenta, aprofundando as cores do ambiente.

"Está tudo bem!", ele exclamou, com um choque de prazer nada familiar.

"Se você diz...", Ma disse.

John descarregou as compras na mesa. "Pelo menos uma vez a gente vai ter uma refeição decente", disse ele. "No fim das contas, o Dia de Ação de Graças ainda é feriado. Vocês tinham que sentir o cheiro da cozinha do Linden."

Mas Mim estava contando o que restava no pote quando ele devolveu o troco. "Cento e trinta e dois", disse ela. "Quinze dólares a menos em uma semana. Cento e trinta e dois não é muito."

"Como assim?", disse John. "É alguma coisa." Ele estava nas alturas. O lar nunca parecera tão precioso e confortável. "Jim Carroll, que idiota. Primeiro, deixou que levassem a criança, agora foi embora e abandonou a terra também. Ele e as crianças que sobraram, eles juntaram as coisas e foram embora. Deixaram Emmie naquela casa de repouso perto de Circle e foram embora. Nem ela sabe para onde foram."

"Isso é o que ela diz", Mim disse. "Ela sabe que foi melhor ele e as crianças irem embora."

"A terra do Carroll deve ter cem acres livres", disse John. "Dunsmore vai fazer algum feno com isso."

"Como você consegue tirar sarro disso?", Mim disse cansada.

Mas John falou sem parar durante o jantar, e depois rastejou pelo chão com Hildie nas costas, pinoteando e uivando para aumentar sua diversão. Mim, inquieta, franziu a testa e Ma pegou suas bengalas e saiu da sala.

Depois que Hildie dormiu e Ma acomodou-se na sala da frente, Mim escovou os dentes, embrulhou os dois tijolos restantes no fogão em toalhas para aquecer a cama e fez a ronda, certificando-se de que todas as trancas que instalara estavam bem fechadas. Nesse momento, John entrou carregando seu terno e uma camisa branca. “Eu preciso de um banho”, disse ele.

Mim estava diante dele abraçada aos tijolos.

John colocou o cabide com o terno em um dos ganchos perto da porta, derramou a água restante nos baldes embaixo da pia na grande chaleira do fogão, pegou os baldes vazios, destrancou a porta dos fundos e foi para o poço.

Quando a rajada de ar frio da porta a atingiu, Mim afastou-se. Ela devolveu os tijolos ao fogão, abriu o registro para que o fogo acendesse com um rugido para aquecer a cozinha e desceu a grande banheira galvanizada do gancho ao pé da escada do porão. Ela pendurou uma toalha limpa no varal acima do fogão para que ficasse aquecida.

Quando John voltou com a água, ela perguntou: “Pra onde você vai?”.

“Desmascarar aquele tal de Perly”, disse John. “Já passou da hora de alguém fazer isso.”

John saiu às cinco da manhã, mas seus planos mudaram um bocado. Por fim, ele acabou vestindo a calça de trabalho verde-escura e a jaqueta xadrez vermelha e preta que ele costumava usar na cidade.

“Perly tem amigos em Concord, com certeza”, disse Mim. “Se por acaso você se deparar com um deles, a gente ia acabar ficando aqui — eu, Hildie e Ma — sem ter como saber, sem nem a caminhonete para ir embora. Você pode perfeitamente dizer o que tem para dizer pelo telefone sem precisar ir encontrá-lo.”

Não era nada óbvio para onde ele estava indo. Mesmo assim, ao passar pelas casas escuras da Rota 37, ele sentiu que havia olhos por trás de cada cortina fechada, marcando seu movimento. Ele dirigiu com cautela, sobressaltando-se a cada vislumbre da floresta além das valas de drenagem. Disse a si mesmo que era tolice achar que não poderia fazer uma viagem a Concord em plena luz do dia. Ele costumava uma vez por mês pelo menos pegar peças para uma coisa ou outra. No entanto, seu plano agora era ir antes de amanhecer e voltar depois de anoitecer.

Ele pegou a rodovia e trocou uma nota de cinco dólares por moedas no pedágio. Ao amanhecer, percebeu-se quase sozinho na larga rua principal de Concord. Ele passou direto e saiu. Nos arredores da cidade, encontrou um centro comercial que se adequava aos seus propósitos. Estacionou a caminhonete, notando que era quase o único veículo naquele lote de quinze acres naquele horário, e mais evidente do que teria sido em Harlowe. Mesmo assim, obrigou-se a comer uma batata fria e ficar sentado quieto no banco empoeirado, observando hora após hora os lojistas chegarem, as lojas abrirem e os carros, furgões e pequenos caminhões começarem a encher o estacionamento.

Por volta das dez e meia, com o estacionamento ocupado pela metade, a calçada estava cheia de compradores. John levou seu punhado de moedas para uma das quatro cabines telefônicas em frente ao Friendly Ice Cream. Então ele ficou na cabine, deixando sua respiração embaçar o vidro, observando as mães levarem seus pares de crianças bem alimentadas para fora da sorveteria, enxugando o queixo com guardanapos de papel e fechando o zíper dos casacos.

"Vou transferir a ligação para a sede do governo estadual, senhor", disse a telefonista e, sem esperar que John respondesse, fez a ligação e um telefone tocou em algum lugar do outro lado da linha.

"Estado de New Hampshire", disse a voz de outra mulher, e John pediu mais uma vez para falar com o governador.

"Por favor, aguarde na linha, senhor", disse a voz.

Houve uma longa espera. Em seguida, a operadora veio e pediu outra moeda de dez centavos.

Assim que John a depositou, a voz de outra mulher disse: "Gabinete do governador, posso ajudá-lo?".

"Quero falar com o governador", John disse com cuidado.

"O governador não está disponível, senhor", disse a voz, que soava como se viesse da outra ponta de uma corda de alcaçuz. "Se você puder me dizer seu nome e qual é o problema, talvez eu possa ajudar."

John mordeu os nós dos dedos. Mulheres passavam pela cabine telefônica empurrando crianças pequenas em cestas de arame, suas bocas tapadas com pirulitos.

"Você ainda está na linha, senhor?", disse a mulher.

"Sim, estou", disse John. "Tem um problema que eu quero relatar."

"Você deve falar com a polícia, senhor, 225-2706."

"Não", disse John. "Preciso que o governador resolva isso."

"Eu já disse, senhor. O governador não está disponível no momento. Mas se você entrar em contato com a polícia, eles agirão pelos canais apropriados."

John arrancou uma cutícula do dedo indicador, tentando pensar que detalhe contar a ela para convencê-la a deixá-lo falar com o governador.

"Obrigada por ligar, senhor", disse a voz e houve um clique. O dinheiro de John caiu na caixa do telefone e ele ouviu o tom de discagem novamente.

Ele descobriu que esquecera o número. Ele ligou para a telefonista. "Quero falar com a polícia", disse ele.

"É uma emergência?", ela perguntou.

"Não", ele disse. Então, reconsiderando, ele disse: "Acho que sim", mas a operadora já passara a ligação.

Em algum lugar, um telefone tocou e tocou e tocou. Uma família passou pela cabine telefônica. John virou-se para olhar para eles enquanto passavam. Um homem, uma mulher e dois garotinhos vestidos exatamente iguais em trajes de neve marrons novinhos em folha.

Enfim, a voz de um homem cansado disse: "Polícia".

E a operadora disse: "Deposite dez centavos, por favor, pelos primeiros três minutos".

John colocou seu dinheiro e o homem disse, desta vez com um toque de impaciência: "Aqui é a polícia".

"Eu queria relatar alguns problemas", disse John.

"Que tipo de problema?", disse a voz cansada.

"Bom, diz respeito a Harlowe."

"Harlowe? Onde fica isso?"

"Harlowe", John disse distintamente.

"Se você quer dizer a cidade de Harlowe, essa é a polícia estadual", disse o homem. "Ligue para 271-3181."

"Ah", disse John.

"A qualquer hora", disse o policial e desligou. O dinheiro de John caiu e ele voltou ao tom de discagem.

John ligou para a operadora mais uma vez. A cada vez que discava, ele era atendido por uma operadora diferente.

Desta vez o telefone foi atendido quase antes de tocar. "Polícia, Estado de New Hampshire", disse a voz de uma mulher. "Posso ajudá-lo?"

"Quero relatar alguns problemas."

"É uma emergência, senhor?"

"Sim, mais ou menos."

"Onde você está? Enviaremos alguém imediatamente."

John olhou ao redor. "Não sei bem. Não é esse tipo de emergência. Não que eu precise de alguém aqui agora. Fica em..."

"É uma emergência ou não é, senhor?"

John hesitou. "Não é uma emergência nesse minuto", disse ele. "Diria que é uma emergência essa semana."

Houve uma pausa, então: "Qual é a natureza do seu problema, senhor?".

"Bom, eu vejo um monte de problemas acontecendo", disse John e fez uma pausa.

"E não vemos todos nós?", disse a mulher. "Que tipo de problema? Quando? Onde?"

"Bom, esse problema está acumulado há sete meses acobertado por todos os tipos de acontecimentos se olharmos bem. Foi em abril que..."

"Abril! E você está apenas relatando isso agora?"

"Como eu disse, senhora", disse John. "Estava coberto de conversa fiada e eu não sabia que ficaria tão ruim."

"Ah, entendo. Ainda está acontecendo, não é?", disse a mulher depressa. "Do que se trata, extorsão ou algo assim?"

"Perdão, senhora?"

Houve uma pausa e um suspiro, então a mulher disse: "Olha, vamos começar com o seu distrito, então posso conectá-lo com o supervisor certo. Agora. Onde você está?".

"Em Concord, senhora."

"Concord tem sua própria força policial, senhor", disse ela. "Sugiro que ligue para eles. Então, se eles acharem que devemos ser chamados, eles nos chamarão."

"Eu já liguei para eles, senhora, e me disseram que, já que o problema é em Harlowe..."

"Harlowe?", disse ela. "Bom, pelo amor de Deus, por que você não disse isso? Vou conectá-lo com... hum, vamos ver... esse é o capitão Sullivan."

Houve uma longa, longa pausa e John teve que depositar dinheiro mais uma vez.

Finalmente a voz de um homem seco disse: "Sullivan falando. Fui informado de que você está preocupado com Harlowe".

"Correto", John disse, aliviado.

"Qual parece ser o problema?"

"Tem um leiloeiro que chegou, senhor. Um forasteiro. Primeiro, ele falou com metade da cidade e recolheu os pertences juntados pelas vidas inteiras para vender nos leilões dele. E então teve todos esses acidentes, todos com aqueles que não concordavam com ele. E agora ele está atrás de terras e filhos vivos."

"De quem é a terra e os filhos?", perguntou o homem.

"Todo mundo, senhor. Todo mundo que não é policial. Ou o médico ou o lojista ou alguns outros."

"Isso não soa como todo mundo. Você pessoalmente está passando por tempos difíceis? É isso que você está tentando me dizer?"

"Não, senhor. Quero dizer sim, talvez..."

"Você conversou com Bob Gore sobre isso?", ele perguntou. "Creio que ele entenderia sua situação melhor do que eu. Eu estava conversando com ele na terça-feira passada, e ele estava me contando como Harlowe está arrasando. Construção, novas pessoas, dinheiro chegando cada vez mais. Se os tempos estão difíceis para você, talvez a cidade possa ajudá-lo um pouco, auxiliá-lo no inverno. Você é fisicamente capaz?"

"Claro que sou capaz."

"Bom, então ..."

"Esse não é o ponto. A questão é que esse leiloeiro que está devorando os habitantes da cidade..."

"Se você estiver falando de Perly Dunsmore", disse a voz, rindo, "é melhor eu te dizer que ele é a melhor coisa que já aconteceu com Harlowe. Esse aí é um homem que sabe como fazer as coisas andarem. Mas eu entendo que algumas das velhas famílias gostam dos velhos hábitos e não querem mudar com os tempos. Esses grandes empreendedores sempre têm seus inimigos. Você tem que abrir a cabeça, senhor. Estamos no século XX. Não tem como parar o progresso. Quanto a esse tal de Dunsmore, ele é três vezes mais inteligente do que a maioria. Um verdadeiro vencedor. Você deve ser grato pelo que tem."

"Não tenho nenhum ressentimento com o século XX", disse John. "O que o Perly está fazendo não tem nada a ver com nenhum século."

"Você está errado sobre isso, claro, mas ouça. Como você disse que se chamava? Talvez você pudesse vir aqui e poderíamos conversar sobre isso."

Moore segurou o fone na altura do ouvido. "Faça o que fizer, não fale o nome dos Moore", Mim dissera. E Ma falara. "É um dia triste quando você tem vergonha de dizer que é um Moore." John tirou um lenço do bolso e enxugou a testa. A cabine telefônica estava tão embaçada agora que ele não conseguia ver nada do lado de fora.

"Alô?", disse o capitão Sullivan.

John desligou.

Ele abriu a porta e respirou o ar frio. Rabiscou o vapor no interior do vidro com a unha, pensando em como o capitão Sullivan sabia que ele se referia a Perly assim logo de cara. Por fim, fechou a porta e ligou para a telefonista mais uma vez. "Quero falar com a sede do governo do estado, por favor", disse ele.

Quando a mulher com a voz de alcaçuz atendeu, ele disse: "Falei com a polícia e a polícia estadual, como você disse, e eles não vão ajudar em nada. Você tem que me deixar falar com o governador".

"Eu não 'tenho' nada, senhor. Não falei com você antes?"

"Foi o que eu disse, senhora", John disse, sentindo o suor começar sob a gola de sua jaqueta de lã.

"Pode repetir qual era o seu problema?"

"De onde eu venho, tem um homem pegando os filhos das pessoas, até os filhos. Ele está atirando nas pessoas e derrubando estufas e danificando a direção...

"Quem está fazendo o quê?"

"O leiloeiro..."

"Você não me ligou na semana passada também?"

"Não, senhora. Não, eu não."

"Sim, acho que você ligou. Isso parece familiar."

"Não, não", John disse, seu ânimo subindo. "Mas tem muita gente comigo nessa situação. Faz sentido. Devem ter outros que ligaram."

"Escute. Malucos ligam para cá o tempo todo. Você não acreditaria nas ligações que recebemos. Telefonemas obscenos. Pessoas querendo que ele vá à festa de aniversário da avó. As pessoas dizem qualquer coisa no telefone. Sabe, um cara ligou para cá outro dia, pensou que eu fosse a esposa do governador." A voz riu com vontade.

"Por favor, senhora", John disse. "Em toda a minha vida ninguém nunca me chamou de maluco. Eu só cuidei da minha vida, fazendo tudo no meu ritmo, esperando que isso acabasse. Nunca fiz nenhuma reclamação antes. Deixo que os outros mais esclarecidos que eu façam isso. Mas não posso esperar mais. Eu ia ser muito rápido. Três minutos. Você não tem direito nenhum de me impedir quando tenho uma razão tão boa quanto esta."

"Sinto muito, senhor", disse ela, retomando sua voz de alcaçuz. "Ele não está disponível para ligações aleatórias. Você deve entender que o governador é um homem muito ocupado. A campanha eleitoral acabou há pouco tempo e o Natal está chegando. E então houve aquele terrível incêndio em Manchester, e ele está muito ocupado tentando organizar alguma ajuda. E neste momento todos os seus assessores estão muito atarefados também. Pense em todas as coisas importantes que eles precisam cuidar — aquela barragem rompida em Ártemis que deixou todos aqueles pobres sem casa. O problema da previdência no estado — você não sabe como as coisas estão ruins."

"Mas essas aqui também são pessoas com problemas", John disse, mas ele não tinha certeza, mesmo enquanto estava ali implorando, que seu problema era tão importante quanto todas aquelas outras coisas. Afinal, uma represa quebrada era algo diante do qual você poderia ficar e olhar diretamente.

"Eu sugeriria que seu problema é da polícia", disse a mulher.

"Meu Deus, quem?", John perguntou, sentindo o rápido calor subir ao seu rosto. "Liguei para todos eles. O que alguém tem que fazer por aqui? Romper uma barragem? Queimar uma cidade?"

"Isso daria certo", disse a mulher, rindo. Quando John não respondeu, ela disse: "Olha, se você está tão chateado, você pode vir aqui e fazer uma declaração formal. As moças aqui no escritório vão dizer como deve fazer. Se você quiser apresentar queixa, nós o ajudaremos com os formulários e o levaremos para ver um juiz. Mas você não pode fazer essas coisas pelo telefone. Como eu sei quem você é?".

"Eu não posso fazer isso", John gemeu. "Tem muita gente pronta para roubar minha filha, atirar em minha esposa — só Deus sabe."

"Se você sente a necessidade de proteção policial, senhor, você deve discutir o assunto com a polícia", ela disse, agora com mais gentileza.

John segurou o telefone até que a mulher perguntou se ele ainda estava lá e se não queria vir. Então, por estar incapaz de dizer mais uma palavra, John desligou.

11

Ele caminhou de volta até a caminhonete, o corpo doendo de cansaço. Cruzou os braços no volante preto e largo e descansou a cabeça contra eles. Ele acreditava mais ou menos na polícia, apesar do aviso de Cogswell sobre os patrulheiros. Pelo menos, sempre acreditara. Não era natural não acreditar neles. Na polícia, no exército, no país e na bondade de seu vizinho. Ele aceitou a inflação que fez seu leite valer cada vez menos, e aceitou os regulamentos de certificação que acabaram impossibilitando que sequer vendesse seu leite. Ele aceitou o fato de que ainda estava vivendo como seu avô, enquanto as pessoas nas vilas e cidades estavam enchendo suas vidas com aparelhos caros. Ele viu todos os carros e as lava-louças e as cabanas nos lagos e as viagens de um lado para outro em trailers elegantes e os descartou como uma torre frágil que poderia ser derrubada com um vento frio. Ele abriu mão das mesas e cadeiras, das ferramentas e máquinas, e até das vacas, por causa da terra. Porque a terra era livre e desimpedida. Porque ele acreditava que um bom pedaço de terra era a única segurança verdadeira que existia — a única segurança que uma família precisava. Um sujeito, com planos de fazer um resort de esqui, oferecera 45 mil dólares por suas terras quando Hildie era bebê, e ele riu. "Você pode se aposentar com isso", o forasteiro o lembrou. "Dinheiro não é que nem terra", John respondera. "O dinheiro pode ser roubado. Perde valor. Bancos quebram. Mas minha bebê sempre vai ter essa terra."

Talvez devesse falar com o capitão Sullivan. Talvez Sullivan tivesse apenas encontrado Perly durante uma caçada ou uma visita, e não o conhecesse muito bem. No fim das contas, todos que conheceram Perly ficaram impressionados com ele. Mas quando tentou imaginar o capitão Sullivan, viu Perly curvado sobre Hildie, o rosto brilhando com promessas de mágica. Promessas.

Ao pensar em Hildie, ele ergueu a cabeça e olhou em volta com nervosismo. No exato momento, Gore e seus policiais poderiam estar se espalhando por todas as estradas de Concord, vigiando para ver quem fizera os telefonemas — observando através da mira de um fuzil. Se eles tivessem reconhecido sua voz, poderiam estar atacando Ma, Mim e Hildie agora mesmo, enquanto faziam suas tarefas na fazenda, sozinhas. Fazia quase seis horas que ele estava fora.

Ele saiu de Concord em direção à rodovia, seu estômago revirando de fome e impaciência com o tráfego. Uma vez na rodovia, a velha caminhonete atingiu 60 por hora e a sensação de movimento e direção rápidos e de isolamento perfeito do resto do mundo trouxeram John a uma compreensão repentina do que ele deveria fazer.

Ele parou para encher o tanque. Sem descer, usou o espelho retrovisor para ver o menino de pé balançando ao som de um rádio enquanto esperava o tanque encher. Ele tentou decidir se seria seguro pedir a ele que enchesse o galão de combustível. Mas quando chegou o momento, ele pagou sem dizer uma palavra e foi embora com o galão de combustível ainda vazio.

Sentindo um calafrio ao pensar em quanto tempo ficara longe de casa, desistiu da ideia de esperar até a noite para voltar. Em vez disso, passou pela saída da Rota 37 e circulou por estradas secundárias para aproximar-se de Harlowe pelo norte, e não pelo sul, como eles esperariam, se estivessem olhando. Atravessando o último condado ao norte, ele pegou estradas de terra por todo o caminho, passando por velhas fazendas e algumas novas casas, esperando que ninguém o denunciasse. Ao chegar ao fim da estrada, depois da terra dos Cogswell, era o início da tarde, cinza e invernal.

Enquanto a caminhonete subia a estrada, a menos de cinco metros da porta da frente de Cogswell, o rosto e o pescoço de John se retesaram, inquietos sob a pressão dos olhos que ele sabia que estavam lá — os de Jerry ou de Mickey — seguindo seu progresso pela mira da espingarda de cano duplo. Mas Cogswell teria reconhecido sua caminhonete de qualquer maneira, mesmo à noite.

A meio caminho de seu lado da colina, a estrada se alargava onde no passado começava a pista para a velha casa do Wilder. John encostou o carro. Tirou o galão de combustível da caçamba da caminhonete e um pedaço de tubo plástico para servir de sifão. Enfiou uma ponta no tanque de gasolina da caminhonete e, sentado no chão, chupou a outra ponta, devagar, para o líquido não lhe encher a boca. Quando começou a fluir, inseriu no galão de combustível e escutou enquanto enchia, soando como o pequeno corpo de água escorrendo da fonte a meio caminho do penhasco atrás do pasto. Quando o galão terminou de encher, levantou-se e ergueu a ponta do sifão sobre a cabeça para que a gasolina restante voltasse para o tanque.

Ele carregou o galão de combustível pelo caminho coberto de vegetação, desceu para o buraco do porão, perfeitamente seco agora no outono, mas coberto de pés de framboesa. Foi até o recesso frio na parede de pedra onde os Wilder guardavam seu leite e manteiga. Removeu um punhado de folhas sopradas, colocou o galão de combustível no recesso e empurrou as folhas de volta para que a velha lata vermelha ficasse escondida.

Provavelmente, a terra de Wilder fora incendiada. Era o que geralmente acontecia com as casas de fazenda. O que quer que tivesse acontecido, a terra fazia parte da propriedade dos Moore desde a Guerra Civil. Os bordos nupciais que algum Wilder de tempos remotos plantou eram tão impressionantes agora que teriam roçado a casa se ela estivesse de pé. Eles espraiavam seus galhos sobre uma clareira natural. Toda a terra ao redor fora mato quando John era menino, mas agora a faia e o bordo tinham oito ou nove polegadas e o álamo era ainda mais espesso e estava morrendo. Ma lembrava-se de quando a terra de Wilder era sobretudo pasto, com vista para quase todos os lugares.

Depois que a casa incendiou, a chaminé permaneceu solitária por algum tempo como uma torre de blocos infantil. Então, um ano, a argamassa já completamente desaparecida, simplesmente desmoronou no degelo da primavera e, no verão seguinte, havia uma pilha de tijolos vermelhos limpos no poço demarcado pelas pedras do porão. Ele vira isso acontecer. E logo uma variedade de heras surgiu através dos tijolos, e então, quase da noite para o dia, árvores tão grossas quanto seu pulso. Algum dia, alguém veio e levou os tijolos para construir uma trilha, então todos esqueceram — tudo menos o nome.

"A velha casa dos Moore. O que foi que aconteceu?", eles perguntariam. Mas não, não era isso que Perly tinha em mente. Ele tinha em mente torná-la algo moderno, caro, um lugar para se divertir, não para trabalhar — cordas com boias coloridas para marcar onde nadar, o celeiro decorado com janelas panorâmicas, hexágonos e uma placa para Perly Acres, reboques de esqui correndo, subindo o pasto, o pátio pavimentado para estacionamento de carros esportivos e peruas importadas — um lugar que nenhum Moore poderia sequer visitar.

Ele entrou dirigindo em seu quintal na última luz do dia. A floresta já estava escura, mas o lago era uma pálida poça de luz e o pasto erguia-se cinzento e amplo atrás da casa. O suave brilho amarelo do lampião de querosene reluzia das janelas da cozinha, e da chaminé da cozinha viu um fio de fumaça, quase preto contra o céu. Mim olhava da janela e veio correndo pelo caminho, sem parar para se agasalhar. Ele a pegou em seus braços e a abraçou de uma forma que raramente fazia. Ela se afastou rindo, e não fez nenhuma pergunta. Virou-se, quase tímida, e liderou o caminho até a cozinha.

Só quando ele se sentou à mesa para jantar ela perguntou: "Você contou pra eles?".

John balançou a cabeça. "Eles deram um jeito de impedir", disse ele. "E os policiais querem que você vá e passe uma corda em volta do seu pescoço antes de ouvir. O primeiro que me deixou a começar a falar do problema acabou dizendo que Perly Dunsmore é a melhor coisa que já aconteceu conosco."

"John!", disse Mim. "Você não deixou que soubessem quem estava falando?"

John balançou a cabeça. "Você tem que pensar que um sujeito que levou só uma semana para aliciar um garoto criado em Harlowe como Gore — alguém que foi nosso vizinho a vida toda — provavelmente não acharia um grande desafio aliciar um monte de desconhecidos."

Permaneceram sentados à mesa em silêncio. Ma não se deu ao trabalho de comer. Hildie afastou-se da mesa e desapareceu na sala da frente e ninguém a chamou de volta.

Por fim, Mim suspirou. "Agora você vê como são as coisas? A gente não tem saída a não ser ir embora."

"Talvez não", John admitiu. "Talvez não."

Durante todo o fim de semana, arrumaram a caminhonete. John encontrou uma serra enferrujada esquecida em um gancho alto no celeiro, e potes de pregos enferrujados, mas que serviam ao seu propósito. Mim trabalhou com entusiasmo, planejando detalhes, pedindo prateleiras, pensando em como seria, preocupando-se em manter o espaço aquecido. Hildie estava tão animada quanto uma criança de férias preparando-se para uma viagem de acampamento. Eles fecharam a traseira da caminhonete com paredes e um teto pontiagudo que permitia que Mim ficasse quase totalmente de pé. Não havia janelas, exceto a da cabine da frente. Mas havia uma pequena porta com dobradiças na parte de trás.

Ma sentava-se no sofá perto da janela da sala da frente, esforçando-se para ver o que eles estavam fazendo atrás das portas do celeiro. Ela recusava-se a perguntar como iriam embora, embora já não dissesse que não iria.

Na segunda-feira de manhã, John disse: "Esta noite, bem tarde, em algum momento antes de o sol nascer, nós vamos embora".

Eles mediram e descobriram que as almofadas do sofá em que Ma costumava dormir encaixavam-se na parede da frente de sua nova casinha. Mim estava satisfeita. "Vai ser quase como uma casa para Ma e Hildie", disse ela. Colocaram os utensílios de cozinha na caminhonete — os pratos, os baldes, a vasilha de Lassie. Eles instalaram a caixa de gravetos e a encheram com pequenos troncos para queimar no fogão de chapas de metal que planejavam comprar assim que estivessem bem longe. As roupas de cama. Todos os cobertores, mas apenas o próprio colchão. Hildie dormiria com eles. Embalaram toda a comida que tinham, mas deixaram guardada na cozinha por medo da geada. Mim fez trouxas de suas roupas e embalou uma caixa de bugigangas para Hildie brincar.

De repente, por volta das duas da tarde, eles perceberam que estava tudo pronto, simplesmente esperando na cozinha quente a hora de sair. John estava sentado em seu lugar habitual no banco em frente ao fogão da cozinha com Hildie em seu colo e Lassie a seus pés, gemendo durante o sono. Mim estava na porta dos fundos olhando para o pasto. O vento soprava com um lamento frio, formando sulcos prateados no pasto marrom, que depois espalhava novamente.

"Um bom vendaval de nordeste", John disse, quase com satisfação. "Desde que não chova agora, estaremos prontos pra sair."

"Isso tem mais o som de um vento que vai trazer neve", disse Mim.

"Papai?", disse Hildie. Ele a balançou. "Vamos ficar em casa."

"Ontem você estava pulando para cima e para baixo com vontade de ir", disse Mim, virando-se para os dois.

John podia ouvir a mãe reprimindo seus sons da sala da frente, passando o tempo antes que pudessem partir, um período tão vazio e desolado quanto a própria casa vazia. Os sons que as mulheres faziam lembravam as lamúrias dos refugiados correndo na tela do aparelho de televisão — mães e avós e garotinhas, frágeis e distantes como os ossos esbranquiçados de pássaros no chão da floresta.

"Mas por que temos que ir?", Hildie perguntou.

John levantou-se de supetão, colocando Hildie de pé no chão. "Pergunte à mamãe", disse ele, e foi falar com Ma na sala.

Ela estava sentada no sofá olhando pelas janelas da frente, do outro lado do pomar para o lago. Ela não se virou quando ele entrou. Seu cabelo era cinzento e a luz era cinzenta e suas próprias bochechas pareciam cinzentas, tão irregulares e frágeis como cinzas. Ela tinha um cobertor militar puxado até o queixo.

"Ma", disse ele, sentando-se no sofá ao lado dela. Ela largou o cobertor e puxou a cabeça dele contra seu ombro. Quase não sobrara nada dela. Não havia mais espaço para a cabeça dele no ombro dela.

"Sabe", ela disse, e ele sentiu mais do que ouviu a respiração presa dela. "Quando eu era jovem, eu tinha o desejo de ver o mundo. Mas então seu pai apareceu e disse: 'Com essa vista da sua janela, querida, não há nada que você possa encontrar que não seja pior'. Então a gente se instalou bem aqui e nunca mais se mudou."

John endireitou-se e olhou para ela.

"Engraçado, né, se você pensar", ela disse, "agora, afinal, eu vou ver o tal do bendito mundo."

"Ma", disse ele. "Eu vou..." Seu rosto estava vermelho como se estivesse queimado de sol, e seus olhos eram profundos e turvos como o lago no verão. "Me dê um pouco de tempo, Ma. Pode parecer que estou caindo fora, mas não é como se estivesse desistindo, não é o que parece."

"Não importa, meu filho, não importa", disse ela. "Não tem como evitar algumas coisas." E John segurou-a em seus braços como se fosse ela a criança.

Do lado de fora, John, Mim e Hildie estavam no pátio olhando para o lago. O vento o fustigava de modo que a luz penetrava profundamente nas valas e deixava a superfície escura como tinta. "Quando amanhecer", disse John, "aposto que o lago estará congelado."

"Mas o gelo vai acabar ficando encrespado se continuar ventando, mesmo se não nevar", disse Mim.

"Não vai dar para patinar", disse John.

"E desde quando você patina, John Moore?", provocou Mim.

"Hildie está na idade de aprender", disse ele.

Caminhando os três lado a lado, John, Hildie e Mim entraram na floresta escura de pinheiros e seguiram a velha estrada madeireira que circundava e saía no topo do pasto. Muito acima, um dossel agitado de galhos dividia a luz do sol em pequenos círculos dançantes. Mudas e arbustos famintos de luz morreram e apodreceram, deixando uma extensão aberta de agulhas de pinheiro mortas que se dobravam sob suas botas, depois se levantavam rapidamente em silêncio quando passavam. O vento soprava contra as agulhas verdes acima e elas se chocavam umas contra as outras com um som alto e sibilante. Ocasionalmente, o vento descia para cantar através dos galhos mais baixos mortos e levantar as franjas verdes do gorro de Hildie.

"Ele vai cortar o pinheiro", disse Mim, "antes de vender."

"Quem, Perly?", John disse. "Ele não vai cortar o pinheiro nem vender."

"Você acha que ele vai mesmo poupar o pinheiro para usar num playground?", disse Mim.

"Não", disse John.

Atravessaram a ponte onde o riacho corria na primavera e subiram uma ladeira íngreme saindo do pinhal. Hildie correu na frente e passou quase até a cintura por entre as folhas de bordo, bétula e álamo. Folhas de carvalho, ainda grudadas nos galhos altos, batiam ao vento. As mudas menores de faia também seguravam suas folhas, finas como papel e amarelas como narcisos. O vento e o sol desciam pelos galhos, salpicando a floresta de luz e empurrando as folhas para cima em cata-ventos que giravam e paravam, depois voltavam a girar. Atravessaram um matagal por baixo de uma cicuta florida e saíram no bosque de Natal — dezenas de abetos brancos selvagens, protegidos lá em cima por bordos espalhados. Embaixo, pinheirinhos e trepadeiras esverdeadas cheias de espinhos eram tão grossos que você não podia pisar sem esmagá-los.

"Quase na época de cortar uma árvore de Natal, e nada de neve", disse Mim.

"Ano seco", disse John.

"A gente vai voltar pro Natal?", Hildie perguntou. Ela estava enchendo a mão de plantas que arrancava do solo. "Posso ajudar a fazer as guirlandas esse ano?"

À medida que avançavam, o abeto deu lugar ao zimbro, e a trepadeira ao alaranjado enferrujado das samambaias ressecadas. E então, de repente, eles atravessaram a brecha no muro de pedra e saíram ao sol deslumbrante e à força gelada do vento. O cemitério estava exatamente como Mim o deixara, exceto que o vento e o sol haviam secado e tornado acinzentada a terra que ela revolvera. Algumas gavinhas enroladas de hera morta ainda brotavam do chão. "Às vezes, eu fico aliviada por nada crescer no inverno", disse Mim.

Hildie ficou olhando para as lápides que nunca vira com tanta clareza. "Meu vô tá lá embaixo?", ela perguntou.

"Não chega mais perto que isso", Mim disse. "Essa coisa ainda é um veneno traiçoeiro."

Mas John, cujo pai, avô e bisavô estavam lá, não olhava para o cemitério. Ele estava no topo da colina, olhando para baixo, passando pela extensão do pasto e pela casa castigada pelo tempo, em direção ao lago. Mim foi até ele e ficou a seu lado, seu ombro encostado no dele.

Ele se sacudiu irritado e se afastou dela. "Aonde você está pensando em ir?", perguntou ele. "Exatamente onde, fora daqui, você acha que existe um lugar para nós?"

"Mas você disse", Mim disse.

"Ah, muito bem, podemos ficar na caminhonete e brincar de casinha, se é o que você quer", disse ele. "Mas ninguém vai cortar esse pinheiro."

"Verdade, acho que ele vai ficar com o pinheiro", disse Mim.

"Estou dizendo que *eu* vou ficar com o pinheiro", disse John, seus olhos da mesma cor da grama morta e do solo arenoso.

Os olhos de Mim eram da cor do céu curvando-se sobre a terra, tão distantes quanto poderiam enxergar. "E eu e a Hildie vamos embora?", ela instigou.

John assentiu. Ele passou a mão pelos cachos curtos de Mim e pegou Hildie, que escondeu o rosto em seu ombro por causa do frio. Então, os três começaram a descer a colina sob o vento forte.

Eles comeram, e Mim colocou os últimos pratos e pedaços de comida nas caixas, até mesmo uma garrafa de sopa que sobrou. Ma estava sentada na cadeira de jardim com as mãos entrelaçadas no colo, observando. John entalhava um graveto, e Hildie e o cachorro assistiam com cautela, ansiosos com os preparativos.

Mim pegou a vassoura e começou a varrer a casa. A próxima pessoa a ver a casa seria Dunsmore. Um ódio violento fazia formigar seu corpo, embora desejasse que ele, quando tomasse o que era dela por direito, visse refletido na casa que Mim era uma mulher limpa e decente. Ela foi varrida por um deslumbramento diante do poder dele. Exigia uma inversão de tudo o que ela desejava e acreditava pensar que tal poder — qualquer que fosse sua rota sinuosa — pudesse ser direcionado para fins que não fossem corretos e bons. Parecia que, se ela pudesse apenas incitar o homem à decência, a uma visão verdadeira do que ele estava fazendo, ele colocaria o mundo dela em ordem. E, no entanto, ela sabia que, se havia uma forma de tocar Perly — e ela ardia com um sentimento de culpa por ter feito isso — não tinha nada a ver com sua decência ou sua competência como dona de casa. Ela só conseguia despertar aquele poder nele com mais maldade.

"Eu não sei por que estou fazendo isso", disse ela. E, no entanto, terminou com cuidado, varrendo os últimos montes de poeira e migalhas de comida em um pedaço de jornal, despejando-os no fogo. Então, colocou a vassoura perto da porta para ir embora.

Uma última vez, ela colocou Hildie para dormir no colchão sobre o piso e deitou-se ao lado dela para esperar que ela adormecesse. A criança estava excitada e inquieta com o vazio. "Como você pode pensar que iríamos deixar você, minha querida", Mim cantarolou. "É por sua causa que estamos indo embora."

Mas ela segurava a criança com muita força, o que só a aborreceu mais.

"Por que é mesmo que vamos embora?", Hildie perguntou.

"Shhh", Mim disse e ficou imóvel.

Ela ouviu a porta abrir e fechar no andar de baixo, e pensou que John tinha começado a carregar o caminhão. Mas ela seguiu ouvindo, e não o ouviu entrar novamente. Logo Hildie adormeceu em seus braços e Mim continuou sem se mexer. Ela ficou deitada sem se mexer, sempre sofrendo com a necessidade de liberar o pequeno corpo inerte que, entregue a ela assim, a enchia de tanta paz.

12

Havia uma lua, na forma de meia laranja. O vento, que parecia tão sólido quanto um corpo vivo, não fazia nada para ofuscar sua luz. Logo, tropeçando pela estrada familiar, com a lanterna presa ao cinto, mais para proteção do que para iluminação, John acostumou-se com a penumbra e começou a detectar os pedregulhos e galhos caídos antes que a ponta de sua bota os atingisse. Tomando cuidado, desceu até a antiga fundação da casa e mergulhou o braço no emaranhado de folhas que entupia a velha prateleira de laticínios. Quando sua mão nua atingiu o metal anormalmente frio, ele se encolheu.

Ele puxou o galão de combustível e voltou a colocar as luvas. Era uma viagem de pouco mais de sete quilômetros pela estrada, e um pouco mais pela velha trilha de madeira e pelo riacho, onde o caminho era péssimo. Ele não atravessava a floresta há décadas, desde o último ano em que frequentou o ensino médio. Na época, o ônibus o deixava na Parade e, às vezes, para variar, ele caminhava até a casa pela floresta. Mas nunca à noite. E nunca no inverno.

Pegou o pesado galão de gasolina e desceu a estrada. Passou por sua própria casa e olhou para a luz amarela na cozinha, imaginando se já haviam percebido sua falta e sentindo-se excluído, o estalar rítmico de seus pés na estrada de terra perdido no gemido do vento. Ele atravessou o jardim, seus passos agora abafados pelas vinhas mortas, e desceu o velho caminho que passava pelo local onde afastavam as vitórias régias e os singônios para nadar no verão. Ele parou na beira do lago.

Havia sempre uma claridade sobre o lago. Às vezes, nas noites escuras e silenciosas do verão, quando tudo ainda era novo para ele, nadava lá com uma garota — primeiro com a selvagem Hattie Shaw, quem primeiro teve a ideia, e depois, por insistência própria, com Mim, quando ela tinha 14 anos, e depois com quase 15, rejeitada pela mãe dele, e tímida, mas interessada nele. Mal conseguiam ver um ao outro, mas a claridade sobre o lago, mesmo na noite mais escura, fora suficiente para assegurar a presença nívea a seu lado, curvando-se para dispor as roupas sobre o tronco de pinheiro caído, depois movendo-se para a água rasa e afundando, com apenas uma ondulação, a sombra pálida da pele. Depois, com seus próprios dedos enrugados pela água, tocara a nova pele molhada, áspera como a sua de frio. Ele tocava e ela corria. Ele se sentava no tronco e estremecia até que ela voltasse. Então, ele a pegou pelos cotovelos com força e ela se deixou ser forçada a se deitar no cobertor que ele estendera.

John passou o pesado galão de gasolina de uma mão para a outra e caminhou. A perda. Não havia como parar. Não com leis ou aguardando ou pensando. Eles não nadavam à noite desde muito antes de Hildie nascer. Ele pensou nas picadas de insetos possíveis agora. Já não desejava nada como desejou um dia todas as coisas menores. A forma como precisava da terra era algo diferente, uma resistência contra mais perdas do que poderia suportar. A necessidade da terra era mais como um recuo do que uma força motriz.

O lago estava congelado em cristas a cerca de um metro e meio de distância da margem. A água agitada pelo vento gorgolejava e sugava a borda de gelo, mantendo-se ao lado dele, uma presença familiar, conforme ele seguia ao longo do caminho áspero à beira da água. Ele parou na boca do riacho. A noite o abalara. A noite e o peso do galão de combustível em seu ombro. Ele poderia ter agarrado o lago em seus braços. Deixou o galão de lado e olhou para o lago mais uma vez, esperando que o lago pusesse o tempo de lado para ele como sempre fazia.

Mas enfim, distraído, ele se virou e se dirigiu desconsoladamente à mata escura, e seguiu o leito de rochas onde, na primavera, o riacho corria, e mesmo agora, sob o vento forte, um filete de água ressoava contra as pedras polidas, como o badalo de madeira em um sino, avisando que estavam escorregadias. Duas vezes, pisou no que parecia ser um trecho de terra varrido pelo vento e enfiou o pé no gelo até a canela — ambas com o pé direito. Logo se viu com um pé frio e um pé quente, bem como um ombro livre e um escravo, de modo que se sentia desequilibrado enquanto se movia.

A distância era maior do que ele se lembrava, mas enfim o leito do riacho se tornou indistinto. Estava preocupado em perder o muro de pedra, em virar no muro errado, pois os muros, ele sabia muito bem, entrecortavam a floresta como as correntes de papel em uma árvore de Natal. O muro de pedra correto era o que encimava a colina e terminava na velha estrada madeireira que o levaria aos fundos da Parade. A estrada foi aberta no ano em que estava no ensino médio, mas talvez agora estivesse tão crescida que não seria capaz de segui-la mesmo se a encontrasse. A água sumira por completo do leito do riacho nesse ponto, e a floresta estava ficando mais escura. Se acendesse a lanterna, iluminaria um caminho estreito para suas botas, mas escureceria tudo ao redor, de modo que seria mais provável do que nunca que perdesse o muro certo.

De repente, um galho baixo se estendeu e enganchou na alça do galão, arrancando o equilíbrio de John. Ele caiu de corpo inteiro no chão. O galão atingiu uma pedra com um tinido alto, e a gasolina espirrou fazendo barulho no interior. Permaneceu escutando até que parasse, sentindo o joelho machucado. Ele ficou de joelhos e procurou o galão. Uma garça-real da lagoa berrou quase debaixo dele, com o ranger de asas tão alto quanto qualquer motor. John soltou um grito que o assustou ainda mais, e acocorou-se, tremendo para ouvir uma resposta. Uma coruja piou não muito longe, e então não havia nada de novo além do uivo esporádico do vento.

Já não se sentia sozinho. Mas não seria um homem, não aqui. Apenas, talvez, um veado, ou mesmo um urso, com mais medo dele do que ele sentia do animal. Ou pior, um gato-pescador ou um cachorro grande enlouquecido. John sacou a faca de cozinha e a lanterna do cinto. Ele apertou o interruptor da lanterna e a floresta iluminou-se em preto e branco brilhante. Lentamente, girou o facho ao seu redor, apertando os olhos para ver além do final do foco iluminado. Enxergou o líquen nas laterais das árvores, as cristas pesadas de fungos em um galho quebrado, como tumores esticando a pele. E então, quase além de seu alcance, a luz se refletiu em algo pálido e brilhante, tão grande quanto uma cabeça, e depois de um suspiro John se lembrou do grande pedaço de quartzo que marcava o muro que ele buscava. Estava atrás dele. Passara. Era a pedra de referência que ele sentia que o acompanhava.

Ele pegou o galão de combustível e, dessa vez fazendo uso da iluminação, caminhou ao longo do muro. Estava andando a passos mais rápidos. Reconheceria a velha estrada, quando chegasse a ela, pela brecha no muro. E, caso ainda pudesse seguir a estrada, ela o levaria para onde queria estar, ou perto o suficiente.

O vento ainda uivava do nordeste. Estaria às suas costas assim que virasse em direção à estrada velha. Há horas que soprava assim, e de repente John foi atingido pelo pensamento de que não poderia continuar assim para sempre. Apressou-se, tropeçando, começando a ter medo.

Na floresta escura e congelante, parecia claro que incendiar algumas casas não adiantaria nada. Era apenas uma maneira de transformar a raiva em algo que pudesse ver, tocar e medir, uma maneira de distingui-la antes que explodisse dentro dele e o incendiasse.

Quando pensava nas três casas espalhadas ao longo da Parade em frente ao pinhal seco, a única em que pensava era a de Fayette. Não queria que atingisse a casa de Fayette. Contava que os bombeiros salvariam a casa de Fayette porque era o correio. Adeline Fayette era tão velha quanto sua mãe, mas ainda assim subia no banco alto às cinco e meia da manhã, todo dia, e separava a correspondência. Se alguém chegasse cedo, encontraria Adeline soprando pelo canto da boca nas mechas de cabelo branco e liso que caíam em seu rosto. Estava quase completamente surda. Poderia nunca ouvir o estalar alto dos pinheiros, o alarme de incêndio, a última comoção. Os bombeiros talvez não salvassem o correio. Perly poderia encaminhá-los para as casas dos policiais. Para a casa de James, com sua pintura rosa desgastada e uma placa surrada na frente que dizia: "SERRAS AFIADAS, APARELHOS CONSERTADOS". Pensou em James sentado na beirada do coreto com Cogswell, balançando as pernas e tomando café, esperando que Perly viesse vender as crianças roubadas. Lembrou que James teve uma menininha que morreu de poliomielite. Foi há muito tempo. Talvez já tivesse esquecido como era perder um filho. Ou talvez, como Cogswell, apenas estivesse com medo.

John sempre voltava ao leiloeiro. Se não fosse Dixie no portão, na janela, na coleira, ele teria entrado e incendiado a própria casa dos Fawkes. Mas, por todas as vezes que acariciara Dixie, não tinha certeza sobre ela. Ainda assim, era o leiloeiro quem deveria ser destruído para que todos pudessem relaxar e voltar a viver. Para que ele próprio pudesse voltar a plantar milho novo, barganhar de alguma forma por uma novilha e uma ordenhadora, e continuar vivendo. Mas o fogo... era demais esperar que o fogo entendesse, disparasse uma longa língua senciente, atravessando a estrada direto até Perly Dunsmore. Mesmo que isso acontecesse, Perly surgiria ao primeiro sussurro de fumaça, mostrando-se alegremente interessado, oferecendo sugestões, certificando-se de que as coisas corressem do seu jeito.

John chegou à brecha do muro, desligou a lanterna e deixou suas pupilas se dilatarem na escuridão. A estrada estava cheia de zimbro, sumagre pegajoso e pés de framboesa, mas o desbaste pela floresta ainda era distinto o suficiente para seguir. John colocou a gasolina no ombro e empurrou o mato grosso demais para circundar. Mesmo que a velha casa de Fawkes pegasse fogo, Perly não estaria nela; estaria liderando o grupo de busca, atravessando a floresta atrás da esperta Dixie, seus olhos brilhando no escuro, caçando John Moore.

Tudo o que Mim saberia era que ele a abandonara enquanto ela colocava a filha na cama. Tudo o que Hildie saberia. Em um ou dois anos, depois que tudo voltasse ao normal, talvez seus ossos fossem encontrados por caçadores — seus ossos roídos por raposas, um relógio de pulso enferrujado e o galão de combustível. Esse tipo de coisa estava acontecendo por menos. Esse tipo de coisa estava acontecendo e ninguém estava prestando atenção.

John parou. Essa era a pior parte. Ninguém estava prestando atenção. Ele sentiu uma frieza na base da coluna que era como uma doença. Não deveria caber a ele tomar a iniciativa. Deveria ser alguém endinheirado ou instruído — alguém que morasse na cidade.

Então, ele se lembrou de Sonny Pike. Alguém dera um tiro em Sonny. John começou de novo, a gasolina balançando dentro da lata. Alguém fora atrás de Sonny Pike, e Cogswell, pelo menos, não parecia saber quem.

Talvez ele também conseguisse mandar Dixie de volta para casa e ir embora. Ele e Mim e Hildie e Ma. Quando chegassem lá, com os cachorros latindo e luzes azuis piscando, os Moore já teriam ido embora. Então seria uma simples questão de esconder-se — de rádios, avisos de televisão, fotos nos correios, alertas em todos os pontos, bloqueios em todas as estradas — mil imagens em preto e branco de policiais e detetives e xerifes com estrelas no peito. No entanto, certamente, os bosques, os trechos selvagens de bosques que os trailers ainda não haviam encontrado, poderiam esconder um homem vivo, ou até morto.

É indiscutível , porém, que era muito mais fácil esconder os mortos.

Pensou em Mudgett e prosseguiu. Mudgett sentado na última fileira da escola, rindo das criancinhas com sua boca retorcida, Mudgett discutindo com os professores e saindo com todos os prêmios, Mudgett sorrindo para seu cão malhado enquanto vomitava sangue no chão batido do pátio da escola. Mudgett no leilão sentado em uma toalha de praia com sua nova esposa, sua mandíbula demonstrando sua fúria, sua arma protuberante. Mudgett recolhendo o martelo e o serrote, a escova e a pá, os ancinhos e as enxadas e a foice — as coisas simples sem as quais as tarefas mais rotineiras tornam-se quase impossíveis. Mudgett levando embora as chaves que John precisava para consertar a caminhonete, a lata de alcatrão que precisava para o telhado da cozinha — jogando tudo na traseira da caminhonete com um tinido. Mudgett derrubando Ma com a própria televisão dela.

Não havia razão para que qualquer um deles confiasse em Perly. Ele era um forasteiro que falava demais e eles deveriam ter sido mais cautelosos. Mas Mudgett era um deles. Mudgett deveria ter sido um deles. E a casa de Mudgett era mais próxima dos pinheiros que John tinha em mente.

John começou a mover-se com mais força pelo mato na estrada velha, seu pé direito aquecendo e o suor acumulando sob a camisa e a jaqueta de caça de lã. Mesmo com a vegetação e o peso do galão de combustível e seu plano, sentia-se mais livre do que em meses. A questão não era tanto atingir qualquer objetivo, mas o fato de que se tornara necessário fazer algo. Que ele não seria pressionado a abandonar tudo sem deixar uma marca.

John sabia que entrara no pinhal pelo som do vento escovando as agulhas dos pinheiros, o silêncio de seus passos e, mesmo no frio, a fragrância do piche. Sob os pinheiros, o vento às suas costas era tão forte que ele sequer ouvia o tráfego na Rota 37, então as luzes da casa de Mudgett o surpreenderam antes que ele estivesse pronto. Ele parou.

Ele estava lá, parado a trinta metros da saída da floresta, olhando através dos pinheiros e do pomar de macieiras abandonado na casa de Mudgett. Embora fosse quase onze horas, todas as luzes estavam acesas e o refletor sob os beirais lançava longos feixes de luz na floresta.

À esquerda estava a casa de James, grande demais para Ian James e sua esposa e seu único filho já crescido. Havia uma luz acesa na lateral, provavelmente na cozinha. O filho estaria assistindo à televisão. A casa pairava no escuro da cor de madeira flutuante, seca como madeira flutuante.

E à direita, a casa de Fayette, toda escura. Adeline já devia estar na cama. Por cima da chaminé, John podia ver o contorno pálido da torre no velho celeiro de Fawkes. Parado e escutando, ele podia ouvir, quando o vento silenciava, os sons da cidade — um motor distante, uma porta batendo, um gato miando.

John arriou o galão. Teria que acender uma fogueira de cerca de trinta metros de comprimento; não tinha contado muito com o trabalho que daria. Ele começou a agir, movendo-se rigidamente, não convencido, agora que estava prestes a fazê-lo, que poderia realizar o que planejara. Ele pegou galhos mortos do chão e os jogou em uma pilha alongada. Quando a pilha atingiu um metro e meio de altura e quase dois de comprimento, parou, restaurado pelo ritmo do trabalho a um sentido de normalidade. Ele quebrou dois galhos verdes de um dos pinheiros menores e, usando-os como um ancinho, juntou camadas de espinhos de pinheiro próximos e espalhou sobre os galhos mortos. Então, colocando seu ancinho improvisado onde poderia encontrá-lo outra vez, retornou à floresta e começou a coletar mais galhos mortos para continuar sua pilha. Dobrando e endireitando, dobrando e endireitando, era como jogar feno ou tirar água ou rachar lenha. Ele trabalhava sem cansaço agora, convicto de que a longa pira funerária que planejara estaria completa a tempo, assim como as pilhas de feno varridas acabavam no sótão do celeiro todos os anos antes que o tempo esfriasse.

As rajadas de vento amontoavam-se furiosamente umas sobre as outras, depois alastravam-se colina abaixo até a Parade, vez ou outra abandonando John em meio a um buraco de silêncio. Nesses momentos, os galhos batiam na pilha como um trovão e John endireitava-se e prendia a respiração, esperando o vento mais uma vez. Ao longe, ouvia um cachorro latir. Quando o vento esmorecia, o som saltava mais perto. Ele parou para ouvir. Em seguida, virou-se para encarar a casa de Mudgett. A porta dos fundos entreabriu-se e um husky branco veio saltando em direção a ele, delineado em prata pelos refletores. Então, o refletor e a luz da cozinha de Mudgett se apagaram, a porta se fechou e John sentiu mais do que viu Mudgett parado na porta com um fuzil. O grande cachorro latia impaciente, correndo até a clareira em direção a ele, como um fantasma no escuro, em seguida retornando para a casa.

"Ei, King, ei, garoto", ele ouviu Mudgett chamar. "O que foi?" Em seguida, "Pegue ele, garoto!". O cachorro correu latindo. O vento estava soprando o cheiro de John direto para o cachorro.

John sacou a faca e a lanterna. Se corresse agora, Mudgett o ouviria. O galão de gasolina estava a céu aberto, seu vermelho bem visível à luz da meia-lua. O cachorro estava ficando mais ousado agora, disparando até a beira da floresta, tão perto que John podia ver a sombra escura nas laterais de seu focinho.

Mudgett estava saindo para o quintal, sua forma escura nítida contra a casa amarela. John agachou-se, observando Mudgett através dos galhos que empilhara. Ele deveria ter gasto o último dinheiro para comprar uma arma. Mudgett era um alvo perfeito enquanto espiava a floresta pelo cano de seu fuzil, movendo-se cautelosamente, mas com firmeza, em direção a John.

De repente, Mudgett largou o cano da arma e agarrou o cachorro pela coleira. "Droga, King", disse ele. "Maldito cachorro burro. Não sabe a diferença entre problemas e um guaxinim." Ele virou-se e entrou bem rápido na casa, e a luz da cozinha acendeu-se de novo.

O cachorro parou de tentar correr para a floresta, mas continuou latindo. Gradualmente, John deu-se conta de que o outro ruído, o novo ruído sob o latido e o baque do cachorro saltando, era o som de uma corrente puxada e solta, puxada e solta, enquanto o cachorro aproximava-se dele.

John levantou-se com rigidez e voltou a trabalhar com o máximo de silêncio possível. Ele varreu as agulhas de pinheiro da base de uma árvore e escondeu o galão. Então ficou parado até que o cachorro se cansou de latir. Quando tomou coragem para retomar o ancinho, o cachorro começou outra vez. Ele parou e o cachorro parou. Ele começou e o cachorro começou. Desta vez ele continuou trabalhando. De repente, a floresta iluminou-se e John pulou. Haviam acendido os refletores outra vez. A esposa de Mudgett apareceu com um robe vermelho, gritando: "Cala a boca. Cale a boca. Seu filho da mãe. Você está me deixando louca. Você está piorando ele". O cachorro ganiu. Ela acertou o focinho do cão com a palma da mão. O animal rolou de costas ganindo.

Então Mudgett estava parado na porta, ignorando seu contorno na luz da cozinha. "Que merda!", ele gritou. "Vou trancar vocês dois no porão. Traga ele aqui." E, no brilho dos holofotes, a esposa de Mudgett arrastou o cão encolhido para a cozinha atrás dela.

John riu. O trabalho não parecia tão difícil agora que estava se acostumando. E enfim ele descobriu que estava trabalhando nos fundos da casa de James. A luz estava apagada na lateral agora. E todas as luzes da casa de Mudgett, exceto o refletor no quintal, também estavam apagadas.

Eram cerca de quatro horas da manhã e ainda estava escuro como breu quando John terminou o trabalho — um arco de vinte metros de comprimento de galhos empilhados, que se estendia ao longo dos fundos das casas de Mudgett e James. Admitindo que Perly estava fora de seu alcance, John não continuou a pilha, como planejara, até os fundos da casa de Fayette, que era a que ficava exatamente em frente à de Perly. Os bombeiros nunca deixariam o fogo atravessar a estrada. Ele teria que se contentar com Mudgett e James.

John caminhou de volta ao longo de sua pilha, dando um chute aqui e ali, trêmulo com a ideia de incendiá-la. Ele derramou um fio da lata de gasolina ao longo da borda traseira de sua pilha, tomando o cuidado de não deixar nenhuma lacuna. Então, caminhou de volta ao longo da pilha outra vez, despejando gasolina até acabar.

Ele carregou o galão por um bom caminho de volta pela estrada, rosqueou a tampa e deixou o galão ali mesmo. Largou as luvas encharcadas de gasolina ao lado e retirou a grande caixa de fósforos de madeira do bolso do paletó enquanto voltava. Escutou. Tudo o que podia ouvir era o vento. A cidade àquela hora estava tão silenciosa quanto a floresta. A linha de gasolina tinha um cheiro tão forte que se perguntou se a cidade já não se preparara para a perseguição, alarmada com os vapores.

Ele recuou seis passos. Em seguida, riscou o fósforo na caixa e o atirou ao acender, começando a correr com o mesmo movimento. Estava quase de volta ao galão de gasolina quando olhou sobre o ombro. Escuridão e silêncio. Ele parou. O fósforo devia ter apagado.

Ele voltou, com passos cautelosos, a dois metros da gasolina. Se ficasse muito perto, não sobraria um osso para contar a história. Ele riscou e jogou.

Desta vez, antes de ter dado quatro passos, a terra estremeceu e ele foi jogado para a frente pelo bramido da explosão. A floresta diante dele iluminou-se com um clarão de luz amarela. John podia sentir a luz bruxuleante das chamas alimentadas a gasolina queimando em suas costas, enquadrado pelo resplendor. Em seguida, ele pegou o galão e continuou correndo.

O pinheiro estalava e se partia ruidosamente enquanto queimava. O cachorro de Mudgett uivava convulso. John chocou-se contra uma parede quase sólida de zimbro. Agora Mudgett estava berrando. Ele já devia estar na porta. John continuou a correr. Era cada vez mais difícil encontrar o equilíbrio quando as camadas de mato que se acumulavam entre ele e o fogo começavam a dissipar a luz. Por fim, John arriscou um olhar rápido por cima do ombro enquanto corria.

Ele parou por um instante. Através do mato, podia ver a parede irregular de chamas subindo cada vez mais alto. Parou por um momento, hipnotizado, preso pela beleza do fogo que havia feito. Bem acima das altas pontas das chamas, o galho verde de um pinheiro pegou fogo e uma chuva de faíscas corria diante do vento na direção de Mudgett.

Então, John correu. Ele correu esbaforido, pulando através dos pés de framboesa como se não estivessem lá, mal sentindo os espinhos que arranhavam seu rosto. Correu até que seu peito ardesse, deixando para trás o último vestígio de luz do fogo. Então parou, confuso, e descobriu que já estava no muro. Prosseguiu, empurrando com força, mas exausto demais para correr, tropeçando nas pedras, esbarrando nas árvores. Acendeu a lanterna e correu ao longo do muro, seguindo sua luz trêmula por cem metros, então caiu de corpo inteiro e esmagou a frente da lanterna em um pedregulho.

A lua estava baixa e estava mais escuro do que quando ele viera. Ele usou as mãos, tateando tanto quanto vendo seu caminho ao longo do muro, observando atentamente o marco de quartzo, parando de vez em quando para acariciar uma pedra de granito pálido que parecia, no escuro, um quartzo. O caminho era interminável. Ele continuou atento, à espera dos sons às suas costas, buscando os cães, o alarme, o som de pessoas pulando e gritando. Mas tudo o que podia ouvir era o barulho do próprio corpo, ofegante e esmagando a densa vegetação rasteira. Então, finalmente, suas mãos tateantes estavam acariciando o quartzo, suas faces de cristal escorregadias como gelo.

Ele começou a correr pelo leito do riacho, escorregando e tropeçando na confusão de rochas. Antes de percorrer vinte metros, seus pés voaram para a frente e ele caiu para trás sobre a coluna e a base do crânio. Permaneceu deitado de costas sobre o leito rochoso do riacho, olhando para o cinza escuro oscilante do céu além do emaranhado mais carregado de galhos.

A princípio, o barulho parecia uma nova dimensão para as batidas em seus ouvidos, ou a água correndo sob as rochas. Mas parado e ouvindo enquanto voltava a si, ele reconheceu o som lutando contra o vento da extremidade mais distante do mundo. Era o alarme da Parade, ressoando do alto do quartel para despertar os bombeiros.

Deitado, quase pacificamente agora, sabia que na cidade as pessoas estavam afastando as cobertas, colocando os pés descalços no chão frio. Os bombeiros voluntários, muitos deles também policiais, vestiam botas e capas de chuva de borracha por cima do pijama. Suas esposas cobriam seus rolinhos com lenços e seguiam mais devagar, chegando à Parade para ver o fogo, o seu fogo. Sem a menor ansiedade ele esperava, como esperaria que uma vaca parisse sem problemas, que alguém pensasse em acordar Adeline Fayette. Mas a imagem que ele fixou foi a do leiloeiro, manifestando-se completamente vestido na rua, Dixie balançando o rabo junto ao seu calcanhar esquerdo, enquanto ele indicava com uma sobrancelha levantada o que tinha em mente para os bombeiros fazerem. Ele esperaria apenas até que seus olhos, como uma lente olho de peixe, tomasse a cena como um todo.

E então ele começaria. Seria imprudente esperar que chamas ou vegetação rasteira diminuíssem a velocidade de Perly. Ele se limitaria a rastejar, seguindo o cachorro em silêncio ao longo da trilha de John. Agora era questão de minutos.

John lutou para ficar de pé e debateu-se. À medida que se aproximava do lago, manchas escuras de gelo continuavam cedendo abaixo dele, prendendo uma bota e obrigando-o a parar. Ao alcançar o caminho ao redor do lago, recomeçou a correr. Se eles já estivessem lá, veria a comoção no quintal diante da porta: a polícia estadual com rádios berrando, talvez o próprio capitão Sullivan questionando Mim. Talvez a tirando de Ma e Hildie. Talvez levando todos como reféns para convencê-lo a sair da floresta. Ele parou para ouvir. Não conseguia mais ouvir o barulho da Parade, mas percebeu que o céu clareara de azul-marinho para azul-royal.

Ele continuou, agarrando-se à beira do lago, seu pé esquerdo derrapando na margem de vez em quando. Por fim, contornou os carvalhos gêmeos perto de onde nadavam e saiu à vista de sua própria casa e seu quintal.

Escuro. Pacífico e escuro. Sem luz, mesmo na cozinha. Ele diminuiu a marcha e deixou o galão de gasolina vazio balançar ao seu lado.

Mas quando chegou à estrada, começou a pensar no escuro. Mim estaria dormindo, ou teria partido sem ele, ou correria no escuro em qualquer lugar procurando por Hildie. Ele correu até a porta e encostou-se nela. Trancada. Os sons de seu corpo batiam contra a madeira familiar. Ele estava sem chave e com medo, mesmo em seu próprio quintal, de gritar. Então, de repente, a porta cedeu sob seu peso e Mim o segurou quando ele caiu.

Ficaram um momento nos braços um do outro. Ma moveu-se com esforço pela sala da frente no escuro.

"Você está bem?", perguntou Mim, apoiando-o.

"Não sei", ele disse, sua voz soando estranha em seus ouvidos.

Quando criança, ele vinha correndo da escola, irrompia porta adentro e deixava o fluxo represado do fracasso transbordar. "Seja homem. Seja homem", era o que Ma dizia como consolo. E agora John desejava ser um garotinho, extravasar, recusar a ordem de ser um homem.

"Você estava correndo", Mim disse.

John endireitou-se, distanciando-se dela, e apoiou-se ofegante na porta.

Ela riscou um fósforo. Seu jeans e seu suéter mostravam que ela estava esperando por ele até agora. Ela ergueu o vidro do lampião de querosene sobre a mesa e colocou o fósforo no pavio para acender. John observou a pequena chama amarela, encerrada no conforto do fogo.

"Meu Deus. Você andou brigando", Ma disse, movendo-se em direção a John para olhar mais de perto.

John balançou a cabeça, então pensou em colocar o galão de gasolina no chão. Perto da porta estavam as pilhas de caixas exatamente do jeito que as deixara. "Nada guardado ainda!", ele gritou, outra vez atingido pelo pânico. Ele levantou uma caixa de pratos e virou-se para sair.

"John", Mim disse, segurando seu braço. "Onde você estava?"

"Me larga!", ele gritou para ela.

Mim soltou e John abriu a porta e encarou o frio de novo. "Coloca isso no chão", disse Ma, sua voz clara e potente na sala escura.

"Ma", disse John. "Temos que sair daqui. Rápido."

"Não tão rápido", disse Ma, e John hesitou.

"Como você… Eu nunca vi um…", disse Mim. John encostou o rosto na porta fria ao fechá-la. "John, isso é gasolina. É a isso que você está fedendo."

"Não podemos parar para conversar", disse ele. "Eles vão vir com tudo atrás de mim agora." Sua garganta estava seca e seu corpo latejava tanto que ele mal podia ficar de pé. Ele olhou para a caixa de pratos entrando e saindo de foco através de camadas de vermelho.

Ele deixou que Mim o levasse para a cadeira de jardim de Ma e o acomodasse ali.

Ela deu a ele um copo de água do balde. "Quem?", ela perguntou.

"Ele e o cachorro", disse ele. "Dunsmore e aquele cachorro."

"John, o que foi que você fez?"

"É melhor não saber", disse John.

"Eu e ela temos que saber", disse Ma. "Estamos nessa com você." Enquanto estava de pé acima dele, apoiada em suas bengalas, seu rosto, iluminado por baixo pela lâmpada, estava desenhado em linhas fortes que ele quase esquecera.

Mim ajoelhou-se na frente dele com um pano molhado. "Tome", disse ela. Ela tocou seu rosto com a água morna e os arranhões começaram a arder.

Desanimado não pela dor, mas pelo cuidado, John disse: "Eu toquei fogo nos pinheiros da Parade. E o vento a esta altura deve ter soprado até a casa de Mudgett e a de James, talvez até os correios também".

Mim tocava com delicadeza em seu rosto. "Te pegaram?"

Ele abanou a cabeça.

"Correram atrás de você?"

Ele abanou a cabeça outra vez.

"Sabe aquele trecho da estrada onde os campos correm nivelados dos dois lados?", perguntou Mim. "Gore poderia ter visto você lá, passando com esse galão."

"Ele não passou perto da estrada", disse Ma. "Ele cortou pela floresta como fazia quando menino. Correndo assustado pela floresta no breu. Foi a floresta que machucou ele desse jeito — não foi nenhum homem."

"Jamais uma floresta atrasaria um cão de caça", disse John.

"Você ouviu alguém procurando por você?", perguntou Mim.

Ele abanou a cabeça. O azul nas vidraças estava dando lugar ao cinza. Quando fossem embora, teriam que passar por Cogswell para evitar a Parade.

"A gente vai acabar se entregando se for embora hoje à noite", disse Ma.

John sentou-se na cadeira, deixando Mim tirar suas botas congeladas. "Estamos muito indefesos aqui", ele gemeu. Seu corpo ficou mole quando a verdade do comentário de Ma explodiu em sua cabeça. Eles teriam que ficar pelo menos mais um ou dois dias. Mais uma vez, teriam que sentar em casa e esperar. Agora ele podia ver as cores das árvores através das janelas e sabia que o primeiro dia de espera começara.

"Você sempre teve medo de cachorro", disse Ma com suavidade.

Lassie bateu o rabo no chão com as palavras calmantes.

Mim sacudiu os braços. Ela começou a desabotoar a jaqueta de John. "Tire a roupa", disse ela. "Eles não podem pegar você assim." Ela derramou um balde de água na grande chaleira e enfiou um novo pedaço de lenha no fogão.

John levantou-se e olhou ao redor desvairadamente. A grande explosão de nuvens de gasolina e sua fuga caótica estavam denunciados por toda a sala. "Depressa!", disse ele. "Descarrega a caminhonete." Ele começou a calçar as botas outra vez. "Ai, meu Deus. Será que estou mesmo fedendo a gasolina? Se nos encontrarem acordados e virem todos esses sinais..." Ele se levantou e apagou a lâmpada.

"Fica parado", disse Mim. "Não fica espalhando o cheiro por toda parte. E você vai acabar pegando fogo se chegar muito perto do fogão."

John tirou a jaqueta, depois o suéter. "Minhas luvas!", ele gritou. Ele pegou a jaqueta e enfiou um braço na manga novamente.

Mim tapou a boca com a mão. "Nos bolsos", disse ela.

Mas as luvas não estavam lá.

"Agora é tarde demais", disse Ma. "A floresta cresce em parte da poeira de luvas perdidas. E de que adianta uma luva se eles acharem? Não é como se você tivesse escrito seu nome nela."

"Cachorros, mãe", John disse, vestindo seu suéter e ainda procurando suas luvas em sua jaqueta. "Agora, temos que ir. Agora acabei com tudo, então temos que ir. As luvas estarão à vista de todos como uma bandeira vermelha."

"John", disse Mim. "Tire logo essa roupa. Sou eu quem mais quer ir embora. Mas agora está bem claro que não podemos. Agora não. Agora temos que ficar e ouvir chegar a caminhonete outra vez." Ela pegou os baldes. "Não que eu esteja dizendo que aprovo o que você fez." Sem casaco, ela saiu pela porta dos fundos em direção ao poço.

Ma estava de pé ao lado de John, mal se apoiando nas bengalas, e aos olhos de John, virados para cima na luz da manhã, parecia que as terríveis transformações da idade desapareceram por um momento. "Anda, filho, anda", ela pediu. "Vá se limpar. Estou dizendo que aprovo o que você fez. Se nos pegarem agora, pelo menos vão saber que os Moore não se ajoelham como um bando de idiotas." Ela bateu sua bengala com prazer. "Não. Isso é fato. Eu sempre soube disso desde que conheci seu pai. Os Moore não se ajoelham."

13

Elas o levaram para a cama vestido, para que, se ouvissem um carro, pudessem acordá-lo e ninguém saberia que ele estava dormindo até as horas claras da manhã. Mim puxara o colchão da caminhonete de volta para o quarto e agora John estava deitado sob as colchas velhas de Ma, observando as primeiras listras difusas de sol se espalharem como gaze pelo chão em direção a Hildie. Ela estava enrolada como uma bola, com a cabeça jogada para trás, as bochechas rachadas em um rosa brilhante, respirando ruidosamente pela boca. Ele estava acordado e tenso, sintonizado em caminhonetes, sirenes, viaturas estaduais — a visita final que acabaria com tudo. Mas tudo o que ouvia sob a grande tampa do silêncio de inverno era a respiração da filha e os passos rápidos e ordenados de Mim lá embaixo. Saindo pela porta lateral para pegar mais madeira, saindo pela porta da frente da cozinha para o celeiro. Entrando de novo. Saindo de novo. As barras de sol ficaram mais curtas e definidas, tingidas de azul como se filtradas pelo gelo. De olhos arregalados, ele ouvia. O vento, ele percebeu, havia parado. O vento tinha acabado.

Logo Hildie espirrou e espirrou de novo. Então, de repente, ela irrompeu de sua cama e rolou para a dele. "Onde está mamãe?", ela perguntou.

"Lá embaixo", disse ele.

"Tem certeza?", a criança perguntou, sentando-se com seu pijama azul desbotado. "Ela disse que a gente ia embora antes de eu acordar."

"Não, não", ele disse. "Escuta. Ela está lá embaixo."

Hildie apurou os ouvidos até escutar os passos e as vozes das mulheres, então se aconchegou perto de John, batendo os dentes. "Nós não fomos", disse ela.

"Não", ele respondeu.

"Eu sabia", ela disse alegremente. Ela colocou os braços em volta do pescoço dele e respirou em seu rosto atarracado. Nem bem se acomodou, ela mesma disse: "Hora de levantar".

"Eu sei", disse, e ao dizer isso, a sonolência veio sobre ele tão forte que mal podia responder à criança. Quando ela rastejou para fora de sua cama e desceu as escadas para a cozinha, ele estava quase dormindo.

A princípio, enquanto trabalhava, Mim tremia. Ela colocou as roupas de molho em uma tina cheia de água, então foi até o poço para pegar mais água. Ela alimentou o fogo, depois deixou a porta da cozinha entreaberta para o tempo frio, certificando-se de que ouviria a chegada deles antes que estivessem perto demais. Com sorte, também, passaria um pouco do cheiro de gasolina no ar da cozinha. Ma estava agitada demais para ficar trancada na sala da frente, onde estava quente. Mim envolveu-a em um cobertor em sua cadeira e, feliz pela companhia, levou-a para perto do fogão.

Mim lavou as roupas em três tinas diferentes, esperando impacientemente a cada vez até que a água da chaleira esquentasse. Então ela as torceu com força e as pendurou no varal sobre o fogão crepitante. Ela e Ma ensaiaram o que fazer quando eles chegassem. Esconder as roupas. A maneira mais rápida seria colocá-las no forno. Fechar a porta externa. Abafar o fogão. Correr para o segundo andar e avisar John.

Mim esfregou as botas com uma escova e sabão amarelo. E as esfregou de novo, mas não conseguiu tirar o cheiro de gasolina. Assim, ela correu para o celeiro e rolou as botas molhadas na poeira de esterco seco e feno que ainda cobria o chão. Então, escovou-as, levou-as e escondeu-as em um armário.

Mas ainda assim, com todo o ar e a roupa lavada, a cozinha continuava cheirando a gasolina. "O galão de combustível, Mim", disse Ma e riu. "Como somos duas idiotas."

O coração de Mim batia. Ela pegou o galão e correu para o celeiro. Ela esfregou os restos de folhas secas e as manchas pegajosas de gasolina do galão e o deixou na traseira da caminhonete, onde era seu lugar. Então, esfregando as mãos na grama congelada, ela se assustou e se endireitou, como fizera seis vezes naquela manhã, pensando ter ouvido um carro. Mas o vento estagnara e o amanhecer estava tão quieto que quase podia ouvir o fraco crepitar do lago onde se formava uma nata de gelo. Um pato-real gritou e ela primeiro ouviu o bater de suas asas na água, depois o viu, escuro e gracioso contra o céu cinzento do novo dia.

Ao entrar, ficou na porta olhando para o lago, como já fizera tantas vezes durante vinte anos. "O gelo fino está chegando, no fim das contas", disse para Ma. "E nós vamos embora."

"Deixa pra lá. Ela vai ser uma boa patinadora em qualquer lugar. Igual a ele."

Mim imaginou sua filha crescida, o gorro verde voando enquanto ela girava de modo acelerado sobre o lago em um dia de inverno sem nuvens. Ma estaria se lembrando da imagem do próprio filho? John, um bom patinador? Essas eram as coisas que você dava a uma criança — o espírito, o lago e a memória.

Mim levou as mãos ao rosto, atordoada de felicidade com a plenitude de seu mundo ali na beira do lago.

"Ei, Miriam", Ma disse suavemente, e estendeu a mão para ela. "Você sempre foi uma garota tão sentimental."

Mim tocou a mão de Ma, depois despertou e voltou a trabalhar. Logo estava outra vez descarregando a caminhonete, desembalando cada caixa por inteiro e jogando no porão antes de ir ao celeiro em busca da próxima. Ela tinha acabado de sair do celeiro carregando a quarta caixa quando ouviu o carro chegando. Ela correu de volta para o celeiro com a caixa ainda em seus braços e se viu parada na baia dos cavalos imaginando o que fazer. Havia descarregado apenas metade da caminhonete e John estava dormindo um sono pesado, vulnerável, no andar de cima. Mim prendeu a respiração e escutou. Ela podia ouvir o zumbido baixo do motor do carro, mas não havia som de portas de carro se abrindo ou de passos no cascalho. Ela colocou a caixa em silêncio sob a janela e subiu para olhar para fora.

Uma perua laranja Datsun estava no meio do quintal. Dentro, um homem barbudo, uma mulher jovem e dois meninos pequenos estavam sentados, olhando com tranquilidade para o celeiro, o pasto, o lago. Eles moviam os lábios e conversavam. Por fim, o homem assentiu e saiu, e, com um sorriso fácil de curiosidade, passeou com vagar pelo celeiro. Quase diretamente abaixo da janela de Mim, ele parou para chutar a soleira. Depois voltou para o carro e girou sem pressa, examinando tudo o que podia ver. Seus olhos pararam na janela da cozinha. Ele sorriu e acenou. Hildie, pensou Mim. Ela deve estar bem à vista. Então o homem voltou para o carro e disse alguma coisa. Sua esposa e filhos começaram a rir e acenar em direção a casa. Por fim, eles foram embora, as duas crianças olhando pela janela traseira até que o carro desapareceu sobre o morro.

Mim esperou até que o som do motor desaparecesse completamente, então correu para a casa. Ela largou a caixa bem perto da porta e parou ao lado de Ma. “Como você pôde deixar Hildie ficar aqui, à vista de todos?”, ela questionou. “Como você pôde?”

“Só turistas”, disse Ma. “Tem que ser. Dá para ver pela cara.”

“Em dezembro?”, perguntou Mim. “Numa terça-feira? Da próxima vez que isso acontecer, veja se ela está bem escondida, ouviu?”

Ma segurou Hildie com força e não respondeu.

Mim voltou ao trabalho, agora mais agitada. Antes que o sol estivesse a pino, ela respirou fundo e percebeu que, exceto pela superestrutura de madeira na caminhonete — o que indicava apenas que eles estavam pensando em se mudar em breve —, as coisas estavam de volta ao normal. Já não parecia que os Moore estivessem prontos para fugir. Roupas, comida e utensílios de cozinha estavam todos no lugar. Hildie sentou-se com a mãe debaixo do cobertor da cadeira, fazendo desenhos. Xícaras e tigelas de cereal sujas criavam uma desordem reconfortante sobre a mesa. Até as roupas de John estavam quase secas o suficiente para serem penduradas nos ganchos do quarto onde deviam estar.

Quase sem transição, Mim percebeu-se instalada na familiaridade das tarefas diárias. Ela encheu a caixa de lenha, pegou dois baldes de água fresca, varreu o chão e arrumou os pratos do desjejum. Preparou uma xícara de chicória e esquentou o que restava da aveia. Por fim, fechou a porta para que o cômodo começasse a esquentar. Não havia mais nada a fazer senão esperar.

Mim farejou o ar. "Eu me pergunto se um nariz fresco ainda sentiria a gasolina?"

"Temos alguma cebola sobrando?", Ma perguntou.

Mim abaixou-se até a caixa de cebola embaixo da pia e pegou seis cebolas pequenas. "O suficiente para mais uma sopa", disse ela. Em seguida, ela suspirou. "Espero que possamos comê-la."

John acordou com fome. O quarto parecia lúgubre na última luz enfraquecida que ele momentaneamente confundiu com o amanhecer. Então se lembrou e continuou a ouvir de onde parara. Talvez fosse o som da caminhonete do leiloeiro que o despertara.

Ele cambaleou até a janela, arrastando o cobertor, e olhou para o quintal vazio lá embaixo. Não havia som, nem mesmo da cozinha, e, como Hildie, perguntou-se se teria ficado para trás. Ele largou os cobertores e desceu a escada correndo.

Mim estava varrendo a cozinha pela terceira vez. Ma e Hildie estavam jogando cartas. Hildie derramou suas cartas e correu para ele. "Você dormiu o dia inteiro", disse ela.

"Shh", disse Ma. "É segredo. Não esquece."

John sentou à mesa, incapaz de falar. Por um momento, não conseguiu lembrar por que ou como tinha arriscado tudo.

"Tivemos visitas", disse Mim, "ainda que eles parecessem..." John agarrou a borda da mesa, questionando Mim sobre os visitantes. Por fim, levantou-se e saiu para o pátio de meias. Ele estremeceu de frio e olhou para o céu em direção à cidade. Estava nublado e silencioso, e o ar em suas narinas estava fresco como neve molhada. Ele voltou para dentro. "Nada", ele disse.

"Vai saber?", disse Mim. "Harlowe é muito longe."

Ela deu a John uma tigela de sopa, Hildie subiu no colo do pai e ele comeu, engolindo rápido demais como se pudesse ser interrompido a qualquer momento.

Anoiteceu, a hora do jantar passou, Hildie foi colocada na cama e a parte pesada da noite se instalou para sua longa estadia. O vento voltou a soprar. Os galhos das árvores em frente a casa soltaram-se e bateram contra o chão, e o vento soprou sobre os longos juncos vibrantes do lago, cantando cada vez mais alto ao som de sirenes e gritos. Eles apuraram os ouvidos, tentando bloquear o barulho do entorno imediato para detectar sons da cidade, ou o gemido de um carro se aproximando, ou o sussurro sutil de passos no pátio.

John entalhava uma lasca de lenha, reduzindo-a a nada com sua faca. Lassie cochilava em seu cobertor atrás do fogão. Ma estava bem acordada em sua cadeira. E Mim, à mesa, roía os dedos e não fazia nada.

"Eu continuo me perguntando", John disse, "até onde o fogo se espalhou. Se eles encontraram as luvas."

"Lassie teria latido se tivesse alguém por perto", Mim disse.

"Você se lembra de um detalhe sobre o Gore?", John disse. "Acontece com todos os Gore. Os cães nunca latem para eles. Nunca latiram."

Ma puxou a franja de seu cobertor.

Às dez, deixaram Lassie sair, depois entrar de novo e, depois de alguma discussão, decidiram que a coisa menos suspeita que podiam fazer era ir para a cama. Hora após hora, John, recém-despertado, ficou deitado tentando ouvir. Todo o tumulto da noite, do lado de fora das janelas, chegava até ele como um eco do esmagamento de madeiras secas em sua longa fuga.

De repente, sem saber se estava totalmente acordado, ele se sentou e sacudiu Mim para que ela acordasse. "Você está ouvindo sirenes?"

Ela escutou. Ele sentiu o corpo dela estremecer, tanto por ser sacudida de seu sono pesado e nervoso quanto por qualquer coisa. "Estou ouvindo", ela disse.

Mas, enquanto escutavam, as sirenes pararam e outra vez eles ouviram o vento no topo dos bordos sem folhas.

"Parecia tão perto", disse Mim.

"Será que ainda está queimando?", perguntou John.

"Era na direção oposta da Parade", disse Mim.

"A noite distorce as coisas", disse John. "E o vento. Podiam ser os carros de bombeiros de Powlton a caminho da Parade..."

"Ou os carros de bombeiros de Harlowe a caminho de Powlton", disse Mim. "Pode ser. Quem sabe o que está queimando, onde ou por quê."

A noite passou e a manhã voltou, com sol e Hildie. A curiosidade ficou tão pesada em seus ombros quanto o medo. Ao meio-dia, levando Hildie consigo, para o caso de eles virem enquanto ela estivesse fora, Mim foi até a loja de Linden.

Percorreram, aos solavancos, os últimos buracos familiares da estrada de terra e chegaram no asfalto súbito e suave que surgia de maneira abrupta no meio de um trecho de mata fechada, como um dedo hostil da cidade enfiado na vida selvagem. Na escuridão do asfalto, ela antecipou as ruínas carbonizadas da Parade. Mas a luz do sol se estendia em faixas pacíficas pela estrada, escurecendo as rachaduras e iluminando os pedaços de mica embutidos. Nada poderia parecer sinistro à luz do sol.

Ao contornar o último agrupamento de pinheiros e encontrar-se no canto mais distante da Parade, ela viu imediatamente que não ocorrera nenhum incêndio. Era como acordar de um sonho e encontrar tudo o que o sonho derrubara de volta ao lugar — restaurado. Ela tentou se lembrar de como o sonho acontecera e descobriu que não conseguia.

A casa de James parecia vazia como sempre, as persianas da frente fechadas como sempre e as águas-furtadas tortas — uma cinza e outra rosa com tinta nova que já estava descascando. A casa de Mudgett permanecia inalterada em sua desordem — a pilha de ripas e gesso que estava há seis meses do lado de fora da janela da sala, o mesmo carro de corrida no jardim da frente, faltando o para-lamas e as rodas, o grande número 14 escorrendo tinta branca pela porta. Ao passar, esticando o pescoço, a esposa de Mudgett parou com a boca cheia de prendedores de roupa para espiar de seu posto atrás do varal meio cheio. A própria Adeline Fayette estava sob a bandeira americana em frente ao correio, conversando com algum desconhecido. Ele escutava. Ele não poderia fazer quase nada além de escutar, já que Adeline não podia ouvir.

Mim dobrou a esquina em direção a Linden. De costas para as três casas sólidas, ela olhou para a grama ainda verde à sua direita, para a prefeitura trancada, a oficina de Stinson, a casa do médico com seu letreiro arrumado e o par de estufas à sua esquerda, ainda com as cumeeiras desmoronadas como pernas quebradas. A precisa normalidade da Parade caiu sobre ela como um cobertor escuro, e ela tentou se lembrar da história que o marido contara, o drama, a sequência improvável. Então, pensou em Agnes Cogswell, em John jogando o dinheiro no fogão, em Ma batendo a bengala com a história de seu nome de família vingado.

Do lado oposto da Parade, ela entrou no estacionamento de Linden e se apoiou no volante, olhando para as três casas intocadas do outro lado do gramado. Sem monstros, sem tanques blindados, sem vozes zangadas — apenas a Harlowe Parade como ela a conhecia desde que se lembrava, brilhando com o sol na época do ano em que o outono se transforma em inverno. Hildie estava no banco ao lado dela, apoiando-se em seu ombro, sonhando também, aparentemente.

Eram as quintas-feiras que eram difíceis de lidar. As pessoas vinham visitar — pessoas conhecidas, pessoas de cujas mães e filhos ela se lembrava — e sorriam, e nunca o faziam muito. O leiloeiro vinha e olhava para ela e a enchia de culpa.

Mim sacudiu-se e, de repente, como a imagem oculta de um quebra-cabeça, o que ela deveria ter visto imediatamente surgiu em seu pensamento. No espaço entre a casa de Mudgett e a de James, a linha entre o pomar e o céu foi desenhada em carvão raivoso. Onde os pinheiros estavam, havia caules pretos e quebradiços, alguns quebrados e outros apontando para o céu, como os escombros em um milharal desnudado e escurecido pela geada. O preto se estendia pelo feno cortado no pomar para incluir meia dúzia de macieiras. Em vários lugares, o rio escuro batia nas bordas do quintal de Mudgett e depois fugia de volta para a floresta.

Hildie abriu a porta e dançou até a vitrine dos doces e dos brinquedos de plástico. Ela pressionou o nariz contra a vitrine até sua respiração embaçar o vidro e não conseguir mais enxergar dentro. Então se afastou e começou a desenhar um rosto com o dedo no vidro embaçado.

"Fica longe dessa vitrine, Hildie", disse Fanny, sentada em seu banco alto atrás do balcão, tão quieta que parecia apenas uma voz na loja escura.

Mim puxou a criança para longe da vitrine. Ela tinha planejado um comentário, como a primeira linha de uma peça. "Nem parece dezembro, com esse clima", ela conseguiu dizer. "Não posso reclamar." Fanny caminhou, trêmula, até a prateleira onde guardava leite e tirou uma garrafa de vidro. Laticínios Pulver. Talvez o leite viesse de suas próprias vacas. Ela colocou a garrafa sobre o balcão de pinho gasto.

"Mais alguma coisa?", Fanny perguntou.

"Não. Vou precisar de um pouco de farinha", Mim disse.

"Vai viajar?", Fanny perguntou, acenando para o bagageiro na caminhonete.

"Apenas planejando", Mim disse.

"É difícil falar sobre o clima", disse Fanny, anotando um dólar e quarenta e um centavos pelo leite na parte de trás de um saco de papel. "Uma boa neve acabaria com os incêndios."

Mim pegou um saco e descobriu que era açúcar em vez de farinha. Ela abaixou-se para colocá-lo de volta.

"*Se* quiserem acabar com eles", disse Fanny.

Mim virou-se, franzindo a testa. "Incêndios?", ela repetiu, sentindo o peso de seus movimentos, sentindo que respondera devagar demais, imaginando se já teria entregado John.

"Pois é", disse Fanny. "Que ano cheio de acidentes. Mal dá para acreditar."

"Você disse que teve um incêndio?", Mim perguntou, de pé diante do balcão segurando três notas amassadas de um dólar. Hildie estava choramingando e puxando sua mão, tentando arrastá-la para a vitrine dos doces.

"Quer dizer que você não ouviu?", disse Fanny.

Mim negou com a cabeça.

"Bom, não sei como teria ouvido, sozinha lá em cima. Acho que você não tem mais telefone, não é?"

Mim balançou a cabeça outra vez.

"Para com isso agora, Hildie", disse Fanny, entregando à criança uma barra de chocolate com embalagem gordurosa. "Esses aqui estão ficando meio velhos. Agora, chega de reclamar, ouviu?" Ela virou-se para Mim e pegou o dinheiro. "Isso é porque é filha única. Você sempre pega leve quando tem apenas uma. Você coloca um valor muito alto neles."

"E o incêndio?", Mim perguntou com suavidade.

"Na casa do Gore."

"Gore!"

"Pois é. Coisa engraçada. A casa virou cinza. Mas aquele celeiro velho não foi tocado. Tem uma sobrevida encantadora, aquele celeiro do Toby."

"Alguém se feriu?"

"Difícil dizer de cara."

Mim pegou o troco sem contar para ver se Fanny havia cobrado pela barra de chocolate. Ela olhou para Fanny.

Fanny riu. "Eles pensaram que Bob estava cozido, porque não o acharam em lugar nenhum. Então eles notaram que aquela caminhonete nova e elegante com a sirene também não estava lá. E encontraram o velho no celeiro. Ele só pegou um cobertor e se mudou para dentro. Suas vacas eternas. Tudo com que ele sempre se importou, as vacas. Aquele celeiro vai desabar em cima dele na primeira neve forte. Espere só."

Mim tentou pensar em algo para dizer. "Ele está ficando velho para viver sozinho", disse ela.

Fanny deu de ombros. "Você não acha que Bobby vai estar ansioso para voltar? Acho que o velho vai acabar virando responsabilidade da cidade, no fim das contas. Dezenove filhos e nenhum que valha um tostão furado."

Mim sorriu inquieta.

"Ou talvez aquele leiloeiro ajude ele. É o que deveria fazer, na minha opinião."

Tentando juntar os pedaços, pensar como o fogo de John poderia ter incendiado a casa de Gore, Mim ficou no balcão segurando seu saco de farinha, e deixou o silêncio ir longe demais. "Acho que sim", ela murmurou. "Que azar."

Fanny empurrou o saco de papel pardo com leite e farinha sobre o balcão na direção de Mim com um olhar penetrante. "É de partir o coração, não é, querida?", disse ela.

O coração de Mim deu um salto mortal de volta ao lugar. Ela pegou a bolsa em um braço e empurrou Hildie em direção à porta com o outro.

"Tem um incendiário solto por aí, só pra você saber", acrescentou Fanny. "Tentou incendiar toda a Parade na noite anterior."

Mim olhou para trás. "O quê?", disse ela.

"Você me ouviu muito bem. Dê uma olhada lá depois da casa de Mudgett. Você quer dizer que não era isso que você estava olhando, sentada na caminhonete antes de entrar?"

Mim lançou outro olhar por cima do ombro para Fanny, incapaz de responder. Do lado de fora, ela estava ao lado da bomba de gasolina, olhando abertamente mais uma vez para os espigões carbonizados das árvores que se agarravam à colina além da casa de Mudgett.

Naquela noite, depois que Hildie foi para a cama, Mim sentou-se à mesa virando e revirando uma caneca de chá de bétula. "Temos que ir agora", disse ela. "Amanhã é quinta-feira."

"Toda a minha vida, morando perto de florestas, nunca vi um incêndio florestal", disse John. "Lembra-se dos incêndios em Bar Harbor? O Programa de Educação do Departamento de Agricultura estava sempre atrás de nós falando sobre fogo, como se eles achassem que a gente ia tropeçar em incêndios a cada carga de madeira que cortamos." Ele estava com a faca na mão e a casca desprendeu-se de uma nova vareta de bordo, mas ele estava esfaqueando a mesa, deixando um círculo de pequenas marcas secas. "Um incêndio florestal. Achei que um incêndio florestal ia consumir as casas como gravetos. Achei que um incêndio florestal ia ser..."

"John!", Mim gritou. "Amanhã é quinta-feira. No mínimo, eles vão vir atrás da caminhonete. Consegue focar nisso aqui?" John olhou para ela distraidamente e continuou falando.

"Eles não têm mais cachorros na casa de Gore hoje em dia. Nenhum cachorro para avisar eles..."

Lassie, pensando que tinha sido chamada, lutou para ficar de pé e cambaleou até a mesa abanando o rabo. John ignorou-a.

"John", Mim perguntou de repente, baixando a voz e aproximando-se dele. "Foi você quem ateou o outro também?"

"Que pergunta, Miriam", Ma retrucou. "Você não estava lá em cima dormindo com ele a noite inteira?"

"Mas, John", Mim chorou, "se descobrirem que você provocou um, vão colocar a culpa em você pelo de Gore também. É provável que venham buscar você amanhã, fora a caminhonete."

John levantou-se, caminhou até a porta e olhou para a escuridão. "Eu ateei só um incêndio, e aquele fracassou", disse ele. "Mas pode ser que eu tenha provocado uma boa ideia. Muitos têm o mesmo motivo para criar problemas para Gore."

"Sente, pelo amor de Deus", gritou Mim, levantando-se e sentando-se de novo. "Você é um alvo perfeito aí de pé." Ela pressionou as palmas das mãos contra os olhos. "Seria bom se a gente tivesse cortinas."

"Bom, por mim, preferiria queimar na minha cama do que ser colocada para fora como um vagabundo", disse Ma.

"Nós planejamos levar sua cama, mãe", Mim disse, "ou pelo menos as almofadas. John, por que não podemos ir? Agora. Esta noite."

Mas John não estava escutando. Seus olhos brilhavam com intensidade. Tinha voltado a entalhar o graveto.

"John!", Mim gritou. "Pelo amor de Deus. Vocês dois estão agindo como se tivessem perdido o juízo. Amanhã eles vão levar a caminhonete com certeza. E aí estaremos presos aqui. Presos! E você continua parado como se a gente tivesse todo o tempo do mundo para desperdiçar."

John jogou a faca na mesa e levantou-se novamente. "Nós vamos e ele vai dizer: 'Olha, os Moore estão fugindo. Devem ter sido eles'. Perly não dá a mínima para quem de fato fez isso. Tudo o que ele precisa é de um corpo para crucificar."

"Mas se a gente for...", Mim começou.

"Até onde você acha que a gente ia chegar com a caminhonete nessas condições? Com sorte, chegaríamos até Powlton."

"Se ele vai crucificar um Moore", Ma disse, "preferia que ele nos encontrasse em casa do que correndo como aqueles hippies."

Mim bateu a xícara, fazendo com que o chá saltasse e respingasse na mesa. "E a Hildie?", ela gritou. "Você só fica sentado, esperando, quando você sabe que mais cedo ou mais tarde... Eles vão vir atrás dela." Ela deixou cair a testa sobre a mesa. "Pelo menos na caminhonete, a gente ia ter uma chance."

O vento soprou forte a noite toda, e John, ouvindo o passar das horas, pensou ter escutado sirenes e alarmes, até o crepitar do fogo. Hildie, Mim e Ma. Ele continuou a contar. Ouviu a respiração ofegante da boca de Hildie e sentiu o pé quente de Mim descansando em seu joelho enquanto ela dormia. Ma, dormindo sozinha no andar de baixo, deixou-o inquieto. Ele queria trazê-la para o quartinho com o resto deles para que ele pudesse contar com ela também viva, pelo som de sua respiração. Continuou ouvindo carros no pátio, passos no cascalho, o som de fuzis sendo engatilhados. Lembrou-se de histórias de pessoas mantidas prisioneiras em casas de fazenda — tortura, estupro, crianças atingidas por baionetas. Nas cidades, eles atiravam em pessoas andando pelas ruas. No Vietnã, eles atiravam em aldeias inteiras.

Em algum momento, deitado em seu próprio suor, ele puxou Mim para si e disse: "Vamos, Mim. Vamos. Você tem razão. Vamos amanhã bem cedo, antes que eles cheguem".

Mas, na intrépida luz da manhã, ele parou na porta e ficou observando o vento soprando nas agulhas do topo dos enormes pinheiros brancos que circundavam o lago. Estavam retorcidos, cheios de cicatrizes e meio arruinados, embora Ma sempre os chamasse de "pinheiros virgens". Vários deles caíram como dominós no furacão de 1938. Ele subiu em uma cadeira quando era menor do que Hildie e assistiu pela janela. E, mesmo depois disso, os que ainda estavam de pé eram chamados de "pinheiros virgens". Talvez o ponto fosse que, se você resistisse o suficiente, voltaria a algo parecido com o que começou. Se você perdesse tudo, exceto o próprio tronco principal, haveria algum retorno misterioso à doçura. Hildie estava contando a Ma uma história sobre rãs arbóreas. Isso era doçura — Hildie e a primavera em erupção todos os anos da mesma forma, alimentadas pela terra que sempre as manteve. Ele sempre planejara morrer em sua terra, mais cedo ou mais tarde.

"Nós só vamos sentar e ver se o que você acha que vai acontecer de fato acontece", disse ele, e virou-se para enfrentar o temperamento explosivo de Mim.

Mas Mim não estava mais ouvindo. Ela parara no meio de uma de suas jornadas pela cozinha e estava de pé, os olhos vidrados, ouvindo algo do lado de fora.

John e Ma prenderam a respiração e também escutaram.

"Trator chegando", disse Ma.

"Não", disse Mim. "Alguma coisa maior."

O ronco alto e duro de repente ficou mais alto quando a máquina invisível atingiu o topo da colina e começou a descer aos poucos pela estrada em direção a eles.

O som diminuiu por um momento, então voltou a irromper em uma marcha mais áspera. Houve um gemido alto, uma pausa, depois um estrondo ofegante dando lugar novamente ao ronco do motor.

"Jesus", disse John. Ele pegou sua jaqueta do gancho e saiu correndo pelo gramado.

"Essa é a nossa floresta", Mim ofegou. Ela fixou Hildie com os olhos e disse: "Você fica aqui. Eu também vou".

Mim alcançou John enquanto ele atravessava a ponte sobre o riacho. Eles correram juntos na curva e começaram a subir a colina.

A escavadeira estava rasgando o início de uma nova estrada onde no passado houve uma antiga trilha de madeira. Ele derrubara uma dúzia de bétulas esguias e estava levando para o lado um pinheiro considerável.

"Eles não podem fazer isso", John gritou, mas sua voz foi sugada pela comoção da escavadeira. "Eles não podem fazer isso!"

Ele recomeçou a correr. "John!", Mim chamou e depois correu atrás dele. Na borda do espaço intocado, John parou, insignificante como mais uma árvore ao lado da enorme máquina amarela. O motorista não era alguém conhecido. Uma placa gravada na porta dizia: "Lynch, Inc., Concord".

John fez sinal para a cabine alta, mas a máquina simplesmente recuou e fez outro avanço.

Ele se soltou da mão de Mim, que apertava seu braço. Quando a escavadeira moveu-se de novo, ele correu para a clareira em frente a ela e ficou parado girando os braços para o motorista.

Mim gritou seu nome, "Johnny". Ela foi atrás dele, mas parou quando viu o aríete da máquina caindo sobre ela. A escavadeira chegou a dois metros e meio de John, depois parou.

O motorista baixou a janela. "Saia do caminho", ele gritou acima do rugido da máquina.

"Essa terra é minha", John gritou de volta. "Você não pode fazer isso."

O homem era grande, obeso e comum. Ele poderia ser de Harlowe, mas não era. "Olha", ele gritou. "Vocês são esses sujeitos ocupando aquela casa perto do lago? Eu fui avisado sobre vocês. É o que me disseram que vocês fariam. Bom, desista, está bem? Você não pode discutir com um trator."

"Essa terra é minha", John insistiu. "Eu vou chamar a lei contra você."

"Olha", disse o homem, desligando o motor e inclinando-se mais um pouco para fora. "Recebi minhas ordens do presidente da empresa. Ele quer uma estrada aqui e quatro lotes de casas. E o cara que ele mandou aqui comigo na semana passada para fazer as marcações é um policial de Harlowe. Se ele não sabe a quem a terra pertence..."

"Que empresa?", John disse. "Presidente de qual empresa?"

O homem disse com um tom sarcástico, "Perly Acres?".

"Perly Dunsmore é um bandido e todos os policiais da cidade também."

"Ah, é mesmo?", disse o homem. "Engraçado, eles me disseram que você diria isso também. Você deve ter falado essa antes, não foi? O mandachuva me mostrou a escritura, moço. O policial me mostrou o distintivo. Agora, em quem vou acreditar?"

John permaneceu em silêncio.

Quando parecia que o homem estava prestes a começar de novo, Mim gritou: "Mas essa é a nossa terra".

O homem olhou para ela e para John. "Sinto muito por vocês se sentirem assim", disse ele. Ele começou a fechar a janela.

De repente, John voltou à vida. Ele saltou para o degrau que levava à cabine. "Seu filho da puta", ele gritou. "Vou te matar!"

"É mesmo, é mesmo?", disse o homem, olhando para John de seu poleiro alto. "Acho que vou me preocupar com isso quando vir uma arma. O policial disse que você é um daqueles sujeitos pacíficos que não têm armas." O motor acelerou e o homem o empurrou para a frente outra vez, mirando uma grande faia a apenas alguns metros de onde Mim estava. John saltou para fora da máquina, e ele e Mim recuaram para a estrada.

A escavadeira fazia tanto barulho que eles só ouviram o carro quando já estava praticamente em cima deles. O veículo passou sem hesitar — um Dodge azul com duas pessoas dentro.

"Hildie!", Mim gritou. "Ela está lá dentro com Ma." Ela começou a descer a colina em direção a casa em uma corrida difícil. Teve que parar sobre a ponte, uma dor apertando seu peito a cada respiração. John passou por ela e ela correu de novo, trôpega.

O Dodge havia estacionado no quintal diante da porta, mas as duas pessoas ainda estavam sentadas no interior. John parou atrás do carro e Mim juntou-se a ele sem falar nada. Olhando para dentro do carro baixo, eles viram um casal de cabelos brancos passar uma garrafa térmica com alguma coisa fumegante de um lado para o outro, olhando em volta como se estivessem estacionados para visitar um ponto turístico.

Quando a mulher viu John e Mim, ela se assustou um pouco, depois riu e falou com o marido. Ela abriu a porta do carro e saiu um pouco rígida. "Como vão?", disse ela. "Nós somos os Larsons — Jim e Martha. Estamos pensando em comprar de Perly Acres, e estamos interessados no local do centro de recreação. Esse é o celeiro que eles planejam reformar? Aquela escavadeira lá em cima significa que eles estão realmente dentro do cronograma? Você sabe", ela disse com uma risada curta, "quando se é tão velho quanto nós, você não pode se dar ao luxo de..."

O rosto de Mim ficou tenso de espanto. Ela sentiu John se retesar em sua mão, então expandir aos poucos, enquanto respirava fundo.

"Saiam da minha propriedade!", ele esbravejou, dando um passo em direção à mulher. "Eu vou torcer o pescoço dele por mandar vocês aqui."

"Santo Deus", murmurou a mulher, entrando depressa no carro e puxando a porta atrás dela. Seu marido se atrapalhou para dar a partida no carro, que enfim arrancou com um solavanco. Ele fez um retorno arriscado e saiu pela estrada fazendo barulho.

John andava pela cozinha como se fosse uma gaiola. Hildie se encolhera em um canto com um cobertor e chupava o polegar. Ma estava sentada na cadeira, tremendo e ignorada. E Mim, determinada a partirem todos juntos — pois nada importava agora, a não ser irem embora — arrumou e reorganizou as coisas que eles tinham que levar, em silêncio, tentando tornar possível levar tudo para dentro do caminhão e sair em dois minutos, no máximo, assim que John dissesse.

O escarcéu estridente da escavadeira encheu a sala. Quando falavam, suas vozes diminuíam como se estivessem distantes e, embora pudessem ver as árvores à beira do lago, curvando-se e endireitando-se, só podiam ouvir o vento nas pausas entre os ataques da escavadeira.

Por volta das dez, uma caminhonete deslizou para o pátio, materializando-se nas ondas do som como se estivesse em completo silêncio. Mim pegou Hildie em seus braços, então parou. Era Mickey Cogswell, sozinho. "Não seria ele quem viria marcar presença aqui para...", disse ela.

John colocou a faca na mesa e saiu. Mim enfiou Hildie na cadeira ao lado de Ma. "Agora não diga uma palavra, ouviu? Nem uma palavra."

Hildie escondeu o rosto no colo da avó. "Para de repetir. Eu sei", ela gritou, seu grito abafado pelas dobras do roupão de Ma.

Cogswell não saiu da caminhonete, apenas abriu a porta e esperou. Sua pele e suas roupas estavam manchadas de cinza escuro. As linhas em seu rosto estavam traçadas em preto e seus olhos estavam avermelhados.

"Mas o quê...?", Mim perguntou ao se aproximar. Então ela sentiu o cheiro da fumaça nele.

Ele abanou a cabeça. "Deus sabe", disse ele. "A cidade inteira está virando fumaça. A gente está combatendo um incêndio na casa de Sonny Pike. Não bastou que levasse um tiro, agora quarenta acres de seu pinhal se foram e seu celeiro começou a queimar. Parece que a casa é um caso perdido também. Então, tinha um incêndio no telhado do celeiro de Pulver quando passei. Estavam molhando a casa, mas o telhado está preso e o vento atrapalha demais." Cogswell parou e esfregou o rosto, empurrando a fuligem em listras escuras.

O gemido da escavadeira subia e descia ao redor deles. Cogswell balançou a cabeça. "Perly mandou isso pra cá?"

John estava com os braços cruzados. Ele assentiu.

"Não pôde nem esperar..."

"Nós não vamos embora", John disse. "Pensei que já tivesse dito isso a você." Cogswell olhou para John, seus olhos azuis mais focados do que estiveram em meses.

"O que quero saber é o que você está fazendo aqui", John disse, "com seus amigos policiais no meio de todos esses problemas?"

"Bom, você sabe, eles têm o corpo de bombeiros de Powlton agora, e Babylon e Walker estão no mesmo caminho. O problema é que acabamos de ouvir que a terra dos Ward que eles dividiram e venderam — está em chamas também, em alguns lugares diferentes, e fica do outro lado da cidade. Isso, para mim, foi a gota d'água. Eu, James, Stone e um monte de outros policiais com casas próprias estão preocupados em ficar longe. O pobre Sonny estava pulando e gritando pra gente ajudar. Mas fiquei imaginando os meus próprios campos secos. Metade deles nem foram cortados esse ano. E alguns deles, de Powlton também, pararam de trabalhar e começaram a discutir sobre de quem é a cidade, e por que deviam arriscar as cabeças se nós estamos fugindo. Enquanto isso, o fogo está subindo a colina, envolvendo as árvores, subindo até a casa de Geness."

John ficou escutando, com o semblante sombrio.

Cogswell passou as mãos pelo cabelo. "Se eu atirar com a espingarda três vezes, você vem me dar uma mão?" Ele olhou para Mim, depois para John. "Olha", ele disse, engolindo em seco, "eu sei que é o seu lado que está causando esses incêndios. E eu não digo que meu lado não esteja merecendo, mas isso significa que você e eu temos que estar em guerra?" Ele estendeu a mão para John e tocou na manga de sua camisa. "O que posso fazer, Johnny? Não sobrou nenhum corpo de bombeiros para vir."

John olhou para a estrada em direção ao som da escavadeira, considerando. "Então, metade da cidade está pegando fogo", ele disse, sem pressa.

Cogswell retornou cansado para detrás do volante. "Talvez você esteja certo, Johnny", ele disse, batendo a porta. "Nenhum de nós merece viver para ver o dia de amanhã."

Enquanto ele subia pela estrada, Mim passou correndo por John em direção à caminhonete em movimento e abriu a porta, correndo para acompanhá-la. "Por que vocês não vão embora, Mickey?", ela gritou.

"Eu não posso, Mim", ele disse, freando até parar. "Agnes não para de me pedir também, tanto que eu mal posso suportar. Mas eu não posso ir embora. Como poderia? É só outro jeito de morrer."

John veio por trás de Mim e inclinou-se sobre ela para agarrar o braço de Cogswell. "Está ouvindo aquele sujeito lá em cima derrubando minha floresta?", ele perguntou. "Você acha que pode fazer algo a respeito?"

Cogswell pareceu assustado. Então, ele passou a mão pela arma em seu coldre e respirou fundo. "Sim", disse ele. "Acho que talvez eu possa. Ao menos posso tentar." E, em vez de ir para casa, Cogswell deu meia-volta e voltou a subir a colina em direção à escavadeira.

John e Mim ficaram juntos no pátio, ouvindo. A escavadeira parou de funcionar quase imediatamente. Não houve tiros e eles estavam longe demais para ouvir vozes. Logo, o grande motor voltou a rugir, então começou a recuar aos poucos.

Mim olhou para John. "Ele ficou lá em cima só uma hora", disse ela.

"Desta vez", disse John.

Mickey passou por eles com um sorriso. John retornou sua saudação com um grito de afirmação.

O vento circundava a chaminé e deslizava pelo telhado íngreme com um gemido, sacudindo as portas e atormentando o plástico sobre as janelas. No quarto que fora de Hildie, estilhaços de vidro continuavam a se soltar do buraco da bala e cair no chão. O resto do dia se passou, de qualquer forma, e ninguém mais apareceu.

"A quinta-feira se foi", disse Mim em seu quarto naquela noite, "e ninguém veio a mando de Perly, exceto aquela escavadeira."

"Os incêndios estão mantendo todos ocupados", disse John. "Mas você pode apostar que Perly já deve estar voltando ao normal e planejando como nos matar e enterrar de uma forma ou de outra, todos nós, incluindo os policiais. Até sobrar só ele para vender toda a cidade vazia."

Estava tão frio que levaram Hildie para sua cama e empilharam as colchas de criança sobre as suas para se aquecerem. Impacientes, eles esperaram que a longa noite passasse. Por fim, a aurora apareceu sobre a camada de gelo nas janelas e eles puderam ver nuvens cinzentas soprando como bolas de poeira no branco mortiço do céu da manhã.

"Tem neve lá em cima", disse Mim. "A gente devia ir logo agora de manhã, antes que a neve nos prenda aqui."

"A parte de trás daquele caminhão deve estar fria como o fundo de um poço", disse John.

"Vamos arranjar um fogão em Concord. Você mesmo disse que ele vai enterrar todos nós, e nós somos os primeiros no caminho." Mim já estava suplicando. "Johnny, por favor."

John levantou-se sem responder, vestiu o macacão e a jaqueta e desceu para ver os fogões. Depois do café da manhã, pegou um pedaço de madeira e sua faca. Hildie se sentou ao lado dele e observou, com os olhos arregalados e imóvel, enquanto as lascas caíam uma de cada vez e o graveto desaparecia.

Mim vestiu a jaqueta e foi até o poço buscar água. "Essa neve não vai esperar", ela insistiu quando voltou. "Vai chegar a qualquer minuto e estaremos aqui." Ela estava irritada e rabugenta. Ela continuou seus afazeres sozinha na cozinha, abandonando-os no meio do caminho. "Nós temos essa última chance", ela continuou dizendo. "E vocês dois não vão ceder."

"Vá então", disse Ma. "Você e a criança."

"Como, Ma?", gemeu Mim. "E deixar você e Johnny aqui?"

As nuvens acumulavam-se no alto, densas como pudim. Eles esperaram a manhã toda pelo próximo movimento. Mas nada aconteceu. Até a neve foi adiada.

Às quatro, o dia já voltava a virar noite. Eles ouviram o motor e não disseram nada. Mim pegou Hildie, tirou os casacos dos cabides e foi até a porta.

Era a caminhonete amarela. Ela ficou olhando fixamente, quase acreditando que o que via era apenas mais uma repetição da visão que a atormentara tantas vezes durante os longos dias de espera. Só quando a caminhonete chegou perto ela distinguiu as feições de Dunsmore e Mudgett, e ela pegou o braço de Hildie e a levou pela porta dos fundos.

Ma foi até a cozinha e parou ao lado da pia, de pé entre as bengalas. John estava atrás da porta fechada, esperando.

Perly liderou o caminho, desarmado como sempre, movendo com grande facilidade seu corpo largo. Ele era um alvo perfeito para um franco-atirador escondido, digamos, atrás da janela quebrada do andar de cima. Como se lesse os pensamentos de John, Mudgett, seguindo com cautela atrás do leiloeiro, a mão perto da arma, olhou para as janelas do segundo andar e, com um movimento rápido, virou-se para a esquerda para verificar a abertura escura do celeiro.

John abriu a porta e os dois homens entraram e pararam de costas para a porta, o frio espalhando-se deles.

"Onde estão Mim e Hildie?", perguntou Perly.

"Foram embora", disse John.

Perly ergueu uma sobrancelha e considerou. "Harlowe anda cheia de problemas nos últimos dias", disse ele.

"Acho que você ouviu falar sobre os incêndios, não? Sete em uma semana e mais alguns que ainda não apagaram por completo", disse Mudgett em sua voz rápida e alta. "E aquele maldito idiota do Gore fugiu." John não disse nada. Ele ficou perfeitamente imóvel com as mãos nos bolsos.

"Isso faz do Red, aqui, como primeiro policial, o chefe interino da polícia", disse Perly, olhando para Mudgett como se fosse a primeira vez.

Mudgett ficou balançando nervosamente na ponta dos pés como se estivesse ao ritmo de um rádio transistor em sua cabeça. "Relaxe, Johnny", disse ele. "Nós não viemos coletar nada." Ele deu uma risada curta. "A menos que colecionar pessoas conte."

Tanto John quanto Ma ouviam impassíveis.

"As pessoas estão entrando em pânico", disse Perly. "E não é para menos. Temos que fazer alguma coisa para manter a cidade segura. Alguém claramente tem que tomar alguma iniciativa para endireitar as coisas. E eu me apeguei tanto a esta cidade..."

"Queremos saber quem está provocando esses incêndios", disse Mudgett. "Ouvi dizer que você anda com os nervos à flor da pele ultimamente, Johnny. Tem alguma ideia de quem poderia ser?"

"Quem, eu?", disse John.

"Foi um raio, Red Mudgett", Ma disse, virando-se para Mudgett quase com alívio, sua voz confiante diante daquele homem que ela conhecera criança. "É um raio, e vai vir atrás de você também. Espere e verá."

"Senhora Moore", disse Perly em tom de censura. "Red perdeu o anexo de sua casa ontem à noite."

"E não foi um raio coisa nenhuma, senhora Moore. Foi um verme de duas pernas. Alguém que não vai fazer falta neste mundo, prometo a você."

"Ainda não decidimos o que fazer", disse Perly. "Convocamos uma reunião para hoje à noite na prefeitura para conversar sobre as coisas. Realmente precisamos de você como alguém das antigas famílias. Todos vocês", acrescentou, olhando ao redor, "se Mim e Hildie voltarem."

Ma deu um passo em direção a Red Mudgett. "Vão colocar fogo em todos nós de uma só vez, é isso", disse ela. "Não duvidaria que fizessem isso."

Mudgett estalou os dedos. "Talvez devêssemos pegar a caminhonete, Perly", disse ele, observando Ma.

Perly voltou os olhos semicerrados para Mudgett. "Não podemos fazer nada pela cidade até que tudo volte ao normal", disse ele. "Mantenha isso em mente." Ele continuou observando a cozinha como se esperasse encontrar Mim e Hildie escondidas em algum canto — olhando para Ma em seu roupão de flanela apoiada em suas bengalas entalhadas, para o graveto mutilado na mesa, para a fita de cabelo de Hildie e para a boneca de pano na cadeira de jardim de Ma. "Você vem?", ele perguntou a John. "Precisamos de todas as informações que pudermos obter. E o que não precisamos é de mais problemas."

John tirou a faca do bolso e começou a usá-la para espetar distraidamente a mesa.

Mudgett recompôs-se e ficou parado, mas Perly, com os olhos no rosto de John, continuou esperando por uma resposta.

"Vou pensar nisso", disse John sem erguer a vista.

"Bom o suficiente", disse Perly, mostrando os dentes em um sorriso. Ele virou-se para a porta. "Vejo você lá."

"Se não for...", Mudgett disse, e passou os dedos pela arma no coldre com o dedo no gatilho para que John recuasse por reflexo. Mudget sorriu.

Perly desceu depressa o caminho sem olhar para trás. Mudgett dançou atrás dele, dando um passo para o lado e girando para manter um olho constante em John.

14

A Parade estava tão cheia que eles tiveram que estacionar a caminhonete a meio quarteirão de distância. Hildie continuou dançando, mas não muito longe, animada e um pouco impressionada com a experiência de sair depois de escurecer. Mim e John, um de cada lado, ajudaram Ma enquanto ela mancava pela estrada e subia a longa calçada em direção à porta da prefeitura.

"Tenho a sensação de que não vai ter nada além de cinzas quando voltarmos para casa", disse Mim.

John não disse nada.

"Aquele é um homem que pensa que é Deus. Acha que pode mover as montanhas e secar os mares", disse Ma. "E também tem aqueles que acreditam nele."

"Eu não, mãe", disse John. "Mas você pode assinar uma confissão e ficar em casa."

Ma bufou. "Ele acha que a gente não é nada além de um bando de idiotas estúpidos, e a gente não fez nada para mostrar pra ele o contrário."

Eles caminhavam a passos lentos. As pessoas foram se juntando atrás deles, rodeando-os. Vários pararam para dizer: "Ora essa, senhora Moore, como vai?", como se estivessem meio surpresos por encontrá-la ainda viva. Homens a quem ensinara quando garotos na Escola Dominical e mulheres para quem fizera buquês de noiva — alguns eram policiais e outros não, mas todos saudavam Ma como se ela fizesse parte de alguma existência prévia, antes que a cidade fosse dividida em grupos.

A prefeitura servia também como teatro e cinema, ginásio e gabinete dos vereadores. Era aquecida por um fogão a lenha crepitante com um cano de exaustão de aço inoxidável brilhante, que percorria metade do comprimento da sala antes de se transformar numa chaminé de blocos de concreto. As cadeiras dobráveis de madeira, as mesmas usadas nos leilões, foram dispostas em fileiras voltadas para o palco.

Eles colocaram Ma no meio do corredor. Ela tirou o lenço, desabotoou o casaco e colocou as bengalas entre os joelhos. Então olhou com seus olhos míopes ao seu redor, procurando por Hildie.

Hildie encontrara os filhos de French, e estava com eles subindo as escadas do palco e pulando para baixo. Os filhos de French pareciam descuidados. O menino menor tinha um grande rasgo no joelho do macacão e suas botas pretas estavam remendadas com fita adesiva. A filha do médico, uma criança alta e tímida de uns dez anos, caminhou lentamente em direção às outras crianças, chupando a ponta do rabo de cavalo. Com uma grande explosão, os três filhos mais jovens de Cogswell se juntaram à brincadeira.

Mim afligiu-se. "Traga ela de volta", disse para John.

"Deixa ela em paz", disse Ma. "Que mal pode acontecer a ela aqui?" Ma não ia à cidade desde o último dia em que foram à igreja. Ela continuou reconhecendo as pessoas e perguntando sobre os outros. E de vez em quando alguém se inclinava sobre ela para perguntar em voz baixa sobre sua saúde. Parecia que encontrá-la ali era reconfortante. Ela permaneceu sentada com rigidez em sua cadeira. "Todo mundo está aqui", disse ela, "como sempre."

Mim assentiu. "O que quer que eles tenham em mente, não estaremos sozinhos."

Os adultos foram se calando, e os gritos das crianças se destacaram com nitidez. Pouco depois, Walter French aproximou-se de seus filhos e os conduziu para assentos na lateral, observando a porta dos fundos com o canto do olho.

Mim virou a cabeça para ver o que ele estava olhando. O que ela viu foi um policial da cidade, em um uniforme azul-marinho, com uma camisa azul-clara, um quepe e um distintivo.

John riu ao lado dela. "Red Mudgett veio fantasiado", disse ele. "O Bobby tinha mais juízo."

Mim olhou outra vez. O policial estava balançando levemente os pés e mascando chiclete. Ela saltou para o corredor e correu para a frente para alcançar Hildie.

Com Hildie segura em seu colo, Mim sentiu a força em seu próprio corpo. Ela ainda tinha isso. Ela ainda podia correr. Ela sentiu que tinha energia para correr quilômetros — para longe de tudo. Quando menina, quando conheceu John, ela costumava correr pelos campos, pelos bosques, ao redor do lago. Lembrou-se da forma como os músculos longos a obedeciam. Ela sabia que de alguma forma as coisas chegariam a esse ponto — a velha e a filha, John e sua terra, pregando-a no lugar como uma pele de veado esticada em uma parede. E, no entanto, ela sempre voltava.

Mudgett percorreu as escadas com pressa e subiu ao palco. Seu olhar vacilava de um lado para o outro. Ele moveu-se exatamente para o centro do palco e parou na linha onde a cortina marrom se fechava ao ser puxada, sob o grande brasão municipal de gesso pintado que o avô de Linden projetara e doara na época em que a loja fazia sucesso e ele era um dos homens mais ricos da cidade. À sua esquerda estava a bandeira americana, à direita, a de New Hampshire.

Sua contemplação de olhos vazios das pessoas da cidade apagou o último ruído no corredor, de modo que até as cadeiras mal rangiam. Mim notou de repente que Perly Dunsmore estava sentado três fileiras na frente deles, bem à direita. Ele estava sentado tão quieto quanto os outros, seus olhos pousando sem pensar em Mudgett como se estivesse assistindo a imagens em uma tela.

• • •

Quando Mudgett falou, o povo de Harlowe descobriu que o homem diante deles não era mais um velho colega de escola ou vizinho, mas um policial durão à frente de uma força de repressão ao crime — anônimo, mordaz, profissionalmente cruel, uma figura familiar a todos que assistiam aos filmes reprisados tarde da noite.

"O Departamento de Polícia de Harlowe convocou esta reunião municipal extraordinária porque há um incendiário à solta na cidade", ele começou em tom oficial, rebuscado, de locutor de rádio, abandonando completamente a entonação rápida habitual de tenor. "Bom, planejamos pegá-lo, mas precisamos da ajuda de vocês."

John cruzou e descruzou as pernas com desconforto, e Mim olhou de lado para ele em um aviso para ficar quieto.

"Para começar", disse Mudgett, "vocês precisam parar de perambular à noite. Dessa forma, todos podem dormir em segurança — pelo menos todos que não fazem parte da força policial. Se encontrarmos alguém a mais de cinquenta metros de casa depois de escurecer, vamos supor que não está tramando nada de bom. Até que acabemos com esses incêndios, vocês não terão vontade de festejar de qualquer maneira. Então fiquem em casa depois do pôr do sol. Enviaremos alguém todas as noites para garantir que todos cheguem bem em casa."

Mudgett mascou seu chiclete por um momento e olhou para a plateia, parando apenas nos rostos familiares de seus colegas policiais. "A outra coisa que vamos fazer é monitorar as pessoas que entram e saem de Harlowe. Vamos colocar bloqueios nas sete estradas que saem de Harlowe. Então tentem ficar em Harlowe. Se vocês realmente precisarem ir a algum lugar, telefonem e estaremos esperando por vocês." Ele fez uma pausa. "Mas não consigo pensar por que precisariam ir a qualquer lugar. Linden tem quase tudo que alguém pode precisar." Mudgett aguardou como se esperasse alguma resposta.

Não houve nenhuma. As pessoas no salão mal se mexiam.

"Então estamos combinados", disse ele, quase retomando seu tom de voz normal. "E só pra mostrar que estamos falando sério, Perly tem um presente para a cidade. Então, uh..." Mudgett fez uma careta para Perly.

Perly levantou-se e deu um passo para o lado ao longo da fileira, desculpando-se com as pessoas pelas quais passava. Vestindo suas roupas verdes de trabalho de todos os dias, subiu as escadas até o palco, com Dixie trotando lindamente atrás de seus calcanhares. Ele assumiu o lugar de Mudgett no centro do palco, e Dixie traçou um círculo ao lado dele e deitou-se com um suspiro. Mudgett afastou-se, abrigando-se sob a bandeira norte-americana. Perly franziu a testa enquanto olhava para as pessoas.

"Alguns de vocês se rebaixaram tanto que estão incendiando a própria cidade", Perly anunciou com severidade, sua voz cortando o silêncio no corredor e fazendo todos se endireitarem um pouco nas cadeiras. Perly olhou para os rostos que o observavam, absorvendo suas expressões como se o grau adequado de culpa fosse registrado ao disparar um alarme em sua cabeça.

"Não é mesmo, Paul?", perguntou ele.

Paul Geness deixou a criança em seu colo escorregar para o chão. Ele apertou os olhos para Perly, com seus olhos castanhos bem fechados. Geness tinha onze filhos. Virava-se cuidando do lixão da cidade, aproveitando o que outras pessoas jogavam fora.

"Eu disse: 'Não é mesmo, Paul?'."

Geness abriu a boca, mas não respondeu.

"Eu sei que não tem sido fácil", Perly exclamou. "Mas estamos passando pela mudança mais rápida na história da civilização. Tudo o que eu quero fazer é aproveitar essa mudança. Fazer com que funcione para todos nós. E eu me orgulho de ter feito algo para começar. Um bom começo." Perly ergueu o punho e o golpeou na outra mão. "Mas desde quando o povo de Harlowe é tão apegado aos bens materiais? Desde quando o povo de Harlowe tem medo de um pouco de trabalho duro? Desde quando?"

A voz de Perly ficou mais alta e mais profunda. "Alguns até mesmo fugiram. Bom, azar o deles, se eles são tão ignorantes, nós não os queremos. Não é, Frank?", ele perguntou, apontando um dedo forte e moreno para Frank Lovelace, um homem atarracado que era um produtor de hortaliças bastante eficiente antes dos leilões.

Lovelace não era um homem falante, e agora se mexeu na cadeira, apertou os lábios e engoliu em seco.

"E agora essa loucura", gritou o leiloeiro, sua voz parecendo vir de todos os lugares ao mesmo tempo. "Essa insanidade. Esse delírio." Ele balançou a cabeça como se quisesse se livrar de sua visão, então olhou para as pessoas com uma intensidade que as fez recuar diante dele.

Ele puxou um maço de notas do bolso da camisa. "Bom, aqui estão três mil dólares", disse ele. Ele segurou as notas no alto para que todos pudessem ver que eram notas de cem dólares. "Três mil dólares", ele repetiu, lançando olhares para a multidão. "Alguém passou por sua casa em uma hora estranha? Alguém esteve cheirando a gasolina nos últimos dias? Alguém em sua casa esteve agindo de forma estranha na semana passada?"

Perly concentrou-se em uma mulher fortemente maquiada sentada ao lado do marido, que fazia pouco tivera uma perna amputada depois de cair sob seu trator. "O que você diz, Jane Collins? Você conhece alguém que fica dormindo o dia todo?", ele perguntou. "Conhece?"

Ela baixou os olhos e balançou a cabeça. O marido agarrou as muletas e olhou para a cadeira à sua frente.

"Nos avisem", disse Perly, sua voz baixa e suave. "Pagaremos em dinheiro e pagaremos em segredo. Confiem em nós." Ele prendeu o elástico de volta ao redor das notas e as devolveu ao bolso, de modo que o número "100" aparecesse com seus elegantes zeros alongados.

"Alguém tem alguma pergunta?", perguntou Perly.

Ninguém fez nenhum movimento perceptível, mas também ninguém estava parado, e as cadeiras dobráveis emitiam um som como estática de rádio.

"Bom, então, pedimos que, para sua própria proteção, voltem direto para casa. Os policiais farão rondas em cerca de meia hora para garantir que todos chegaram em segurança."

O povo de Harlowe permaneceu sentado em suas cadeiras como se não tivesse ouvido sua dispensa.

"Boa noite", disse Perly, com mais gentileza. "Estamos juntos nessa. Vamos tentar lembrar a tradição de força e coragem de Harlowe. Ainda podemos recomeçar."

Perly saiu do palco, e muito lentamente as pessoas no salão começaram a colocar seus casacos em volta dos ombros e a se levantar.

"Ei, rapaz", disse uma voz atrás dos Moore. "Essas propostas que você está fazendo. São leis ou o quê?" Era Sam Parry. Seus olhos azuis-celestes estavam penetrantes como sempre, mas ele estava menos corado do que de costume depois de levar um tiro no ombro durante a temporada de caça. "Nós vamos ter a chance de votar as novas regras?"

Perly fez uma pausa e sorriu por um momento para Sam antes de voltar para o centro do palco. "Votar, Sam?", perguntou ele. "Quem poderia se opor? São regulamentos temporários simples para a proteção de todos nós. Mas, é claro, se você acha que devemos votar, vamos votar." Perly olhou para as pessoas da cidade como se fossem conspiradores. "Por que não?", perguntou ele. "Todos a favor digam sim."

Houve uma pausa, então Ian James gritou um sim gutural e houve ecos dispersos ao redor da sala.

"Todos contra digam 'Não'."

Houve silêncio na sala.

"Sam?", Perly disse, por fim, erguendo uma sobrancelha em desafio ao velho.

"Bom, eu sou contra", Sam disse abruptamente e sentou-se.

Depois de uma pausa, Ma ergueu bem alto a bengala e a apontou com firmeza para Perly. "Eu só gostaria de saber por que, mais que qualquer outro, você, senhor Perly Dunsmore, quer tanto pegar esse incendiário", ela gritou, sua voz áspera com o esforço. "Ninguém pôs fogo na sua casa."

Fanny Linden, sentada na frente dos Moore, abaixou-se para evitar a bengala, e Mim a agarrou e a deixou no chão, contrariando os esforços de Ma.

"Senhora Moore", exclamou Perly, o rosto duro contorcido, "como a senhora pode perguntar uma coisa dessas? Harlowe é minha cidade. A senhora sempre esteve aqui e nunca teve escolha, mas eu escolhi Harlowe. Depois de vinte anos em quarenta países diferentes, escolhi Harlowe para ser minha casa. E para um solteiro como eu, uma comunidade é mãe, pai, filho e filha. É minha família."

Dixie virou-se com nervosismo para o lado de Perly, mas Perly permanecia de pé em meio à calma. "Agora eu sei o que está acontecendo no mundo. E se você ligar sua televisão à noite, quase todas as noites, você também pode ver. Você vai ver o retrato da jovem América — geralmente é violência, rebelião, gritos de obscenidade. Esta é a nova onda. Essas coisas estão acontecendo em todos os lugares. Mas Harlowe — Harlowe está se apegando aos velhos hábitos. E agora essa qualidade de vida — essa valorização dos valores humanos — está em perigo. Nada pode ser o mesmo com todos vivendo aterrorizados com seus vizinhos. E, se um lugar não é bom para meus vizinhos, também não será bom para mim. É por isso que eu me importo, senhora Moore. Não consigo pensar em um uso melhor para o meu dinheiro do que salvar nossa comunidade."

"Ele deu a ambulância pra cidade, não foi?", disse Tom Pulver, um homem baixinho de peito largo, que perdera o celeiro e parte de sua casa nos incêndios.

"E eu também fiquei muito feliz quando meu pai pegou pneumonia", disse Vera Janus.

Perly observou, seus olhos sem piscar, como ônix.

Sam Parry voltou a ficar de pé. "Claro, se você não tem um telefone, você não pode chamar a ambulância. Não que eu esteja reclamando. Meu velho jipe era bom o suficiente para me levar ao hospital. E, claro, ninguém ofereceu uma recompensa ainda para o maldito idiota que atirou em mim. E não é essencial que alguém esteja vagando no escuro para levar um tiro nos dias de hoje. Eu consegui apenas indo para minha própria casa de bombas em plena luz do dia, não é?" Sam levou a mão boa à testa e sacudiu com vigor a crina branca. "Mas estou só divagando. Eu sempre faço isso, fico divagando."

Sam fez uma pausa e a multidão murmurou.

"De qualquer forma", ele continuou, "o que eu queria dizer é: como Perly foi parar aí em cima? Ele não é moderador da cidade, se bem me lembro. Ele não é um membro do conselho municipal. Ora, ele nem é policial, embora a gente tenha tantos hoje em dia. Que diabos ele está fazendo nessa reunião da cidade?" Sam terminou e fez uma careta para os vizinhos.

A resposta acabou vindo de Ian James, um policial corpulento que fora eleito para servir como conselheiro por oito mandatos consecutivos. "Jimmy Carroll era pra ser o moderador", disse ele, de pé em seu lugar atrás dos Moore. "Mas ele foi embora. Quanto aos conselheiros, Ward está fora da cidade, e o velho Ike Linden está doente. Então parece que a decisão cabe a mim. E eu, neste momento, nomeio Perly como moderador. E de qualquer forma, apenas reuniões regulares da cidade devem ser feitas dessa maneira. E é o Red, não o Perly, quem está comandando a reunião."

Perly sorriu gentilmente para Sam. "Quem você tem em mente, Sam?", ele perguntou. "Você mesmo, talvez?"

Lentamente, o velho sentou-se. Ninguém riu. As fileiras de rostos inclinados para o leiloeiro eram impassíveis e evasivas.

Mudgett aproximou-se de Perly e lançou um olhar de soslaio. "Acho que todos devemos dar uma mãozinha a Perly", anunciou.

Mais uma vez, ninguém se mexeu.

Perly se ergueu e seus olhos negros pareciam penetrar e registrar a recusa de todas as pessoas ali em iniciar os aplausos. "É claro que vocês estão com raiva", reconheceu. "Alguns de vocês até suspeitam que eu seja de fato o culpado. Vocês precisam culpar alguém pelos males do século XX — e incluem esses incêndios entre eles.

"Mas, acreditem, um dia vocês vão entender o que eu fiz. Empreendedores e pioneiros desde sempre tiveram inimigos. Daqui a cinco anos, na nova Harlowe, todas as pessoas da cidade vão aproveitar a chance de me aplaudir de pé."

Dixie levantou-se e sacudiu o corpo, e Perly caminhou a passos suaves em direção à bandeira de New Hampshire e aos degraus da plateia.

"Espere um minuto", disse alguém perto dos fundos e todos se viraram, reconhecendo a voz de bate pronto — a voz monótona e pragmática de alguém complacente com o próprio poder. Era o doutor Hastings. "Harlowe tem mais policiais *per capita* hoje em dia do que Nova York", disse ele. "Tem três carros de patrulha sofisticados, um sistema de alerta por rádio e uma rede do que costumávamos chamar de 'informantes', que parece incluir cerca de metade de Harlowe. Eu gostaria de saber por que, com uma força como essa, os policiais estão tendo tantos problemas para pegar um incendiário amador."

"Dá uma chance pra gente", disse Ezra Stone. O grande policial estava sentado em um banquinho alto perto do fogão a lenha com os braços cruzados. "Não se preocupe. A gente vai pegar ele."

"E", disse o médico, sem nem mesmo se virar para acenar para Stone, "como o médico por aqui, eu gostaria de saber por que quanto mais policiais temos, mais propensos a acidentes ao que tudo indica nos tornamos."

Perly voltou ao centro do palco e ficou ali, com os olhos brilhando, fixos no médico.

O doutor Hastings olhou para trás sem vacilar atrás de seus óculos. "E, a propósito", acrescentou, "também gostaria de saber por que tantos dos meus pacientes mais antigos estão se mudando da cidade."

"Se você quer fazer comparações", disse Perly em sua voz fria e luminosa, "você já olhou as estatísticas *per capita* de Nova York sobre incêndios criminosos — sem falar em assaltos, estupros, assassinatos, assaltos à mão armada? Um nova-iorquino dificilmente pode esperar passar um mês em paz. Harlowe pode estar enfrentando o primeiro problema sério de sua história, mas a maioria dos lugares está explodindo de crimes. E a razão, doutor, de estarmos melhor do que a maioria, é que em uma cidade do interior como esta, as pessoas agem antes que as coisas saiam do controle."

Perly estendeu os braços para incluir todas as pessoas no salão. "As pessoas no campo sabem o significado de irmandade", disse ele. "Todo mundo se interessa por seus vizinhos. É a boa vontade de uma cidade como esta que vai nos ajudar a acabar com esses incêndios. E, quanto a se mudar, o número de pessoas que se mudaram ainda não é nem a metade..."

"Lá vem ele de novo", gritou Ma. "Enfiando ideias na cabeça deles. O ruim vira bom. O errado vira certo. Um tiro pelas costas vira o Sermão da Montanha."

Perly balançou a cabeça para Ma. "Delirando", ele comentou com o médico.

John saltou de seu assento e ficou de frente para o leiloeiro. "Pergunte a ele sobre os leilões", Sam Parry rosnou antes que John pudesse pensar no que dizer.

"Os leilões?", perguntou Perly, abrindo um sorriso alegre e ignorando John. "Agora você entrou no meu assunto favorito. Qual o problema com eles? Nunca uma cidade amou um leilão como Harlowe. Quando cheguei aqui, tinha em mente três — talvez quatro — leilões. Mas vocês não me deixaram desistir. Ah, eu paguei por tudo. Talvez seja por isso que vocês continuaram jogando coisas em mim. Tudo o que fiz foi nadar na crista da onda. E foi um passeio maravilhoso — a mais genuína experiência americana que qualquer um pode ter. É como o olho de um furacão — onde os vendedores e compradores chegam a um acordo."

"Pergunte a ele quanto foi que ele pagou", gritou Sam Parry.

Perly virou-se rápido, com a cara fechada, e gesticulou para as pessoas no corredor como se controlasse suas emoções. "Ninguém nunca reclamou", disse com calma. "Claro, sou um recém-chegado. Conheço pouco sobre os preços daqui. Mas me deixe perguntar: Alguém aqui já reclamou?"

No silêncio, um tronco caiu no fogão a lenha com um estrondo. Perly, de pé na ponta das botas, inclinou-se sobre as pessoas espalhadas abaixo dele. "Alguém já reclamou?", ele repetiu.

Por fim, ele colocou a mão na cabeça de Dixie e se virou para Mudgett com um sorriso.

Ma estava balançando a cabeça. Agora ela começou a bater a bengala no chão, sua cabeça grisalha balançando com raiva. Todos se viraram novamente para olhar para os Moore. Mim estava sentada imóvel. Ela sentiu que fora pega neste momento uma dúzia de vezes antes, com a lanterna e as miras apontadas para ela. "Ma, por favor", ela murmurou.

"Eu reclamei", Ma gritou, sua voz rouca. "Eu reclamei em alto e bom som. Assim como estou reclamando neste exato minuto."

Mim colocou uma mão restritiva em seu joelho, mas ela o ignorou.

"Senhora Moore...", disse Perly, erguendo as sobrancelhas e baixando a voz. "Você não reclamou quando eu te presenteei com um sofá mais confortável." Ele levantou a cabeça para o corredor e disse: "A senhora Moore está perdendo o juízo...".

“Não está perdendo coisa nenhuma”, John gritou, ainda de pé.

Perto dali, Cogswell levou o frasco à boca em um movimento súbito, inclinou-o e bebeu. Então ele colocou a tampa, enxugou o rosto na manga e se levantou. “Ela reclamou muito bem”, disse ele. “E se não foram muitos que reclamaram, é porque os homens das picapes receberam suas ordens. Tínhamos que nos certificar de que cada morador ficasse sabendo sobre esses acidentes. Toda vez que as pessoas ficavam com vontade de reclamar, ouviam falar de outro acidente.”

Perly endireitou-se horrorizado. “Por Deus, Mickey”, ele lamentou. “Você está confuso. Tivemos que rebaixar o Mickey”, anunciou ele aos habitantes da cidade. “Eu me ofereci para mandá-lo para uma casa de repouso, mas ele insistiu que não tinha problema. Na verdade, ele está nutrindo um rancor contra mim por sugerir isso.”

Cogswell balançou ligeiramente ao encarar o leiloeiro.

“Você vê...”, Perly disse, gesticulando com tristeza.

Mas as pessoas mantinham os olhos em Perly.

“Ele nos transformou em um bando de ladrões”, murmurou Mickey.

“Bom, por que vocês deixaram?”, gritou Arthur Stinson, batendo uma mão sobre a boca antes de terminar. Stinson se casara havia quatro anos, aos 16 anos, e, apesar de sua reputação de cabeça quente, conseguira se estabelecer e sustentar sua jovem esposa e depois seu filho fazendo consertos gerais. “Eu também não vi você dizendo não”, gritou Sonny Pike, de pé em seu lugar e inclinando-se para Stinson sobre a tipoia que ainda segurava seu braço ferido. “Você acha que nós gostamos disso? Pensávamos que estávamos fazendo um favor à cidade. No momento em que descobrimos que não era assim... Bom, veja o que aconteceu com os Carroll quando Jimmy se demitiu.”

Perly observou essa conversa, suas feições esculpidas compostas.

“Sonny perdeu a coragem”, disse ele em uma voz uniforme. “Nada é tão devastador quanto uma emboscada secreta.”

Sonny baixou os olhos e balançou a cabeça, mas permaneceu de pé, a mão livre apoiada pesadamente na cadeira à sua frente.

“É difícil ...”, acalmou Perly.

“E aquelas crianças, Perly Dunsmore?”, Ma gritou, sua pergunta áspera atravessando o salão. “E aquelas crianças?”

Dixie começou a choramingar, mas Perly relaxou sem qualquer disfarce. Sem tirar os olhos de Ma, ele fez sinal para Dixie se deitar. Ele afastou bem os pés e colocou as mãos nos bolsos para que ficasse firmemente plantado no centro do palco. Ele fez uma pausa. À sombra da bandeira americana, Mudgett começou a bater o pé com impaciência.

Quando Perly falou, sua voz era baixa e descontraída. "É natural a dificuldade de alguém com quase 80 anos acompanhar os novos caminhos", disse ele. "Mesmo assim, isso me deixa triste. A senhora Moore é um símbolo para mim de tudo que estou tentando salvar nesta cidade."

John ainda estava de pé em seu lugar, envolvendo seu corpo com os dois braços. Mas Perly olhou para Ma e um rubor rosa pálido se espalhou pelo rosto dela. Mim, sentada perto dela, sentiu a sogra tremer.

"Ela perguntou sobre as crianças", disse Perly. "Estou feliz que tenha perguntado sobre as crianças. Estou orgulhoso do meu..."

"Nós vimos na terça-feira", John interrompeu. "Vendendo crianças em leilão como escravos. Uma delas era o filho de Jimmy Carroll..."

"Como escravos!", Perly exclamou. Ele tirou as mãos dos bolsos e inclinou-se para as pessoas da cidade. "O que eu faria com aquelas crianças?", ele perguntou, indignado. "Eu. Um solteirão. Eu, que nunca tive esposa nem filho. Eu, que adoraria ter meus próprios filhos. Vocês todos sabem que eu amo crianças. Hildie Moore pode dizer que eu amo crianças. Os pobres e negligenciados pequeninos de Mickey Cogswell podem dizer que eu amo crianças. Mas que tipo de vida posso oferecer a uma criança? Duas jovens mães vieram até mim com seus filhos. O que deveriam fazer, elas me perguntaram. Elas não podiam cuidar de seus filhos. Simplesmente não iam conseguir. O que eu deveria responder? Tudo o que eu consegui pensar para sugerir era que as pessoas às vezes adotam crianças."

Perly fez uma pausa. "E aquelas mães me imploraram para encontrar boas pessoas para adotar seus filhos. Agora, não sou nenhum assistente social. Sei disso. Mas Harlowe não tem um assistente social. Talvez algum dia, se minhas mudanças forem aprovadas, nós teremos. Mas aqueles pais não podiam esperar. Eu estava por perto. Eu tenho um pouco de dinheiro. Então vieram até mim. E, caramba, encontrei lares para essas crianças. Bons lares, com pais ansiosos para amá-los e capazes de criá-los da melhor maneira. O que mais poderia fazer? O que esta cidade quer de mim?" Perly parou. Ele estava respirando com dificuldade, o semblante anuviado.

As pessoas moviam-se diante dele como crianças repreendidas. John, Mickey e Sonny Pike ainda estavam de pé, altos e visíveis entre os demais habitantes da cidade sentados.

"Perguntem pra ele", Mickey disse, sua voz confusa, mas sua cabeça erguida com a confiança fácil de um homem que sempre foi um favorito, "perguntem pra ele como ele conseguiu que as pessoas abrissem mão dos próprios filhos. Precisou mais do que palavras."

"Ah, Mickey", disse Perly, sua raiva aparentemente desaparecendo. "Você tem boas intenções com seus filhos, apesar de todos os seus problemas. Se ao menos todos fossem pais tão amorosos quanto você." E Perly olhou para as pessoas da cidade quase cansado, como se procurasse em vão por pais amorosos.

"Olhem pra Sally Rouse, sentada aqui tão bela como sempre", disse Fanny Linden. Fanny não se levantou. Estava sentada, sem fazer qualquer movimento, submetendo Perly ao olhar fixo e intransigente, familiar a todos que já tentaram barganhar com ela sentada em seu banco alto, atrás do balcão da loja. "Perguntem pra Sally como ele fez isso e com o que ele pagou. Ela deve pensar que eu não tenho olhos de mulher na minha cabeça. Não faz mais de um mês, ela estava andando pela loja com uma barriga imensa. Mas eu não entendo por que ela não tem nenhum bebê agora. Então eu pergunto para onde aquele bebê foi."

Sally Rouse estava sentada com os pais na parte de trás do corredor. As pessoas esticaram-se para vê-la. Ela era uma garota alta de feições claras com uma longa trança loira nas costas e uma graça que se destacava na plateia. Ela ergueu o queixo forte e deixou seus olhos azuis vagarem sem pressa pela sala, encontrando os olhares das pessoas, então parando em Perly.

Dunsmore encontrou seu olhar por um longo momento antes de falar. "Eu não acho que isso seja muito gentil", ele disse com suavidade. "É um pecado tão terrível? Você faria com que ela usasse uma letra escarlate só porque ela quer uma melhor..."

"Ah, Sally, Sally", gritou Agnes Cogswell e levantou-se do assento, com seus cabelos e seus olhos selvagens. Ela teria se lançado sobre Sally para confortá-la, mas Jerry a puxou de volta. "O que ele fez com você, Sally?", ela disse aos soluços.

"Pela bondade do meu coração", disse Perly, endireitando-se e erguendo os braços, antes de dar de ombros, "assumi a responsabilidade pelo filho de outro homem." Ele inclinou-se para as pessoas, sua voz ganhando força. "Eu disse que encontraria um lar para ele. E agora vocês estão..."

"Ele nunca disse que iria vender a criança", lamentou a mãe de Sally, uma mulher grande e pálida, agora corada de raiva. "Pobre bebê. Pobre garotinha." Ela caiu soluçando no ombro do marido. Ele não se moveu. Sally sentou-se ereta, os olhos secos firmemente fixos em Perly.

"E foi você que recebeu o dinheiro, minha filha?", perguntou Ma.

Sally virou-se para Ma. "Eu?", disse ela. Ela olhou para Perly e deu uma risada curta.

"Nem um centavo", disse Dan Rouse, erguendo-se bem devagar em seu lugar. Ele era um homem alto e encurvado, como se tivesse passado a vida com a cabeça baixa para manter o sol longe dos olhos. "Nem um centavo", ele repetiu. "E ele usou seu poder sobre a criança para nos fazer continuar contribuindo." Ele falou devagar. "Eu sou um idiota. Deveria ter deixado que atirasse em mim. Achei que poderia salvar Sally, de alguma forma. Mas agora que não temos mais saída, falo na frente de todos. Esse homem é um demônio. Sally não é a única para quem ele fez essa oferta. Acho que não resta uma alma em Harlowe que pode se chamar de homem." E Dan Rouse ficou em seu lugar, olhando para Perly por baixo das sobrancelhas.

Perly inclinou a cabeça para o lado e disse com ar despreocupado: "Sente-se, Dan. Você está fazendo papel de bobo".

Mas Rouse permaneceu de pé.

Desta vez, Perly fixou os olhos nele e ordenou. "Sente-se."

Rouse não se mexeu. Lentamente, Sally levantou-se para ficar ao lado do pai, a cabeça jogada para trás como se quisesse evitar a curiosidade das pessoas da cidade. Ela era quase tão alta quanto o pai, e sua silhueta, de jeans e camisa larga, ainda estava cheia desde o parto. Sua mãe puxou sua camisa, mas ela não se moveu.

Então Sam Parry se levantou, sua figura reta mesmo com a idade. "Eles já quase que me pegaram uma vez", disse ele. "Deixe-os acabar comigo agora."

Mudgett estava com a mão na arma.

"O que vocês queriam que eu fizesse com a criança?", Perly perguntou, quase aborrecido, seus olhos percorrendo a multidão.

"Ah, Emmie. Pobre Emmie", gemeu Agnes Cogswell.

Sem dizer uma palavra, Frank Lovelace se levantou. E John puxou o cotovelo de Mim para fazê-la ficar de pé também, com Hildie nos braços.

E as pessoas notaram que o médico ainda estava parado nos fundos, onde estivera o tempo todo, parado casualmente com os braços cruzados, observando os procedimentos.

Sam Parry começou, lentamente, a sorrir.

O silêncio estendeu-se. Dan Rouse permaneceu de pé, rígido como um parafuso, seus olhos castanhos em Perly. Sua esposa ajeitou-se repetidas vezes em sua cadeira. Por fim, levantou-se e gritou: "Ele nunca deu nada a ela por toda a sua dor — nada além daquela própria criança, e usou isso contra nós também. E logo que ela nasceu, ele a levou também".

A multidão começou a sussurrar.

"Ele chegou aqui", continuou a mãe, "com aquele jeito animal dele. E fixou os olhos em Sally, ela tinha apenas 14 anos e era teimosa. Essa criança nunca se adaptou. E ele chegou, aqui, com todo aquele poder e dinheiro e sabendo muito bem o que queria. Bom, nossa Sally seguiu dançando em seu rastro, como se ele fosse o Flautista Mágico. Não que não tivéssemos tentado ensinar o certo..."

Perly ficou na ponta dos pés, com o peito para fora e a cabeça para trás, a boca aberta com a resposta antes que a mãe terminasse. "Espere um minuto. Espere um minuto. Vamos esclarecer uma coisa. Esse filho não é meu", disse ele. "Eu cheguei nesta cidade exatamente duzentos e oitenta dias antes de aquele bebê nascer. Façam as próprias contas. O médico aqui pode dizer que o período de gestação humana é de duzentos e oitenta dias. Vocês me dão muito crédito. Nenhum homem na terra poderia chegar à cidade, procurar Sally Rouse, seduzi-la e conceber um filho na primeira tentativa — tudo entre o nascer e o pôr do sol. Estou lisonjeado que você pense que eu poderia, mas não é humanamente possível. E aquela criança pesava três quilos e oitocentos — impossível que fosse precoce. Esta é uma acusação que carece de plausibilidade. Você vai ter que sonhar com algo melhor do que isso."

Perly deu de ombros, a malícia espalhando-se por seu rosto. "Não que eu negue que tive meus momentos com Sally Rouse. Ela também era uma garota e tanto, apesar de sua idade. Não tinha muito que eu pudesse ensinar a ela. Olhem para ela."

Algumas pessoas da cidade viraram-se e olharam. Sally forçou a cabeça ainda mais para trás e manteve os olhos azuis fixos em Perly, embora agora a cor estivesse subindo através de sua pele clara.

"Olhem para ela", repetiu Perly. "Que homem de sangue quente poderia recusar?"

A senhora Rouse permanecia de pé em seu lugar. "E então... E então...", ela gritou, incapaz de terminar.

Perly balançou a cabeça e franziu a testa. "Ainda assim, minha culpa ou não, eu me ofereci para fazer a coisa honrosa..."

"Para matar o bebê indefeso, não casar com ela", gritou a mãe. "Mal sobre mal".

"Nenhuma garota deve se casar com um homem quase trinta anos mais velho que ela", disse Perly suavemente.

Havia uma corrente abafada de conversa e movimento no corredor.

Perly ficou sem fazer qualquer movimento sob o brasão da cidade, observando. Com a ajuda de suas bengalas, Ma levantou-se trêmula e recostou-se nas cadeiras à sua frente.

O rosto de Perly corou cada vez mais.

John estendeu a mão para apoiar a mãe e gritou: "E aquela beldade loira de 4 anos que você prometeu para a próxima semana? E o celeiro e o pasto íngreme?".

"O que, exatamente o que, você achou que ia fazer?", Ma exigiu.

"Silêncio!", gritou Perly. "Você está errada. Vocês estão todos errados! Vocês entenderam tudo errado. Eu sou apenas um homem... apenas..."

"Digo que entendemos demais, por tempo demais e ficamos quietos demais", exclamou Mickey, suas palavras arrastadas. Ele puxou Agnes para ficar ao lado dele.

"Não há lei", gritou Perly. "Nada do que fiz é contra a lei. Vocês não têm autoridade para me julgar assim. Do que vocês estão me acusando? Por ter ideais? Por lecionar na Escola Dominical? Por me apaixonar por..."

Em silêncio, Walter French levantou-se, seguido por Arthur Stinson e Ezra Stone.

Agora a cor começou a sumir do rosto de Perly. "Ezra...", disse ele. E, um por um, os homens e mulheres na sala levantaram-se. O farfalhar no corredor cresceu para um balbucio.

Perly ficou como se estivesse congelado no lugar, observando o tumulto abaixo dele se espalhar. "Apenas se lembrem disso", ele disse em uma voz profunda que cortava perfeitamente a confusão. "Tudo o que eu fiz, vocês deixaram que eu fizesse."

Então, depois de uma última inspeção do povo de Harlowe, ele virou com habilidade nos calcanhares e dirigiu-se depressa para as alas ao lado da bandeira de New Hampshire, com Dixie trotando atrás de seus calcanhares.

Perly deu seis passos antes que a multidão começasse a empurrar uns aos outros para entrar nos corredores, gritando para ele parar.

Então ele parou de vez.

À sombra da bandeira, Bob Gore, em sua habitual camisa jeans largada e calça Levi's, bloqueou seu caminho. Ele segurava a arma desajeitadamente em ambas as mãos, apontando para Perly, assim como apontara para a janela do quarto de Hildie.

Do outro lado do palco, Mudgett saltou com vivacidade de trás da bandeira norte-americana, e todos viram que sua arma também estava na mão.

Gore desviou a arma de Perly para Mudgett.

O barulho na sala desapareceu, sugou a respiração da multidão, e por longos segundos ninguém se moveu. Perly ficou de frente para Gore. Gore e Mudgett olharam para os canos das armas um do outro.

Então Dixie saltou no ar, uma mancha bronzeada, e aterrissou no ombro de Gore. Seu braço da arma voou para o ar e a arma disparou. O brasão da cidade sobre o centro do palco quebrou e caiu no palco em uma nuvem de poeira de gesso. Gore rugiu e rolou várias vezes, abraçando o cachorro rosnando. Mudgett deu um passo à frente e dançou na direção deles, mantendo sua arma apontada para Gore.

Houve outro tiro, e as crianças gritaram. Mudgett gritou e largou a arma no palco com um baque.

"Red!", gritou Perly e correu para a frente, os braços esticados na direção de Mudgett. Mas em vez de parar para cuidar dele, Mudgett passou por ele sem parar, deixou o palco e escapou pela saída sob a bandeira americana. Dixie, que se virou com o tiro, abandonou Gore e galopou atrás de Perly.

Ouviu-se um grito no salão. Mudgett estava pálido, segurando o braço direito. O sangue encharcava sua manga e pingava no chão. E Gore levantou-se trêmulo para procurar sua arma nos redemoinhos de pó de gesso.

Foi Ezra Stone quem subiu as escadas para o palco, dois degraus por vez, com a arma na mão, e dirigiu-se para a saída por onde Perly desaparecera.

Gore pegou sua arma e o seguiu. Então vários outros homens destacaram-se da multidão e correram para as saídas.

Mudgett agarrou o braço ensanguentado, os olhos vidrados de medo. Sua esposa, volumosa com seu filho, dirigiu-se até ele, então parou, de olhos arregalados, com medo de tocá-lo.

15

Muita gente da cidade se deitara no chão ao primeiro tiro. Agora eles se levantavam e estendiam a mão para tocar os outros membros de suas famílias. Todos falavam. Agnes chorava alto. Mim abraçou Hildie, que acordou chorando com os tiros, e John colocou o braço em volta de Ma.

As portas duplas no fundo do salão foram escancaradas e o ar frio varreu o ambiente fechado. Ma desenredou o casaco e as bengalas do amontoado de cadeiras de madeira, e os Moore encaminharam--se lentamente pelo corredor principal. Quando chegaram às portas, pararam. Em vez de ir para casa, as pessoas da cidade atravessavam o gramado em grupos, atraídas, como se estivessem hipnotizadas pela casa do leiloeiro.

Iluminada o suficiente para um casamento ou um baile, ela lançava um brilho na maior parte do gramado. Todas as janelas brilhavam, mesmo no celeiro de leilões. Seis refletores no gramado da frente davam um brilho à nova pintura branca e um brilho gélido aos entalhes sob os beirais. A fachada brilhante era quebrada apenas pelas sombras negras instáveis lançadas pelos bordos desfolhados. E, no alto, o lince curvado, como sempre, inquieto e movendo-se no cata-vento.

Os Moore seguiram os outros pela Parade em direção à casa. Bob Gore gritava para as pessoas: "Afastem-se. Afastem-se!".

Os Moore pararam nos limites da multidão. Bob Gore, Ezra Stone e Tom Pulver aproximaram-se da casa com suas pistolas em punho. Agacharam-se como gatos, abrigando-se atrás de arbustos e madressilvas, buscando a escuridão mais densa atrás das árvores.

"Afastem-se", Gore gritou por cima do ombro. "Ele pode estar armado."

As pessoas na frente recuaram um ou dois passos.

"Quem, Perly?", perguntou John.

"Ezra disse que ele está lá dentro", disse Sam Parry, virando-se para fazer uma careta para John.

Ian James chegou correndo pelo gramado, vindo do quartel de bombeiros com um megafone na ponta de uma longa corda. Ele olhou para a casa deslumbrante por um momento, olhou para as pessoas, então levou o megafone à boca. Suas palavras amplificadas pareciam vir de todos os cantos do gramado ao mesmo tempo. "Tudo bem, Dunsmore. Saia com as mãos na cabeça."

A casa com suas luzes parecia cintilar na quietude. O lince no cata-vento virou de um lado para o outro, e algumas últimas folhas caíram da copa dos bordos. As pessoas esperavam, examinando as janelas translúcidas.

"Vamos lá pegar ele", gritou uma voz aguda de tenor das margens da multidão.

Virando-se, as pessoas viram Jimmy Carroll, parecendo magro e duro em sua velha jaqueta jeans. Ninguém o vira desde que deixara Emmie na casa de repouso e desaparecera com os filhos restantes.

"Jimmy!", gritou Agnes.

Ele começou a correr. Ao aproximar-se da porta da frente da casa, virou-se e encarou as pessoas. "Eu vou matar ele", ele avisou. "Pela Emmie."

"Não!", gritou Bob Gore. "Ei!" Ele correu para os degraus da varanda e agitou os braços para interceptar Carroll. Mas Carroll saltou no ar com um grito áspero e o empurrou para fora do caminho.

Gore cambaleou e parou.

Carroll chutou a tranca e a pesada porta da frente se abriu diante dele. Ele desapareceu lá dentro, e momentos depois a multidão silenciosa ouviu o barulho de vidro se estilhaçando.

"Vamos!", exclamou Cogswell, desvencilhando-se de Agnes, mas hesitando, esperando pelos outros.

As pessoas começaram a se acotovelar, mas esperaram.

De repente, eles foram paralisados por um grito como o ganido de uma raposa ferida. Molly Tucker correu para a varanda, virou-se e bateu com a mão no corrimão. Ela era uma mulher pequena e negra cujos pulsos e tornozelos finos projetavam-se como palitos de um casaco azul puído. Sua família não a deixava vir para a cidade desde que seu filho mais novo morrera afogado em um poço. Agora suas sílabas sibilantes ressoavam sobre as cabeças das pessoas, distorcidas pela comoção e seu frenesi.

Mickey afastou-se da multidão e galopou escada acima, passou por Molly e entrou na casa. Arthur Stinson e Frank Lovelace seguiram-no, correndo. Ian James e Ezra Stone trocaram um olhar e subiram parcimoniosamente os degraus da varanda juntos.

John afastou a mão de Ma de seu braço e dirigiu-se à casa. Quando chegou aos degraus da varanda, estava em meio a um amontoado de corpos tentando entrar. Algumas pessoas dos cantos desistiram de passar por ali, e foram tentar as outras portas.

Bob Gore gritava objeções e balançava a arma para as pessoas, o rosto contorcido de frustração. Mas o barulho no gramado aumentara tanto que seu esforço para proteger a casa não tinha mais efeito do que um espetáculo idiota.

Empurrado por trás, John não pôde fazer nada enquanto passava pela arma de Gore, exceto olhá-la com cautela. Finalmente, Gore virou-se, balançando a cabeça. Dezenas de figuras escuras já fluíam para a frente e para trás pelas janelas iluminadas.

Assim que entrou, a pressão das pessoas dissolveu-se e John ficou livre. Ele fez uma pausa. Tudo brilhava. A cor profunda dos tapetes orientais sobre o piso de carvalho polido substituíra o linóleo de Amelia, e um delicado lustre de cristal estava pendurado no lugar onde no passado ficava uma luminária de vidro rosado. Em todos os lugares havia luz e o brilho de madeira bem oleada.

John começou a subir a ampla escadaria, três degraus de cada vez, seus pés silenciados pela passadeira azul-escura, seus dedos tocando o corrimão escuro nas curvas.

No andar de cima, ele correu até ser parado por uma porta no final do corredor. Ele a abriu e viu-se em um quarto. Uma fileira de luzes perto do chão fazia as paredes brancas brilharem. John virou-se lentamente, examinando a cama com sua colcha de veludo verde, a cômoda de carvalho, a pequena mesa e cadeira pintadas. Em silêncio, seguiu até a porta do armário e a abriu. Dentro, uma fileira de ternos escuros pendurados em cabides. John bateu neles com um braço rígido, e eles começaram a balançar para a frente e para trás sem fazer barulho. Apesar do fato de que os três pares de sapatos no chão estavam claramente vazios, John continuou olhando, esperando que Perly se materializasse diante dele.

Pelo canto do olho, ele teve um vislumbre de algo que o fez girar — uma figura verde-escura deslizando com delicadeza pela porta. Ele correu para o corredor e gritou. Mas o homem que se virou, com o rosto branco de susto, era Walter French.

John dirigiu-se para a porta seguinte no corredor e a abriu. Atrás dela havia um banheiro, tudo de um branco ofuscante — a banheira com pés em forma de garra, as paredes planas, as quatro lâmpadas fluorescentes. John virou-se para sair e esbarrou em uma figura correndo. Era Tom Pulver. Os dois se afastaram e olharam um para o outro, quase sem reconhecimento, depois recuaram e, com movimentos cuidadosos, contornando um ao outro, continuaram em direções opostas.

John começou a correr de novo, ganhando impulso, correndo de porta em porta pelo corredor. Por fim, parou em um quarto. Seus olhos estavam ardendo e ele estava respirando fundo.

Dan Rouse estava arrancando as cortinas das janelas, grunhindo de satisfação enquanto o tecido sedoso rasgava. Uma haste transversal caiu com um estrondo.

John chutou as cortinas caídas e observou. Só depois que Rouse saiu, ele viu a penteadeira — sua nogueira polida com uma riqueza escura, sua elegância mais adequada aqui do que no quarto simples de casa. John virou-se e inclinou-se na porta, pressionando as mãos contra os batentes da porta em um esforço para conter a raiva.

Cogswell saiu cambaleando do quarto em frente. “Ele sumiu!”, John gritou. “Mickey, ele escapou?”

O rosto de Mickey estava vermelho de raiva. "Eu vou achar esse desgraçado", ele prometeu. "Maldito..." Ele parou, e ele e John se viram olhando um para o outro, seus rostos flácidos de perplexidade.

Sem som ou aviso, todas as luzes se apagaram. Uma quietude atordoada caiu sobre a casa, como se a vida tivesse sido extinta com a luz.

A voz de uma mulher soou: "Ele está aqui!".

Houve um leve impacto perto de John e um homem gritou de surpresa.

Lentamente, John afastou-se da escuridão, retornando ao quarto de onde acabara de sair, onde os oblongos pálidos de duas janelas revelavam pelo menos os contornos do quarto. Ele recuou contra uma das janelas e esperou.

Conforme seus olhos se ajustavam à penumbra, ele pensou ter detectado uma figura escura que não fazia o menor movimento, parada de frente a parede oposta a ele. Ele abriu a boca para fazer algum comentário casual, e lembrou-se de que acabara de passar por aquele quarto e o deixara vazio. Sua boca ficou seca.

Quando a figura não se moveu, John começou a deslizar com lentidão, rente à parede, em direção à porta. Quase imperceptivelmente, o vulto também se aproximou da porta. John parou. A figura parou. John começou de novo. E o vulto se moveu outra vez.

John atirou-se de modo impetuoso contra o vulto. Ele foi pego em um abraço musculoso e caiu no chão com o rosto pressionado no pescoço do outro. Os dois rolaram, chutando e grunhindo. Então, o outro homem segurou John com firmeza pelos ombros. "Me solte", ele ordenou em uma voz distante e desconhecida. "O que diabos você tem na cabeça?"

Por reflexo, John afrouxou o aperto.

Então, sem saber como isso aconteceu, ele se viu deitado de costas, atravessando camadas de sono, tentando entender e evitar uma dor forte na nuca. De alguma forma, ele conseguiu ficar de pé e cambaleou em direção à forma negra da porta do corredor. Mas o homem tinha sumido. John tropeçou na soleira e caiu contra o corrimão. "Ele estava nas minhas mãos. Ele estava nas minhas mãos", ele gemeu.

"Nas suas mãos!?", repetiu o homem. "Você quer dizer que ele está aqui?"

John agarrou o corrimão para se apoiar e, em um esforço para se recompor, olhou para o poço escuro do vestíbulo do andar de baixo. "Não sei", disse ele. "Como diabos eu vou saber?"

O outro homem afastou-se, seus passos soando nas escadas nuas para o terceiro andar.

No corredor abaixo, o brilho de lanternas de bolso começou a se mover com cautela para a frente e para trás. Alguém gritou: "Velas!", e logo as pessoas estavam subindo as escadas, cada uma segurando uma chama frágil.

John começou a descer com passos lentos as escadas. No patamar, ele se pegou olhando para a sala de estar. À luz alaranjada de jornais queimando na lareira, Frank Lovelace pisoteava de modo calculado uma cadeira de balanço de pinho e atirava os pedaços quebrados no fogo. "Tem uma centena de pessoas nesta casa", disse ele em sua voz lenta e pesada.

"Perly é muito esperto pra se esconder no seu próprio covil", disse Dan Rouse.

"Então o que a gente está fazendo aqui?", gritou Arthur Stinson. "Droga!"

Ele passou um braço sobre a lareira, enviando uma confusão de castiçais e bugigangas para a lareira de azulejos.

Lovelace jogou o assento sólido da cadeira de balanço em cima do fogo, abafando-o por um momento. "Boa pergunta", ele disse com sobriedade.

John virou-se. Sete velas iluminavam a sala de jantar do outro lado do corredor. Fanny Linden e Janice Pulver estavam vasculhando as gavetas do bufê. John aproximou-se delas e viu que estavam enchendo uma sacola de compras com talheres.

"Fanny...", disse ele.

Ela virou seu rosto arredondado para ele. "São coisas roubadas, não?", ela disse sem rodeios.

Janice Pulver examinava um garfo em sua mão e não olhou para ele. "Ele deixou as luzes acesas e a porta aberta, não foi? Vá em frente e cace o sujeito, se você acha que ele é tão tolo assim." Ela jogou o garfo na bolsa. "Quanto a mim, vou ficar por aqui."

"Eles também", disse Fanny, balançando a cabeça na direção da entrada.

Walter French havia travado a porta da frente com uma poltrona, e as pessoas se amontoavam no corredor atrás dele, reclamando. Jane Collins estava no topo da escada, tateando cautelosamente os degraus com os pés, incapaz de ver por cima da carga de espelhos e pinturas ornamentadas. Agnes Cogswell e Jerry carregavam uma mesa de banquete e a velha Adeline Fayette esperava na porta com sua habitual dignidade frágil, sobrecarregada por um par de candelabros de prata.

De repente, Jimmy Carroll abriu caminho escada abaixo. "O que vocês estão fazendo?", ele gritou. Ele agarrou Jerry pelo colarinho. "Onde está o Perly?", perguntou ao rapaz. "Você não se importa?"

As pessoas pararam e olharam para ele na luz incerta.

Sam Parry estava encostado na parede ao pé da escada.

"Ele está aqui", insistiu Carroll.

"Quem disse?", disse Parry.

"Ele tem que estar", disse Carroll, mas soltou Jerry. Ele olhou para aqueles semblantes ambíguos e balançou a cabeça. Perto da lareira da entrada, percebeu uma lixeira de metal com correspondências e revistas velhas. Ele pegou uma vela acesa da lareira e a deixou cair no interior. Com o som de uma rajada de vento, o lixo se incendiou. Pairando atrás dele, com suas feições impalpáveis e móveis nas chamas bruxuleantes, Carroll deu um chute no cesto de lixo que o fez deslizar pelo chão polido até o centro da multidão. "Vamos expulsar ele com a fumaça!", ele gritou enquanto as pessoas recuavam. "Nós vamos expulsar ele com a fumaça!"

John permaneceu olhando a lixeira em chamas. Em minutos, a entrada estava cheia de fumaça. Houve gritos de "Fogo!" e todos começaram a correr para a porta, gritando para as pessoas à sua frente irem depressa. Tossiam e disputavam posições, mas não abandonavam as cadeiras e as mesas ou os braços carregados de eletrodomésticos, louças, lençóis e roupas que tornavam o êxodo tão lento.

John olhou para as contas de cristal do candelabro, os rostos brilhantes brilhando com a luz dourada captada pela lixeira em chamas. Todas as noites o leiloeiro entrava nessa casa sob sua grande simetria luminosa. John ergueu o braço, agarrou um punhado de contas de cristal e os arrancou. Enquanto ele empurrava a multidão que esperava para sair pela porta, o candelabro estremeceu e emitiu uma dissonância amarga.

Na sala, Arthur Stinson derramava um galão de vinte litros de querosene, encharcando o sofá e as almofadas. Rouse e Lovelace olhavam, franzindo a testa, os braços que pendiam bambos ao lado do corpo.

"Vamos expulsar ele com fumaça!", gritou uma voz e alguém deu uma cotovelada em John para o lado e irrompeu na sala. Stinson endireitou-se com seu galão de querosene. "Vamos ver se você gosta, Perly!", gritou o recém-chegado, e John reconheceu Sonny Pike pela tipoia.

Do lado de fora, as pessoas da cidade que não tinham entrado na casa — em sua maioria mães e seus filhos — estavam em uma longa e estreita fileira do outro lado da rua. Perto de uma extremidade, Mim estava ajoelhada no chão com Hildie adormecida em seus braços. Ma estava apoiada em suas bengalas nas imediações.

"Johnny", Mim gritou de alívio quando ele se aproximou. Então ela endireitou Hildie e perguntou: "John, o que diabos...?".

John virou-se e olhou fixamente para a casa. Ele enfiou as mãos em seus bolsos para não tremer, e seu punho direito se fechou sobre as lágrimas de cristal gelado. "Ele não está aqui", disse ele. "Só tem um monte de entulho."

"Você acha que não?", disse Mim. Ela observou as pessoas saírem da casa com seus saques e atravessarem a rua para juntarem-se à multidão reunida.

Tom Pulver e Arthur Stinson saíram correndo pela porta dos fundos, cada um carregando um galão vermelho de gasolina.

Nas janelas da sala de jantar, havia um discreto bruxulear. A luz morreu e depois surgiu de novo, desta vez com a mancha alaranjada do fogo. Então um clarão de chama iluminou uma das janelas da sala e jorrou pela sala conforme as cortinas pegavam fogo.

Bob Gore correu pelo gramado em direção ao quartel dos bombeiros. Estava iluminado e aberto para a noite. Lá dentro, parados, estavam a ambulância de Perly e os dois grandes caminhões de bombeiros comprados com os lucros de uma dúzia de leilões anuais. "Vamos lá!", gritou Gore.

Ninguém o seguiu.

Ele parou e olhou de volta para a fila de pessoas conhecidas. Havia apenas a luz oscilante do fogo de dentro da casa para marcar suas feições, mas suas formas agrupadas estavam claras e totalmente imóveis. Gore encarou-os por alguns minutos. Então ele cruzou os braços e voltou caminhando devagar na direção deles.

A sala de estar estava agora repleta de chamas amarelas e, de repente, as cortinas de vidro da sala de jantar explodiram em uma chuva de faíscas. Em duas das janelas do andar de cima, uma trêmula luz dourada tornou-se visível através das vidraças escuras.

"E se ele ainda estiver lá dentro?", Mim sussurrou. Ela virou a cabeça adormecida de Hildie para o ombro e mordeu com força o nó do dedo.

"Ele não está", John disse, engasgando com raiva. "É tudo um desperdício."

"Mas e se ele estiver?", insistiu Mim.

O celeiro também pegava fogo agora, mas as pessoas ainda corriam para carregar bombas de água, separadores e cortadores de grama. À medida que as chamas tornavam-se visíveis em mais e mais janelas, a quietude era quebrada apenas pelos passos das pessoas e pelo murmúrio abafado do próprio fogo. As pessoas da cidade foram ficando cada vez mais próximas, inclinando-se para olhar em silêncio, quase em transe, enquanto o fogo atravessava a casa incendiada.

"Ele está lá dentro!", gritou Sally Rouse. E então, sua voz cheia subindo: "Ele está lá dentro!".

Mas ainda assim, durante um longo silêncio, o brilho do fogo dentro da casa parecia a única vida por trás das janelas fuliginosas.

Então, um por um, as pessoas viram. Na janela central do sótão, ainda não alcançado pelo fogo, uma brancura fantasmagórica flutuava ora dentro, ora fora de foco. E, abaixo dela, a sombra do torso e dos braços movia-se contra o vidro preto da janela. Dedos pálidos começaram a tatear os caixilhos, tocando as vidraças, tentando, com lentidão ritual, abrir a janela. A janela não cedia. As mãos se esforçavam — distantes, ineficazes, como em um sonho.

Então, com um ímpeto de energia persuasiva, a figura endireitou-se e chutou a parte inferior da janela. O vidro estilhaçado caiu no telhado da varanda de baixo e todos tiveram uma visão clara da sola amarelada de uma bota de trabalho.

A fumaça saiu por essa brecha e em instantes o brilho dourado do fogo apareceu no sótão. A sombra escura se projetou no alto da janela. Atrás dele, algo pegava fogo. No breve fulgor, os habitantes da cidade reconheceram as roupas verdes de trabalho e a resistência específica do homem que procuravam. A brancura era uma toalha enrolada em sua cabeça.

"Peguem uma escada", gritou Sam Parry. "Alguém pega uma escada." Ele mesmo correu alguns passos em direção ao quartel, então parou e olhou à sua volta em busca de ajuda. Bob Gore passou correndo por ele e contornou a casa em direção ao celeiro. Nenhuma das outras pessoas da cidade se mexeu.

Uma onda de fumaça subia e descia sobre o telhado ao redor da água-furtada. Aqui e ali, uma bola de fogo descia pelo declive íngreme e desaparecia. Então, com um estremecimento, uma coluna de fogo irrompeu e saltou contra o céu.

Agora, chamas constantes no interior iluminavam a toalha branca e aumentavam e enegreciam a silhueta na janela. Com lentidão, ambos os braços moveram-se para cima, com as palmas para fora. As mãos começaram a bater no caixilho superior, sacudindo os vidros e enfim quebrando um. A cabeça enfaixada inclinou-se para o buraco para respirar, mas a fumaça ocupou o mesmo espaço, e girou em espirais cinzentas ao redor da cabeça.

Só então alguém notou Bob Gore subindo uma escada até o telhado plano da varanda logo abaixo da janela. Ian James chegou em seguida e os dois puxaram a escada de madeira para cima do telhado e a posicionaram contra o peitoril da janela de água-furtada alta.

Molly Tucker gritou, claramente agora: "Deixa queimar!".

O vulto tateou a janela. Bob Gore começou a subir a escada, com uma machadinha no cinto. Enquanto ele subia, as pessoas da cidade dispersaram comovidas.

"Para!", gritou Jimmy Carroll. "Deixa queimar!"

Gore fez uma pausa e virou-se para olhar para a multidão.

"Vá buscá-lo", Ma pediu. Ela parecia velha e cansada na luz trêmula.

Um tiro perfurou o burburinho e impôs o silêncio na Parade, exceto pelo som do fogo, rugindo agora através do telhado.

Gore olhou para trás e começou a descer a escada. Na janela, a figura não se moveu. Ele ficou ereto, seus braços ainda levantados contra a estrutura de madeira que o segurava.

"Suba aí!", gritou Sam Parry.

Gore ficou pendurado no degrau inferior. Desta vez, Ian James subiu a escada, empurrando Gore à sua frente.

Mas antes que estivessem na metade do caminho, quatro ou cinco tiros foram disparados. Eles vieram de todas as direções e vieram quase no mesmo momento. As últimas vidraças intactas da janela alta se estilhaçaram. A figura encolheu-se lentamente, agarrando-se às bordas irregulares do vidro quebrado enquanto desabava, desaparecendo aos poucos dentro da casa.

Bob Gore foi até a beirada do telhado e encarou a multidão. O povo confrontou-o sem expressão e sem movimento. Nenhuma arma era visível nas sombras negras, e todos os olhos estavam fixos na casa em chamas com sua janela vazia.

Ele virou-se e subiu a escada. Ele golpeou o batente da janela com seu machado, estilhaçando a madeira velha e liberando uma parede de fumaça. Tossiu e abaixou-se. Então respirou fundo, jogou uma perna sobre o parapeito e inclinou-se para dentro do quarto.

Os membros outrora graciosos naquelas roupas verdes de trabalho novas em folha caíram sem jeito e resistiram aos seus esforços para segurá-los. Por fim, ele colocou os braços em um dos ombros e as pernas no outro. James firmou a escada, e Gore recuou com seu fardo.

O corpo se sacudiu de um lado para o outro enquanto Gore se deslocava, e a toalha em volta da cabeça, encharcada e brilhante agora com sangue, gradualmente se desenrolou. Quando Gore se virou na base da escada para baixar o corpo pesado no telhado da varanda, a toalha se soltou e caiu.

O cabelo não estava mais preto e encaracolado. Estava liso, sedoso e marrom. Os olhos, olhando agora sem visão, não eram pretos, mas azuis acinzentados. E o rosto era o de Mickey Cogswell.

• • •

Com um suspiro, o fogo atravessou o telhado do celeiro. Subia cada vez mais alto, convergindo com o fogo da casa e terminando em um delicado vértice pontiagudo a trinta metros de altura. Com o tempo, as paredes da casa e do celeiro foram transformadas em um cobertor esfarrapado de chamas alaranjadas, quebradas pelo contorno das vigas principais.

O povo de Harlowe não ficou para assistir enquanto as madeiras quebravam e caíam, formando diagonais negras e reduzindo a mansão de Perly Dunsmore a escombros. As famílias se reagruparam e se afastaram.

John pegou Ma pelo cotovelo e a guiou até a caminhonete.

Mim o seguiu, carregando Hildie.

Ma soltou-se de John e mancou pesadamente entre as bengalas. "Você ficou lá parado", disse ela. "Mickey Cogswell... e você ficou lá parado."

Mim pressionou Hildie contra ela. "A gente amava o Mickey", disse ela. "A gente não sabia."

Ma virou-se de supetão, obrigando-os a parar. "Você é o Deus Todo-Poderoso pra ficar parado e deixar um semelhante morrer queimado?", ela gritou.

John parou. "Não fui eu que atirei nele, mãe", ele disse entre dentes.

Ma levantou sua bengala. "Eu não vi você correndo até lá em cima para trazer ele pra baixo."

"John estava ocupado cuidando de nós, Ma", disse Mim, estendendo a mão para tocar a mão de Ma.

"Não", John disse de um jeito ríspido. "Eu queria que o Perly morresse."

Ma olhou para o chão e apoiou-se com força nas bengalas. "Johnny", ela disse, sua voz tremendo, "eu também roguei por isso."

Logo Ma ergueu o rosto e começou a avançar, lágrimas encontrando as rugas pronunciadas em sua pele. "A única coisa que a gente tinha para impedi-lo era estarmos fazendo o certo", disse ela. "Agora a gente abriu mão disso também."

John ajudou Ma a entrar na caminhonete fria e Mim subiu atrás dela com Hildie. John ligou o motor e a família ficou em silêncio enquanto o motor esquentava.

A neve que vinha se adiando fazia dias começou a cair. Os grandes flocos pesados caíam no fogo e derretiam com um pequeno silvo. Caíam sobre a lona que cobria o rosto de Mickey e nas pessoas da cidade enquanto se afastavam da Parade. Em Constance Hill, a neve se acumulou com rapidez, grudando nas árvores e nos telhados, cobrindo a nova camada de gelo sobre o lago e a terra congelada. Em algum lugar, talvez, nevava sobre o leiloeiro.

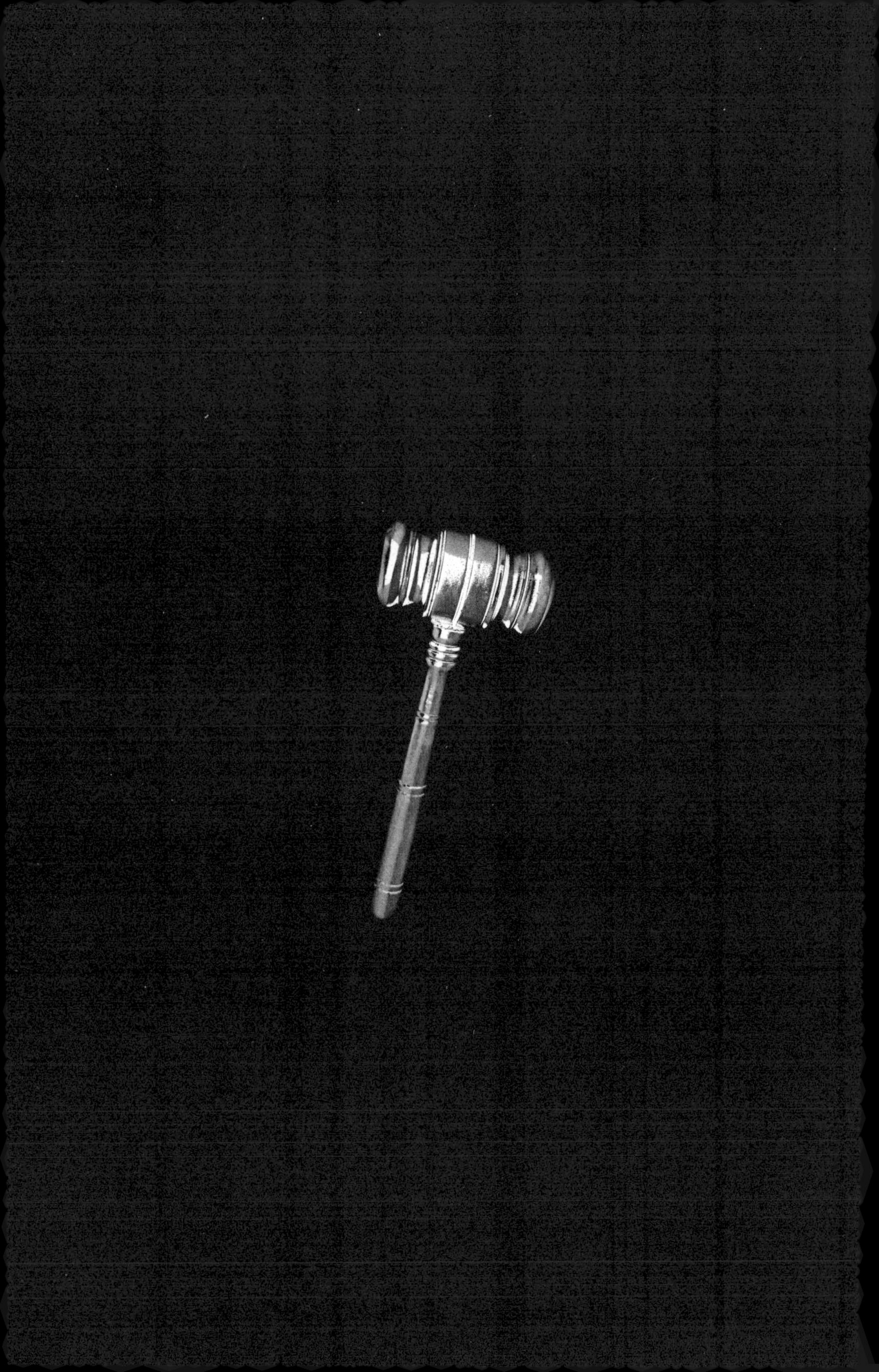

LEMBRANDO JOAN SAMSON

O Leiloeiro, o primeiro e, como ficou provado, único romance que minha esposa Joan Samson publicou antes de morrer de câncer aos 38 anos, teve sua primeira edição em 1976. Agora, mais de quarenta anos depois, talvez não seja de admirar que seu livro esteja provocando atenção renovada. A despeito dos elementos que originalmente causaram seu imenso interesse, o angustiante romance de Joan conta uma história que pode, para muitos leitores, trazer à mente eventos que agora se desenrolam em Washington. É claro que as semelhanças entre a destruição desencadeada pelo personagem fictício Perly Dunsmore em *O Leiloeiro* e as ações do nosso atual chefe executivo devem existir principalmente nas mentes dos leitores individuais.

Para mim, pelo menos, a republicação do romance tem um significado diferente — tanto mais pessoal quanto, por causa das qualidades visionárias do trabalho de Joan, mais abrangente do que o que está acontecendo na Casa Branca.

A editora acredita que este romance é um "clássico da ficção americana moderna". Como viúvo da autora, dificilmente estaria apto para avaliar os méritos literários do livro. No entanto, experimentei de perto as circunstâncias por trás da escrita de Joan em *O Leiloeiro*. Qualquer que seja o interesse que isso possa ter, deixe-me tentar aqui, enquanto as faculdades deste octogenário permanecem ao menos parcialmente intactas, transmitir a "história por trás da história".

A princípio, Joan pode ter começado a escrever um conto que captasse a intensidade de um pesadelo que ela tinha tido — sobre um leiloeiro que chega a uma pequena cidade da Nova Inglaterra e passa a enganar, intimidar e aterrorizar seus moradores com tudo o que prezam (incluindo, em última análise, suas terras e até mesmo seus próprios filhos), então coloca esses "itens" de forma indiscriminada para que sejam leiloados em eventos semanais de arrecadação de fundos para aumentar a sinistra força policial de Perly.

No entanto, se transmitir as particularidades desse pesadelo tinha a princípio sido sua única intenção, em pouco tempo Joan acrescentou uma nova dimensão importante à história. Ela começou a se concentrar intimamente nas lutas de uma família de fazendeiros em particular, uma das muitas que o leiloeiro se propôs a vitimizar — um casal chamado John e Mim Moore, junto com a mãe de John (tratada por "Ma") e sua filha Hildie.

A identificação de Joan com aquela família rústica e seu apego apaixonado ao cultivo de suas terras tinham raízes pessoais profundas. Sua mãe, Helen — com quem Joan tinha um relacionamento próximo — crescera em uma fazenda antiquíssima na província canadense de Saskatchewan. Helen, uma contadora de histórias nata, abasteceu a imaginação de Joan com histórias de vastas extensões de pradaria, onde os cavalos da família vagavam livres durante todo o inverno, sua única responsabilidade sendo descobrir grama suficiente sob a neve para manter seus estômagos cheios.

Com essas visões implantadas em sua imaginação infantil, não é de admirar que Joan tenha aproveitado a chance, em meados da década de 1960, de comprar barato (por oito mil e trezentos dólares, uma pechincha mesmo naqueles dias) uma casa colonial decadente, junto com 120 acres, no interior de New Hampshire. Joan e eu acabáramos de voltar de uma estadia de dois anos vagando pela Europa em um Fusca velho por longos trechos acampando em uma tenda iglu *pop-up* — em uma lua de mel hippie prolongada.

Naquele momento, nossa boa sorte parecia ilimitada. Sem as credenciais necessárias, consegui um emprego universitário na região de Boston ensinando inglês (o salário era uma ninharia, mas quem se importava?). Joan começou a escrever, e depois que ficou grávida e nossa filha Amy nasceu, Joan publicou *Watching the New Baby*, uma celebração observada de perto dos primeiros meses de Amy.

Logo nós três passávamos fins de semana em New Hampshire. No verão seguinte, conhecemos nossos vizinhos mais próximos a um quilômetro e meio de estrada de terra, os Wheet, uma família de fazendeiros cuja antiga península e um grande celeiro robusto, embora de aparência dilapidada, davam para um lago — Lougee Pond, mais conhecido pelos locais como Skunk Pond, sem casas além das suas margens ao longo de sua costa. Atrás da casa dos Wheet havia uma colina alta, que Joan, eu e Amy subíamos regularmente, para ver a casa e o lago. "Paraíso", suspirávamos.

Não era o paraíso, nem nenhum outro terreno ao redor era (nem o velho cemitério na floresta que encontramos, cheio de hera venenosa que logo atacou Joan, levando-a a enrolar fita adesiva em toda a pele para não se coçar até sangrar). Enquanto suávamos para restaurar nossa casa e limpar os campos ao redor da casa dos arbustos emaranhados, descobrimos que tínhamos encontrado qualquer coisa, menos o paraíso. No entanto, no final de cada longo dia, depois de um mergulho no lago, no crepúsculo, examinávamos nosso novo lugar. Era melhor que o paraíso, começamos a ver. Tínhamos encontrado um lar.

Joan e eu também viemos a perceber, e confirmamos interminavelmente com o passar dos anos, que o lar existia onde quer que estivéssemos juntos. Joan disse uma vez da melhor forma: "Somos um só".

E daí se esse tempo não durou muito? Pouco mais de uma década. Mas isso não era maneira de olhar para o que tínhamos, uma lição que nós dois achamos difícil de aceitar: o valor do que tínhamos não podia ser medido pelo tempo. Eu tive mais tempo para aprender essa verdade. Joan teve meses, uma vez que seu câncer apareceu. Mas além do nosso amor, Joan também teve a satisfação de ter escrito *O Leiloeiro*. Ela tentou se lembrar disso enquanto o câncer avançava. Na maioria das vezes ela o fazia, embora até perto do fim às vezes gritasse: "Eu abriria mão desse livro agora mesmo para recuperar meu corpo!".

Joan não teve essa opção. Por isso, continuarei encontrando conforto em seu belo trabalho.

Warren Carberg
2018

JOAN SAMSON é a autora de *Watching the New Baby* (1974) e do best-seller *O Leiloeiro*. Esse é o primeiro e único romance de Samson, publicado pouco antes de sua morte por câncer cerebral, em 1976, aos 38 anos.

GRADY HENDRIX é um romancista e roteirista cujos livros incluem *Como Vender uma Casa Assombrada*, *O Exorcismo da minha Melhor Amiga* e *We Sold Our Souls*. Seu livro sobre a história do *boom* dos livros de horror dos anos 1970 e 1980, *Paperbacks from Hell*, foi ganhador do Prêmio Stoker.

WARREN CARBERG é o viúvo de Joan Samson. Atualmente está escrevendo um livro de memórias sobre a esposa.

DARKSIDEBOOKS.COM